Siamsarah

„Menschenwesen – glaubst du wirklich, es sei selbstverständlich, dass die Sonne jeden Morgen wieder aufgeht? Glaubst du das? – Dann träume weiter!"

Heinz-Theodor Gremme

Siamsarah

und die Kristallflöte

Bibliografische Information der Deutschen National-bibliothek:
Die Deutsche Nationalbibliothek verzeichnet diese Publikation in der Deutschen Nationalbibliografie; detaillierte bibliografische Daten sind im Internet über http://dnb.dnb.de abrufbar.

Illustrationen: Annette Willsch, Theo Gremme und Violetta Tannenbaum

Titelbild und Umschlaggestaltung: Natalija Usakova

Herstellung und Verlag: BoD – Books on Demand, Norderstedt

ISBN: 9783734752247

Inhaltsverzeichnis

Alle Namen und Orte in diesem Buch sind natürlich wie immer frei erfunden, Ähnlichkeiten mit existierenden Personen und Orten wären rein zufällig und natürlich nicht beabsichtigt.

Auch haften Autor und Verlag für keinerlei Schäden, die durch den Gebrauch dieses Buches entstehen. Jeder Mensch ist für sein eigenes Tun und Lassen verantwortlich.

Der Ich-Erzähler ist natürlich auch nicht mit dem Autor identisch. Es steckt aber eine besondere Magie darin, ein Buch in der Ich-Form zu schreiben, die hier als Stilelement genutzt wird.

Und geben Sie niemals einem Eichhörnchen Alkohol! Bitte versuchen Sie auch niemals Bucheckernschnaps oder gar *Siebendimensionalen Sitnaltischen Grummelrakwurz* herzustellen oder Wasserstoffgas einzuatmen! Und geben Sie Kurz- und Spitzohrrüsselspringern keine Mehlwürmer – sie sind ihnen NICHT zuträglich! Auch sollten Sie der Protonenquelle eines Teilchenbeschleunigers nicht zu nahe kommen. Und wenn Sie einer Elfe zu lange in die Augen schauen, wird nichts mehr so sein wie vorher – also Vorsicht!

Abends
Nahen
Nebel
Ein
Tag
Träumt
Ewigkeit

Vorwort

Die erste der Siamsarah-Geschichten schrieb ich im Jahr 2004. Sie wurde zum ersten Mal in dem Buch „Ta`Saghi" im Jahre 2005 zweisprachig veröffentlicht. Die Übersetzung ins Englische machte damals Annette Willsch. Danach entstanden zunächst fünf weitere Geschichten, die zusammen mit der ersten Geschichte in dem Buch „Siamsarah – die Elfe der Morgendämmerung" im Jahre 2008 veröffentlicht wurden. Insgesamt entstanden bis 2013 dann zehn Siamsarah-Geschichten, die in einer Fanausgabe mit dem Titel „Das Siamsarah-Lesebuch" als limitierte Auflage ohne ISBN herauskamen. Eine Mischung aus der ersten und der zweiten Geschichte wurde dann von dem bekannten Naturfilmer Robin Jähne in einer wirklich traumhaft schönen, stimmungsvollen Video-Hörbuch-Version verfilmt. Die Filmpremiere war 2008 in Datteln. Es entstand natürlich auch eine Kauf-DVD[1]. Alle erwähnten Buchausgaben sind aber mittlerweile vergriffen und werden so nicht mehr nachgedruckt. Aus diesem Grunde gibt es nun dieses Büchlein, in dem Sie gerade lesen. Ich habe die Geschichten sozusagen „remastered", ein paar Kanten geglättet und zusätzliche Absätze geschrieben. Damals ist jedes Jahr eine neue Geschichte dazugekommen, die in unseren Multimedia-Autoren-Lesungen jeweils im Herbst eines Jahres in Datteln in der Buchhandlung „Bücherwurm" zusammen mit Geschichten anderer Autoren multimedial präsentiert wurden. Im Jahre 2012 hatten diese Lesungen ihr 20. Bühnenjubiläum!

---

[1] Bezugsquelle im Anhang

Ganz neu ist die Geschichte „Die Berge des ewigen Lichts". Es ist die Geschichte vor allen Siamsarah-Geschichten und schildert die Ereignisse, wie Siamsarah zu ihrer magischen Flöte kommt. Vorsicht, sehr schräg! ☺

Da die einzelnen Geschichten seinerzeit in Abständen von jeweils fast einem Jahr entstanden, haben einige von ihnen ein eigenes Vorwort bekommen, das ich zwar überarbeitet, aber in diesem Büchlein beibehalten habe.

Viel Spaß nun beim Lesen! Ich wünsche Ihnen ein paar kurzweilige Stunden mit diesem Büchlein.

Prolog

Die Erde hatte eine schlimme Krankheit – sie hieß Gier, Lüge, Neid, Fantasielosigkeit, Gedankenlosigkeit, Oberflächlichkeit, Dummheit und das Leid, das daraus erwächst.

Doch *Der, der alles beseelt* kann Namen geben, und „Namen geben" bedeutet „erschaffen", und wer den Namen kennt, hat unermessliche Macht. Das bloße Aussprechen des Namens genügt, um den Gegner zu vernichten – die Krankheit der Erde zu besiegen – zu heilen in nur einem einzigen Augenblick!

Die Menschenwelt und das Elfenreich waren untrennbar miteinander verbunden – ging die eine Welt unter, dann würde die andere folgen.

Der Sinn des Lebens ist das Leben selbst und die Liebe zu diesem Leben. Da auch die Freude am Leben das Elfenreich durchdringt, musste es einschreiten. Es war sich darüber im Klaren, dass es gefährlich war einzuschreiten, aber *Der, der alles beseelt* sprach einen Namen aus! Auf diesem Namen ruhten nun alle Hoffnungen der beiden Welten, obwohl die Menschen nicht einmal den Hauch einer Ahnung davon hatten.

Die Berge des ewigen Lichts

Auf der anderen Seite

Pfnörgel saß auf der bequemen Aussichtsbank in der Unterwasserkuppel von Terramaris und spielte auf der sitnaltischen Einlochflöte eine verträumte Melodie, bei der jedem Menschenwesen, das sie gehört hätte, die Tränen in die Augen gestiegen wären. Er sah den wunderschönen Wassernymphen zu, die jenseits der riesigen Glaskuppel im kristallklaren Wasser herumtollten. Plötzlich hörte er den kunstvoll mit Messing verzierten Zentralaufzug vom Tunnel aus nach oben kommen. Er hörte auf zu spielen. Einen Schlüssel zum Aufzug hatten nur sehr wenige Wesen hier auf Terramaris. Mit einem hydraulischen Summen hielt der Aufzug in der Kuppel an und Serana stieg in einem Gewand, das in allen Regenbogenfarben schillerte, aus dem Aufzug und kam geradewegs auf Pfnörgel zu. Pfnörgel erhob sich, wie sich das gegenüber der Stellvertreterin des Elfenstützpunktes geziemte, und verneigte sich würdevoll vor ihr.

„Verehrte Elfe des Lichtes, was führt Euch zu mir?", sagte Pfnörgel leise und verstaute seine Einlochflöte in einer Gürteltasche.

„Ehrenwerter Meister Pfnörgel, ich störe Eure Meditation nur äußerst ungern." Sie blickte ihn dabei direkt aus ihren schönen Elfenaugen an, in die ein Menschenwesen hineinfallen würde, wenn es zu lange hineinblickte. Pfnörgel war aber weder ein Elfen- noch ein Menschenwesen.

„Ich muss Euch auf eine lange und gefährliche Reise schicken, Meister Pfnörgel", sagte Serana mit sanfter

Stimme. Sie machte eine lange Pause und fuhr fort: „333 Jahre sind vergangen – Ihr wisst, was das bedeutet! Genau in diesem Augenblick wird eine neue Kristallflöte geboren und Ihr, verehrter Meister Pfnörgel, habt nun die Aufgabe, sie aus tiefster Dunkelheit und größter Kälte zu bergen und durch das blaue Tor in den Raum der Welten zu bringen. Dort wird sie im vorgeschriebenen magischen Ritual der neuen *Elfe der Morgendämmerung* übergeben, die noch nicht weiß, dass ihr Name von *Dem, der alles beseelt* ausgesprochen wurde." Wieder sah sie Pfnörgel lange an und etwas Flehendes lag in ihrem Blick. Pfnörgel bemerkte das wohl, aber er konnte nicht anders und sagte: „Nun komm, Serana, lassen wir die Etikette mal komplett beiseite und machen klare Ansagen! So eine verfluchte Scheiße! Du weißt genau, was beim letzten Mal passiert ist?! Das violette Elfentor hat ja wohl heftig geklemmt und mich unten in der Kraterschüssel ausgespuckt – also draußen! Das kommt davon, wenn man immer mehr sparen will und ihr 333 Jahre lang keinen Wartungstechniker hinschickt, um mal den Staub runterzufegen von dem verfluchten Ding!", keuchte Pfnörgel nun aufgebracht und sein Fell sträubte dich heftig, als er fortfuhr: „Ich musste, wie du weißt, meine atomare Struktur verändern, um nicht den Schirm zuzumachen und war drei Tage lang schockgefrostet, bis mich ein Techniker wieder aufgetaut hat! Das hat dann richtig Geld gekostet, aber das geschieht euch nur recht! Und dann, so ein Schwachsinn – wer hat denn die bescheuerte Idee gehabt, den verkackten Flöteninkubator ausgerechnet im *Shackle-*

ton-Krater[2] am Südpol des Erdmondes zu vergraben?! Jaaa – in den *Bergen des ewigen Lichts!*[3]", japste Pfnörgel nun mit sich schon fast überschlagender Stimme. „Wenn ich das schon höre – *Berge des ewigen Lichts!* Mein Licht wär da um ein Haar für immer ausgegangen – an einem der tödlichsten Orte, die man sich nur vorstellen kann!"

Serana nahm Pfnörgel sanft bei der Hand und sie setzten sich auf die Aussichtsbank. Serana kraulte Pfnörgel beruhigend das Fell und wandte auch heimlich ein wenig Elfenmagie an, um das kleine pelzige Wesen zu beruhigen.

„Ja, das weiß ich doch alles, Pfnörgeli", sagte sie beschwichtigend. Aber so leicht war ein Elementarteilchenversteher nicht zu beruhigen. „Egbaeutel war's!", schrie Pfnörgel nun hysterisch. „Der ist völlig durchgeknallt und gemeingefährlich! Warum der hier Chef ist, war mir schon immer ein Rätsel! Eines Tages bring ich ihn zur Strecke – und wenn es das Letzte ist, was ich mache!"

Serana hatte großes Verständnis für den sitnaltischen Elementarteilchenversteher, der sich nur langsam

---

[2] Der *Shackleton-Krater* liegt fast genau am Südpol des Erdmondes, genauer gesagt: Der Südpol befindet sich genau auf dem Rand des ca. 20 Kilometer breiten und stellenweise über 3 Kilometer tiefen Kraters, der nach dem britischen Antarktisforscher Sir Ernest Henry Shackleton (1874-1922) benannt wurde. Da am Südpol des Mondes die Sonne nur 2 Grad über den Horizont steigt, herrscht im Kraterinneren ständige Dunkelheit und unvorstellbar große Kälte.

[3] Die *Berge des ewigen Lichts* gibt es tatsächlich. Sie bezeichnen die Regionen an den Mondpolen, wo die Gipfel fast immer von der Sonne beschienen werden. Mit einem Teleskop kann man sie bei schmaler Mondsichel jenseits des Terminators (der Schattengrenze) als leuchtende Punkte in der Dunkelheit erkennen – ein wirklich faszinierender Anblick. Der Shackleton-Krater gehört zu diesem Gebiet. Auch sein Kraterrand liegt fast immer im Sonnenlicht.

wieder beruhigte – sie mochte und schätzte ihn sehr. Sie sah lange mit ihm in die terramarische Unterwasserwelt hinaus, wo nun tausende bunter Leuchtfische in Schwärmen vorbeizogen. Serana sprach nun leise: „Wir hatten Angst genug, dass unser Geheimnis im Shackleton-Krater entdeckt werden könnte. Wer konnte vor vielen Tausend Jahren auch ahnen, dass die Menschen eines Tages genau diesen Krater unter die Lupe nehmen würden, weil sie darin gefrorenes Wassereis vermuteten, das für den Bau einer Mondbasis wichtig gewesen wäre? Zum Glück waren nur geringe Spuren mit einer Spezialraumsonde, die den Krater über fünftausend Mal überflogen hatte, geortet worden. Von der Erde aus ist der Krater nicht einsehbar, er ist zudem sehr tief, immer dunkel im Inneren und sehr, sehr kalt. Die Sonde konnte das wirkliche Geheimnis des Kraters nicht sehen, weil es sich ständig zehn Minuten in der Zukunft befindet. Es gibt aber eine Art Zeitecho, und unser Geheimdienst hat nie zweifelsfrei herausfinden können, ob irdische Raumsonden das nicht irgendwie entdecken könnten. Soweit wir nun wissen, können sie es wahrscheinlich nicht – noch nicht. Aber du hast recht, es ist einer der tödlichsten Orte, die man sich vorstellen kann, deswegen haben wir dafür damals den Erdenmond ausgewählt."

Pfnörgel hatte sich während Seranas Schilderung immer mehr beruhigt, sah sie nun mit seinen klugen Augen an und sagte: „Gut Serana – ich zieh das Ding durch, aber ich reise nicht mit dem verfi███ violetten Elfentor, das könnt ihr vergessen – lasst euch also was einfallen, sonst ist der Drops gelutscht! Und kommt nicht auf die Idee, mich in einen Raumanzug stecken zu wollen", fügte er noch mit gefährlich fun-

15

kelnden Augen hinzu. Serana grinste breit, kraulte Pfnörgel mit beiden Händen hinter seinen spitzen, langen, löffelartigen Ohren und sagte aus ganzen Herzen liebevoll: „Danke, mein treuer Freund!"

Seine Erhabenheit, der ehrenwerte Elementarteilchenversteher Sir Pfnörgel, bei seiner abendlichen Meditation in der Parallelwelt sitnaltA, der Heimatwelt seiner Glorifizienz und Hochglanzwürden!

Porträtiert von Annette Willsch

Serana zog eine goldene Kreditkarte aus ihrem Gewand und überreichte sie Pfnörgel mit den Worten: „Der Überbringer der Kristallflöte ist berechtigt, für ein Jahr diese Karte uneingeschränkt zu nutzen – als Dank für seine gefährliche und verantwortungsvolle Tätigkeit für das Elfenreich und die Menschenwelt." Serana lächelte Pfnörgel zuckersüß an – jedes Menschenwesen hätte sich sofort unsterblich in die schöne Elfe verliebt. Nicht so unser Pfnörgel, er war gegen so etwas immun, aber er bemerkte ein winziges, schelmisches Funkeln in Seranas Augen, das er nicht deuten konnte, ihn aber zu erhöhter Vorsicht mahnte. Elfen konnten sehr listig sein. Pfnörgel nahm die Karte andächtig entgegen – über die goldene Elfenkarte der Elfischen Nationalbank zu verfügen war, wie in der Menschenwelt einen prall gefüllten Lottojackpot abzuräumen. Pfnörgel bedankte sich höflich bei Serana, die sich mit den Worten „Wir werden eine Lösung für dein Transportproblem finden, mein treuer Freund" von ihm verabschiedete. Pfnörgel saß noch eine Weile auf der Aussichtsbank und hörte das Summen des Aufzugs, der runter in den Verbindungstunnel führte. Ein Grinsen erhellte seine Gesichtszüge, als er murmelte: „Na dann mal los!" Er schnippte die goldene elfische Kreditkarte in die Luft und fing sie geschickt wieder auf.

Im *Dimensionsloch*, einer Szenekneipe der Parallelwelt *sitnaltA*, ging es wieder mal hoch her. Hier traf sich alles, was einfach nur abhängen wollte: Elfen, Trolle, Kobolde, sitnaltische Winzhühner[4], Elementarteilchenversteher, Wald-, Nebel- und Feuergeister, Drachen, Zwerge, Heinzelfrauen[5] und Heinzelmänner sowie Wesen, für die die Wissenschaft keine Be-

---

[4] Das ist ein besonderes Kapitel – mehr dazu später.
[5] Oh ja, es gibt sie!

schreibung hat. Letztere wurden der Einfachheit halber unter dem Begriff *Dinger* zusammengefasst. Einige von denen trugen Gesichtsunterhosen[6]! Es gab sogar ein riesiges Aquarium für die für recht nymphomanisch gehaltenen Wassernymphen. Die meisten Wesen hielten einen respektvollen Abstand zu dem großen Becken, in dem die betörend schönen Wesen schwammen. Gerade kam eines von den kleinen Heinzeln, weil schon sturzstrulle, dem Becken zu nahe. Schon grapschte ihn eine Nymphe, zog ihn ins Becken und küsste ihn lange und leidenschaftlich – eine häufig missverstandene, ganz normale Transaktion bei den Wassernymphen, die einfach nur bewirkte, dass das unter Wasser gezogene Wesen weiteratmen konnte, also eine sehr atemberaubende Umstellung auf Kiemenatmung. Die Nymphen wollten einfach nur spielen und sich nett unterhalten. Sie verfügten über die Möglichkeit, temporäre Elfentore zu schalten, um wieder in ihre Heimatgewässer zu gelangen, wenn es auch eine Standardverbindung dorthin gab. Die von den Nymphen bestellten Drinks wurden von Amöbius Brackwater, dem Kneipenwirt, in temporäre Energiekugeln verpackt und schwungvoll ins Becken geworfen. Im Mund der Nymphen erloschen die Kugeln einfach und der Inhalt wurde freigesetzt. Wassernymphen vertragen aber nicht viel und werden von zu viel von dem Zeugs dann tatsächlich nymphomanisch. Amöbius gehörte zweifellos zu den Wesen, für die die Wissenschaft keine Beschreibung hat, also zu der Rubrik *Dinger*! Er konnte alle Formen annehmen und beliebig viele Pseudopodien ausbilden, also Beine, Füße, Hände und Arme, wo immer er sie gerade benö-

---

[6] Hieran sind tragische Unfälle schuld – auch hierzu später mehr.

tigte. Das war sehr praktisch in seinem Beruf. Beim Mixen und Schütteln der Drinks war das ein unschlagbarer Vorteil und er beherrschte die fast absolute Bewegung dabei – das bedeutete, er war so schnell, dass seine Bewegungen nicht mehr wahrgenommen wurden. Ein bestellter Drink war also augenblicklich fertig.

An der Theke kippten gerade ein paar Kobolde laut grölend samt ihren Barhockern und mit seltsam verdrehten Augen nach hinten rüber. Eigentlich vertragen Kobolde eine Menge Zeugs, aber irgendwo ist wohl immer eine Grenze.

Pfnörgel bahnte sich einen Weg durch die Menge zur Theke und hüpfte elegant auf einen Barhocker. Der Elementarteilchenversteher hatte sich echt in Schale geworfen, was hier bedeutete, dass er sich das sündhaft teure Hochglanzspray ins Fell gesprüht hatte – das war sein erster Kauf mit der goldenen Kreditkarte.

„Hey Pfnörgel", begrüßte ihn Amöbius herzlich, streckte so in etwa zwanzig blitzschnell gebildete Tentakel nach ihm aus und wuschelte ihm damit durchs sorgsam gestriegelte Fell. Wenn dies jemand durfte, dann war es Amöbius. Pfnörgel kicherte, weil er tierisch kitzelig war, protestierte aber nicht und ließ spielerisch die goldene Kreditkarte wie ein Magier durch seine Pfoten kreiseln.

„Bei Jupiter!", japste Amöbius heftig beeindruckt. „Wo hast du die denn her? Oh, warte, lass mich raten … ähm … du musst doch nicht etwa …?!"

„Doch – genau das …", grummelte Pfnörgel mit zusammengebissenen Zähnen. Amöbius wechselte die Farbe von regenbogenbunt auf leichenblass.

„Na, dann brauchst du jetzt was echt Hartes zur Nervenberuhigung", blubberte es aus Amöbius heraus.

Man sah nur für den Bruchteil einer Sekunde ein schemenhaftes Wirbeln und schon stand eine brodelnde und violett leuchtende Flüssigkeit in einem ausgehöhlten Kristall vor Pfnörgel auf dem Tresen.

„Was ist das?!", fragte Pfnörgel skeptisch, aber sehr interessiert. „Ein *Brackwatischer Hirnhammer*", grinste Amöbius mit einem frisch gebildeten Mund. „Du wirst ihn dringend brauchen!"

Amöbius grapschte sich Pfnörgels goldene Kreditkarte und schob sie in den Schlitz der automatischen Kasse.

In den Tiefen der unterirdischen Kaverne, die den Zentralrechner beherbergte, gab es ein summendes Geräusch, gefolgt von einer Automatenstimme, die nur „Oh oh!!!" sagte. Der Zentralrechner hatte erkannt, dass hier eine goldene Kreditkarte mit Transporterfunktion benutzt wurde. Das Ziel war allerdings schon vorprogrammiert worden und mit dem Autorisierungscode von keiner Geringeren als Serana signiert. Der Zentralrechner stellte diesen eindeutigen Transportbefehl selbstverständlich nicht in Frage und veranlasste sofort die nötige Schaltung. Hydraulische Arme schoben aus dem Magazin eine Rohrpostkapsel in Position, die sich auf den Weg machte, um ihren Fahrgast abzuholen.

Pfnörgel hatte gerade noch Zeit, den *Brackwatischen Hirnhammer* runterzustürzen, der ihn für ungefähr dreißig Sekunden in absolute Glückseligkeit hüllte. Die Schaltung des Zentralrechners wirkte sich aber schon nach fünf Sekunden aus:

Eine nach unten offene Rohrpostkapsel stülpte sich aus einem Loch, das sich in der Kneipendecke auftat, über unseren Pfnörgel samt Barhocker, verschloss sich klackend auch unten und sauste durch ein sich im Fußboden öffnendes, kreisrundes Loch fauchend und dampfend in die Tiefe. Pfnörgels Gehirn arbeitete normalerweise rasend schnell, aber nun liefen ja noch die fünfundzwanzig Sekunden der Glückseligkeit.

Das legendäre Pop-Star-Winzhuhn Deffy mit einem magischen Kronkorken[7] als Sturzhelm. Es wurde berühmt mit seinem Hit *Endlose Weiten.*

Porträtiert von Annette Willsch

---

[7]Über die Notwendigkeit des Kronkorkens reden wir später noch.

Beinahe wäre noch Deffy, ein berühmtes Popstar-Winzhuhn, mit in den Schacht gefallen, wurde aber noch von einem in absoluter Bewegung gebildeten Tentakel von Amöbius festgehalten und auf den Tresen gehoben, wo Deffy ein hysterisches GACK!!! ausstieß.

Nach weiteren fünf Sekunden sauste die Rohrpostkapsel durch das geheime Elfentor tief unter der Erde und wurde abgestrahlt in die Weiten des Weltalls. Weitere fünf Sekunden später materialisierte die Kapsel in einer großen Kuppelhalle, durch deren transparente Wandung man tausende Sterne, aber auch eine recht nah stehende Sonne erblicken konnte. Die Kapsel gab Pfnörgel samt Barhocker frei, ein armdicker, metallischer Rüssel postierte sich mit der Öffnung nach vorn und ein Strahl einer dunkelbraunen, weichen, faserigen Masse ergoss sich auf Pfnörgel und bedeckte dessen hochglänzendes Fell vollständig. Dann kam ein zweiter Rüssel und jauchte eine pinkfarbene, latexartige Masse über das nun recht unförmige Wesen. Diese Masse umschloss blitzschnell alles wie ein Schrumpfschlauch. Als es still wurde in der Kuppel, waren auch die dreißig Sekunden Glückseligkeit für Pfnörgel aufgebraucht. Ein Spiegel fuhr aus dem Boden empor, in dem Pfnörgel sich in voller Größe betrachten konnte. Er saß immer noch auf dem Barhocker in einer Art pinkfarbenem Taucheranzug, der mit irgendetwas stramm ausgestopft war. Selbst die spitzen Ohren waren darin eingehüllt – nur das Gesicht war noch frei von dem grotesk wirkenden Outfit. Pfnörgel war nun einem pinkfarbenen, unförmigen Hasen nicht unähnlich. Blanker Zorn stieg in ihm auf, als er sich in dieser lächerlichen Montur im Spiegel sah.

„Was bei Jupiter soll das hier werden???!!!", kreischte Pfnörgel und hüpfte aufgebracht vom Barhocker.

„Wir stopfen den Schutzanzug immer mit Torfblumenerde aus, damit er auch stramm sitzt", sagte eine feine, piepsige Stimme hinter ihm. Pfnörgel fuhr mit vor Zorn lodernden Augen herum und sah ein großes Schaltpult, auf dem eine winzige, mit Sand gefüllte, quadratische und oben offene Kiste an allen vier Ecken an dünnen Fäden an einem Rohr befestigt war und sanft hin und her schaukelte. Pfnörgel kam wutschnaubend näher, und die feine, piepsige Stimme, die eindeutig aus der kleinen, schaukelnden Sandkiste kam, sagte freundlich: „Willkommen auf Zeta UMi! – Ich bin Luise!"

Luise - porträtiert von Annette Willsch

Luise gehörte zur Gattung der sprachbegabten Spitzohrrüsselspringer aus der Parallelwelt sitnaltA. Diese

23

kleinen süßen Tierchen gab es auch in der Menschenwelt, aber da stellten sie sich natürlich stumm, um nicht aufzufallen. Sie heißen in der Menschenwelt Kurzohrrüsselspringer. Pfnörgel erkannte das kleine Wesen erst jetzt richtig, vergaß augenblicklich, wie absurd er gerade aussah und schaute verzückt in die kleine Sandkastenschaukel, in der Luise saß und ihn anlächelte. Pfnörgel fand natürlich erst einmal alle Wesen, die bepelzt waren, sympathisch, aber beim Anblick von Spitzohrrüsselspringern ging ihm immer das Herz auf.

„Hey Luise", sagte er beinahe zärtlich. „Ich bin Pfnörgel und ehrlich gesagt weiß ich nicht, was hier abgeht, kannst du mir da weiterhelfen?"

Luise balancierte geschickt die kleine Schaukel aus, so dass sie nicht mehr hin und her schwang, und sagte: „Klar kann ich. Dies ist eine Großverteilerstation eines voll geheimen Transportsystems. Also diese Station umkreist die Sonne Zeta UMi und so haben wir auch die Station benannt. Damit das ganz klar ist: Diese Station gibt es nicht und mich gibt es auch nicht. Wir brauchten aber diese Station, um im Notfall agieren zu können, falls mal alle normalen Elfentore ausfallen. Auch alle Verbindungen, die von hier abgehen, gibt es natürlich nicht. Und du bist ja nun wohl ein Notfall", grinse Luise schelmisch und fuhr fort: „Serana ließ mich wissen, dass du nicht durch das violette Tor zum Shackleton-Krater reisen willst – aus verständlichen Gründen. Du musst aber dort die Kristallflöte abholen. Tja, und so hat Serana deine goldene Kreditkarte präpariert. Sei nicht sauer auf Amöbius – der wusste von all dem nichts – auch nicht, dass seine Kneipe an unser Transportsystem angeschlossen ist.

Er wird sich an nichts erinnern, wenn die Sache hier durch ist."

Pfnörgel sah sich kurz in der Station um und sagte: „Respekt, kleine Maus – nun verstehe ich einiges. Aber bleibt die Frage: Warum sehe ich so aus wie ich nun aussehe?!" Dabei nahm sein Gesicht, das als einziges Körperteil nicht pink war, wieder einen leicht grimmigen Zug an.

„Den Schutzanzug brauchst du, Pfnörgel, weil du zehn Minuten in die Zukunft reisen musst auf deinem Weg zum Shackleton-Krater – wir nennen die pinkfarbenen Schrumpfschläuche *Time-Slip*. Naja und warum ausgerechnet pink – das ist schon etwas peinlich, zugegeben. Aber wir beziehen die Masse aus Irland, da wird sie verwendet, um Radonfolien daraus herzustellen, die dort Pflicht sind. Wenn jemand neu baut, muss er so eine Folie in sein Fundament einbauen, um vor dem radioaktiven Radon-Gas geschützt zu sein, das aus dem Erdreich kommt. Und merkwürdigerweise ist das Zeug mit einem kleinen Zusatz von uns auch in der Lage, sich und seinen Träger unbeschadet durch die Zeit reisen zu lassen."

Luise hielt inne, um Pfnörgels Reaktion abzuwarten, aber der nickte nur verständnisvoll und meinte: „Naja, außer dir sieht mich ja so niemand."

„Das ist so nicht ganz richtig", piepste Luise kleinlaut. Pfnörgel konnte nun seinen Unmut nicht unterdrücken und sagte leise aber schon recht bedrohlich: „Wer noch???!!!" Luise duckte sich etwas erschrocken und piepste: „Naja, der Kraterwächter auf dem Erdenmond, er heißt Strull Struhlenpfohl und unterliegt der Schweigepflicht. Also alles easy – alles gut."

‚Oh, ich möchte hier nicht sein', dachte Pfnörgel bei sich und seufzte so tief, dass beim Ausatmen Luises

Fell ein wenig flatterte. „In Ordnung, Luise, du machst ja auch nur deinen Job hier und ich muss nun den meinen machen – wie geht's also jetzt weiter?"

Luise hüpfte aus der Schaukel aufs Schaltpult und sagte: „Du steigst in eine andere Rohrpostkapsel um und ich schieße dich Richtung Sonne."

„Geht's noch?!", polterte Pfnörgel lauter los, als er es beabsichtigt hatte.

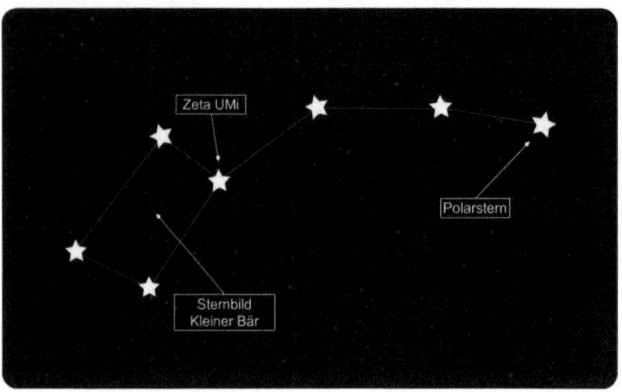

Die Verteilerstation umkreist den Stern *Zeta UMi*. Das ist der Stern, an dem die Zugstange, also die Deichsel, an den Kasten des *Kleinen Wagens* sternbildmäßig angekoppelt ist. Eine andere Bezeichnung für das Sternbild ist *Kleiner Bär*.

Oh meine treuen, unerschrockenen Leserinnen und Leser, ich weiß, es ist nun unfair, hier den Fluss der Handlung ein wenig zu stauen, aber ich glaube, hier ist der richtige Moment, um Ihnen das Transportsystem der Elfentore und der geheimen Transportwege zu erläutern. Eigentlich ist alles ganz einfach, wie Sie der Grafik auf der nächsten Seite entnehmen können – ich erkläre es aber doch noch kurz:

Dreh- und Angelpunkt ist die Unterwasserkuppel auf der Insel Terramaris. Diese Insel liegt im Niemandsland zwischen den Welten. Auf Terramaris altert man nicht. Die Insel wird in den nachfolgenden Geschichten in diesem Buch noch ausführlich beschrieben. Terramaris ist die Urlaubsinsel der Elfen und zur Hälfte ein Elfenstützpunkt. Von hier aus gibt es Verbindungen in fast alle Richtungen. Ausnahmen sind der Shackleton-Krater auf dem Mond – diese Verbindung ist defekt und die Verbindung nach Zeta UMi gibt es offiziell gar nicht, so wie es den Verteilerknoten Zeta UMi selbst auch offiziell nicht gibt. Von Zeta UMi aus geht es natürlich im Prinzip auch überall hin und zusätzlich noch in den Shackleton-Krater sowie nach Isafjördur in Island. Aber da will eigentlich niemand unserer Protagonisten sein, obwohl es ein Ort ist, der mich persönlich irgendwie magisch anzieht, so wie Island ohnehin – wegen der Elfen wahrscheinlich. Vom Shackleton-Krater aus gibt es noch eine sehr verhängnisvolle Transferlinie ans Ende der Zeit ins *NICHTS*, und auch das *NICHTS* selbst kann befreit werden und über diesen Weg die Erde vernichten. Alles andere erklärt sich, glaube ich, ganz gut in den Geschichten selbst und so können wir nun mit der Handlung fortfahren.

Elfentore und Transferlinien

sitnaltA

Menschenwelt
Lichtung am
Bärenstein

Shackleton-Krater
Erdenmond

"Das Ende der Zeit"
... ja üble Sache!

Unterwasserkuppel
Terramaris

DEFEKT

Doppelt gesicherte
Transferlinie,
die es auf gar
keinen Fall geben
dürfte!

Einbahnstraße

Diese Transferlinie
gibt es eigentlich
nicht :-)

Verteilerknoten
Zeta UMi

Elfenreich

Raum der Welten

Isafjördur
Island

Die Existenz dieser
Transferlinie wird
ebenfalls von allen
geleugnet!

Luise erklärte Pfnörgel, dass er sich nicht sorgen müsse. Ein im Weltall schwebendes Elfentor nahe der Sonne würde ihn – bevor es für ihn zu gefährlich wurde – zum Erdenmond abstrahlen. Dort würde er dann direkt in der Kraterstation bei Strull Struhlenpfohl am Südpol des Mondes herauskommen, um die neue Kristallflöte in Empfang zu nehmen. Dann sollte es über Zeta UMi in den Raum der Welten gehen und dort sollte dann feierlich die Flöte an die neue Elfe der Morgendämmerung übergeben werden. Damit wäre Pfnörgels Job dann erledigt und er könnte mit der goldenen Elfenkarte ein Jahr lang machen, was er wollte. Soweit der Plan. Aber das Böse lauert ja bekanntlich immer und überall!

Egigius Egbaeutel saß am großen Schaltpult in seinem Büro im unterirdischen Elfenstützpunkt auf Terramaris. Er war ein zu klein geratener, glatzköpfiger, fetter Elf mit Bluthochdruck. Er war durchtrieben, unbeherrscht, egoistisch, gemeingefährlich, verfügte über angeborene Bosheit und war zudem, das war das Gefährlichste, dumm wie Brot. Er war ein Blender und konnte all diese Eigenschaften gut verbergen. Er war Chef des Elfenstützpunktes auf Terramaris. Er hasste seinen Job, denn er fühlte sich zu Höherem geboren – zu wesentlich Höherem. Er hatte ein Problem – ein großes Problem. Und dieses Problem war die Menschenwelt – die Erde. Er war zuständig für die Menschenwelt und das stank ihm total. Hinter seinem Rücken wurde er Eggy genannt und Eggy wollte die Welt vernichten oder sie beherrschen – vernichten war zunächst mal die einfachere Möglichkeit, dachte er. Sein großer Fehler war stets, dass er nie einen wirklichen Plan B hatte, deshalb war sein Plan A immer so gefährlich wie ein herunterfallendes Feuerzeug in einem prall gefüllten Gasometer.

Es war natürlich nicht sein erster Versuch – bisher war er zwar immer gescheitert, aber nie damit aufgefallen. Nun war er sich sicher, dass es ganz einfach sein würde, die Erde zu pulverisieren. Der Wechsel der *Elfe der Morgendämmerung* stand unmittelbar bevor – das war die Gelegenheit. Wenn die neue, in wenigen Stunden amtierende Elfe keine Kristallflöte bekam, konnte sie die Flöte auch nicht auf der Erde spielen. Somit würde Strull Struhlenpfohl das *NICHTS* herauslassen müssen und das würde den Planeten verschlingen und er, der große Egigius Egbaeutel, war frei! Endlich frei! So dachte er. Aber er kapierte nach tausenden von Jahren immer noch nicht, dass das Elfenreich mit dem der Menschen eng verbunden war und dann langsam verblassen würde, um ebenfalls langsam unterzugehen. Die Elfen und all die kleinen liebenswerten Wesen des Elfenreiches würden verblassen, denn nur solange Menschen an Elfen glaubten, würde das Elfenreich bestehen. Aber wie sollte das ohne Menschen gehen?! Es stimmte, was man in *Peter Pan* lesen konnte: Immer, wenn ein Mensch sagte, dass er nicht an Elfen glaubt, dann starb im Elfenreich eine Elfe für immer – sie konnte dann nicht mehr ins Mondlicht gehen. Die Lampen brannten bei Eggy eben nicht so hell.

Eggy tippte mit recht flinken Wurstfingern auf der Tastatur des Stützpunkt-Zentralrechners herum und grinste grimmig. ‚Ja, das ist die perfekte Tarnung‘, dachte er bei sich. Er atmete tief durch und zog seinen schwarzen Umhang aus. Drunter trug er Feinrippunterwäsche und zur Krönung setzte er sich eine schweißerbrillenartige Nachtsichtbrille mit automatischer hell/dunkel-Umschaltung auf – für alle Fälle. Es klopfte an der Tür und er sagte nur mürrisch: „Stell es vor die Tür und verschwinde!" Er wartete kurz, bis sich die Schritte vor der Tür entfernten. Vorsichtig öffnete er die Tür und holte die gefüllte Plastiktüte herein, die er sich aus der Menschenwelt von einem Agenten hatte herschaffen lassen. Er packte sie auf dem großen Konferenztisch aus – eine Quittung von *Erwins Frittenschmiede* fiel ihm entgegen. Er hob das in eine alte Bildzeitung gewickelte, noch heiße Paket vorsichtig heraus und förderte drei fetttriefende Hamburger und eine dreifache Portion Pommes mit sechsfach Majo zutage. Er stellte alles ausgepackt und verzehrbereit auf den Tisch, atmete tief durch und sagte: „Na, dann mal los!"

Er öffnete die Tür des Formwandlers und schloss sie sorgfältig hinter sich. Drinnen wählte er auf dem Display unter der Rubrik *DINGER* den Menüpunkt *Spezial-Riesenkakerlake* aus und drückte beherzt die Return-Taste.

Oh, meine treuen unerschrockenen Freunde, die Sie mir bis hierher mutig gefolgt sind, über den nun folgenden Vorgang hüllen wir lieber gnädig den Mantel der nur minimalen Beschreibung, denn es ist wahrhaftig kein schöner Anblick, das kann ich Ihnen versichern! Es rumorte und summte im Formwandler und eklige Flüssigkeiten und Gewebefetzen verteilten sich an der Panzerglastür. Das Ergebnis sah in etwa so aus, als wenn ein voll Verblödeter seinen Hund in einer großen Industriemikrowelle getrocknet hätte. Die Tür öffnete sich und heraus wankte eine echt schaurige, schleimtropfende Riesenkakerlake, die sich mühevoll und noch benommen von der Umwandlung zum Konferenztisch quälte, gurgelnd Verdauungssaft hochwürgte und über die Hamburger und die Pommes erbrach, die davon verflüssigt wurden und sodann von einem Saugrüssel der Kreatur, die unser Eggy nun war, geräuschvoll aufgesaugt wurden. Diese temporäre Verwandlung setzte voraus, dass die so getarnte Person eine gehörige Menge unnatürlicher Nahrung aufsaugen musste, um die Tarnung für ungefähr eine halbe Stunde aufrecht zu halten. Eggy glaubte, in der Zeit alles erledigen zu können. Ein kräftiges, abartiges Rülpsen kündete vom Abschluss der Nahrungsaufnahme und unser Kakerlaken-Eggy wankte in den hinteren Bereich des Büros, wo ein temporär geschaltetes violettes Elfentor leuchtete. „Von wegen defekt!", grummelte es höhnisch aus den Tiefen des Chitinpanzers. Ein grünes Licht an den Kontrollen des Tors leuchtete auf. Die Kraterstation auf dem Mond hatte den Empfänger entriegelt. Das schaurige Wesen verschwand unter kurzem Aufleuchten des Portals im Torbogen.

Strull Struhlenpfohl genoss die Massage des Service-roboters – die Automatik hatte ihn aus der Stasis-kammer befreit. Das bedeutete, dass wieder mal 333 Jahre vergangen waren und er sich in Schale werfen musste, um den ehrenwerten Elementarteilchenversteher, seine Hochglanzwürden Sir Pfnörgel, zu empfangen, der die neue Kristallflöte für die ebenfalls neue *Elfe der Morgendämmerung* abholen kam. Er bildete schnell ein paar Pseudopodien aus und veränderte so lange vor einem großen Spiegel seine Farbe, bis er in allen Regenbogenfarben leuchtete – er war mit dem Ergebnis zufrieden. Strull war sozusagen ein DING wie Amöbius Brackwater, mit dem er gut befreundet war und den er alle 333 Jahre nach getaner Arbeit im Dimensionsloch traf, um sich richtig die Kante zu geben. Strull konnte es noch gar nicht fassen, dass über all die Jahre alles gut gegangen war, denn wenn das jährliche Flötenspiel der *Elfe der Morgendämmerung* einmal ausblieb, würde die Automatik ihn wecken und er hätte die absolut tödliche Aufgabe, das *NICHTS* aus den Tiefen zu befreien, auf dass es die Erde vernichtete und somit auch den Mond und ihn selbst. Keine schöne Sache – wirklich nicht! Aber er war der ebenfalls hochgeachtete Kraterwächter und ein Wesen des Elfenreiches – darauf war Strull sehr stolz. Er bekam ein autorisiertes Vorankündigungs-signal des violetten Elfentors auf den Panoramabild-schirm, der die Messwerte der Zeit anzeigte, die an der Station zerrte – sie befand sich ja zehn Minuten in der Zukunft, um unsichtbar zu sein – sowie alle ande-re Daten und die Südpolregion des Mondes. Das musste der Elementarteilchenversteher sein! Strull taperte mit einigen Pseudopodien, die er nach Belie-ben bilden konnte, auf das Tor zu, entriegelte es mit einem geheimen Code und wartete. Auf der Gegenseite wurde grünes Licht gegeben. Das Tor leuchtete auf und heraus trat nicht der erwartete ehrenwerte Elementarteilchenversteher, sondern eines der schaurigsten Wesen, die er je gesehen hatte.

Luise ließ eine neue Rohrpostkapsel aus dem Magazin in die Abschussvorrichtung transportieren und machte eine einladende Geste zu Pfnörgel. Dieser lächelte Luise an und sagte: „Behalte mich mal im Auge in der Kraterstation!"
„Kein Problem!", rief Luise ihm grinsend über den Lärm der Hydraulik zu, die die Luke der Kapsel verschloss und die Kapsel ins Katapult der Schleuse beförderte. „Ich habe mehrere Hyper-Webcams in der Kraterstation, aber das hast du nun nicht gehört!", rief sie noch schnell. „Was hast du gesagt?!", rief Pfnörgel schelmisch zurück.
Eine monotone Computerstimme zählte einen Countdown von zehn auf null im Sekundentakt runter. Die Technik auf dieser Station war schon beeindruckend, die Kapsel hatte tatsächlich sowas wie Andruckabsorber. Pfnörgel bemerkte die Beschleunigung nicht im Geringsten. Bereits nach wenigen Sekunden schoss die Kapsel durch das Weltraumelfentor und er materialisierte in der Schleusenkammer der Mondstation. Die Luke öffnete sich und Pfnörgel stieg mit etwas zittrigen Knien aus. Die Innentür der Schleuse öffnete sich mit einem hydraulischen Geräusch und Pfnörgel betrat die Kraterstation. Mit einem lauten Knall platz-

te urplötzlich sein pinkfarbener Time-Slip Schutzanzug ab und die auspolsternde Torfblumenerde und die Reste des Anzugs verteilten sich in weitem Umkreis. Sofort eilte ein Serviceroboter herbei und saugte alle Verunreinigungen in hektischer Eile auf. Zufrieden sah sich Pfnörgel in der Empfangshalle der Station um und winkte in eine Webcam an der Decke.

Er konnte nicht wissen, dass Luise in diesem Moment noch ganz andere Dinge sah und er konnte auch nicht wissen, dass in der Verteilerstation Zeta UMi alle Alarmsirenen schrillten, weil Luise die Station in den Status *Defense Condition 1* (kurz *DEFCON 1*) versetzt hatte. *DEFCON 1* war der höchste Alarmzustand und sah alle nur technisch machbaren Maßnahmen gegenüber einer Gefahr von außen vor. Luise schwang sich auf eine kleine Schwebeplattform und steuerte sie zur Schleuse, die die Beiboote der Station beherbergte. Sie wählte einen Elfen-Jet vom Typ *Neutrino*, schwebte in die kleine Zentrale, die extra auf ihre Bedürfnisse angepasst worden war, und setzte sich den Servo-Helm auf den zierlichen, bepelzten Kopf. Zwei Löcher sorgten dafür, dass ihre spitzen Ohren nicht eingeknickt wurden. Sie saß im Pilotensessel und schaltete den Vogel auf Alarmstart. Das Außenschott der Schleuse war mittlerweile geöffnet und das Schleusenkatapult beförderte die *Neutrino 1* mit unglaublicher Beschleunigung in den freien Raum. Luise hatte inzwischen den Kurs programmiert und lehnte sich zurück. Nach wenigen Sekunden hatte die *Neut-*

rino 1 die Eintrittsgeschwindigkeit in den Hyperraum erreicht – so konnten unglaubliche Entfernungen in sehr kurzer Zeit überbrückt werden. Ein schräger, aber megagenialer Professor in der Menschenwelt hatte diesen Antrieb mal auf dem Papier erfunden, aber nicht die technischen Möglichkeiten besessen, ihn zusammenzuschrauben – das haben dann die Kobolde im Elfenreich erledigt.

Das Raum-Zeit-Gefüge wurde ein wenig erschüttert, als Luise mit der *Neutrino 1* zurück ins Einsteinuniversum rauschte und der Mond bereits in Sicht kam. Heute hatte sie keine Augen für die bizarre Schönheit der Krater und Gebirge, als sie die Südpolregion des Mondes erreichte. Sie schaltete auf Handsteuerung um.

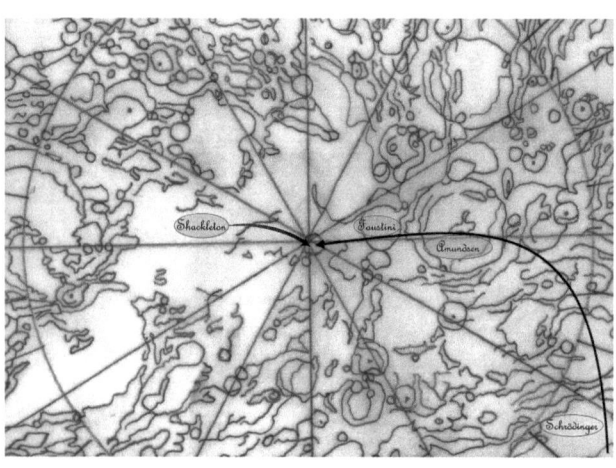

Der Südpol des Mondes und die von rechts unten aus eingezeichnete Flugbahn der *Neutrino 1* zum Shackleton-Krater.

Gezeichnet von Theo Gremme

Unter ihr zog der riesige Krater Schrödinger[8] vorbei, dann flog sie eine lange Linkskurve und schwebte, nun schon sehr langsam geworden, über Amundsen und dessen imposantem Zentralgebirge, dann folgte Faustini und endlich kam Shackleton in Sicht. Die *Neutrino 1* senkte sich langsam auf Prallfeldern in den tiefen, dunklen und eisigen Krater. Luise sah ihre schlimmsten Befürchtungen bestätigt: Die Kraterstation war als aus sich selbst heraus leuchtende Kuppel in der Mitte des sonst völlig finsteren Kraterinneren sichtbar! Das bedeutete, dass sie sich nicht mehr zehn Minuten in der Zukunft befand. Und das wiederum bedeutete, dass das erste Siegel, um das *NICHTS* freizulassen, bereits gebrochen war. In dem Falle machte eine Tarnung der Station keinen Sinn mehr, daher schaltete der Computer die Zeittarnung ab. Luise hatte so etwas wie einen Generalschlüssel für die Kraterstation in Form eines Codegebers, den sie nun betätigte. Die Schleuse der Station öffnete sich, Luise steuerte die *Neutrino 1* hinein und setzte sanft auf. Ja, sie hatte den potthässlichen, schleimigen Riesenkäfer über die Hyper-Webcam gesehen und sich sofort auf den Weg gemacht.

---

[8] Die Mondkrater wurden nach berühmten Persönlichkeiten (meist aus dem Bereich der Forscher und Entdecker) benannt. In Sachen *Schrödinger* werden wir uns im bereits geplanten nächsten Buch mit *Schrödingers Katze* befassen müssen! Genauer gesagt mit der Frage: Wann stirbt Schrödingers Katze?! Kann sie gleichzeitig tot und lebendig sein??? Ich lasse das nun einfach mal so geheimnisvoll stehen hier. ☺

Der Riesenkäfer schaltete das violette Portal wieder auf *Sendung*. So verhinderte er, dass ihm jemand folgen konnte und es gab ihm die Möglichkeit, sich nach getaner Arbeit blitzschnell wieder absetzen zu können. Dann wankte er grunzend auf den armen Strull zu, der immer noch wie erstarrt vor ihm stand. Eggy packte den zitternden Strull einfach mit seinen Käferzangen und röchelte dumpf grollend: „So, kleiner Strullemann, ich habe wenig Zeit! Wir gehen jetzt mal eben schnell das *NICHTS* rauslassen! Aber zackig! Wir essen zeitig!"

Er trug Strull in einen finsteren Gang, der sich an die Zentrale im Hintergrund anschloss. Blaues Licht flammte auf, als Eggy den Gang betrat. Der Gang wand sich in einer langsam immer enger werdenden Spirale abwärts und kam nach ungefähr zwei Windungen an ein Panzerschott, neben dem sich ein Terminal befand. Eggy fingerte mit seinen Käferzangen einen Feenstein hervor. Den hatte er Serana entwendet. Der Feenstein war ein Teil des Schlüssels zum ersten Siegel. Der Feenstein war sechseckig und passte genau in die dafür geschaffene Öffnung des Terminals. Eggy presste ihn umständlich hinein und sofort erschien auf dem Bildschirm des Terminals die Textzeile: „Willkommen Erleuchteter! Bitte geben Sie den Sicherheitscode ein!"

„Los Struller! Du kannst doch lesen, also mach es!", göllerte[9] [sic] Eggy. Strull hatte sich wieder gefangen und er war ein logischer Denker. Wenn er beide Siegel öffnete, würde das *NICHTS* alles vernichten, auch ihn selbst, wenn er die Station nicht binnen drei Minu-

---

[9] Das Wort gibt's nur in der elfischen Rechtschreibung! Na ja, ich habe es gerade erfunden – nennen Sie es dichterische Freiheit. ☺

ten verlassen würde. Aber er hätte dann die Erde auf dem Gewissen. Das kam also auf keinen Fall in Frage. Zerquetschen würde ihn Eggy schon nicht, denn er war auf seine Hilfe angewiesen. Strull musste Eggy einfach in eine Falle locken und die gab es tatsächlich. Wie schon gesagt, Eggy hatte niemals einen brauchbaren Plan B und hielt an Plan A unabänderlich fest. Er hatte den Plan der Mondstation nicht gründlich genug studiert und hatte zudem noch eine mit Absicht unvollständige Ausgabe des Plans, der die Falle nicht beinhaltete. Aus Sicherheitsgründen gab es nur auf der Station selbst einen vollständigen Plan. Strull tat also gespielt ängstlich, begann zu zittern und wisperte: „Ja … großer mächtiger Käfer, ich mach ja schon!" Eggy grunzte zufrieden und Strull tippte mit zitternden Pseudopodien den zehnstelligen Sicherheitscode ein. Es klickte ein paarmal in den Eingeweiden des Panzerschotts und es glitt rumpelnd zur Seite. Eine weitere Windung des Spiralganges lag vor ihnen und eine Computerstimme sagte: „Willkommen erleuchteter Meister Struhlenpfohl – das 2. Siegel wartet auf Eure Befehle!" Eggy taperte mit auf dem glatten Boden klackernden Insektenfüßen bis zum nächsten und letzten Panzerschott. „Na bitte – geht doch!", geiferte er. „Also weiter geht's, Struller!"

Die Erbauer der Station hatten an einen solchen Fall gedacht und die Möglichkeit geschaffen, ein temporäres Elfentor ganz ohne Codeabfrage direkt vor dem 2. Panzerschott zu schalten – nur dadurch, dass man der eingebauten Kamera den Stinkefinger zeigte. Das Transportfeld des Tors würde die Person sofort erfassen, einfach nur hinter das verschlossene Schott beamen und sie damit dem *NICHS* zum Fraß vorwerfen.

In diesem Falle zwar Strull und den widerlichen Käfer, aber immerhin wäre damit die Welt gerettet.

Pfnörgel wunderte sich, nicht wie sonst üblich vom Kraterwächter gegrüßt zu werden und wusste sofort, dass irgendwas schiefgelaufen war. Er hastete durch die Station in den erleuchteten Spiralgang, der zum *NICHTS* führte. Hier hatte im Normalfall niemand etwas zu suchen und das Licht durfte einfach nicht an sein. Das erste Siegel war bereits gebrochen! Er rannte nun weiter den Spiralgang hinunter und sah das seltsame Szenario. Er hielt sich noch hinter der Biegung der Spirale versteckt, nahm den Protonisator, ein Multifunktionsgerät, aus seiner nun frei zugänglichen Gürteltasche und scannte die Lage. Was sofort klar war: Der Käfer war kein Käfer! Pfnörgel sah, wie Strull, der sich immer noch in Gewalt des Käfers befand, eine Hand mit fünf Fingern ausbildete und im Begriff war, den Stinkefinger zu zeigen.

„Tu`s nicht!!!", schrie Pfnörgel dem armen, zu heroischen Heldentaten bereiten Kraterwächter zu. Er feuerte eine Salve Zersetzungsstrahlen aus dem Protonisator, der selbstverständlich auch eine Waffe war, auf den Käfer ab, der mit einem gewaltigen Knall in tausend glibberige Einzelteile zerplatzte und den Gang und das 2. Schott total einsaute. Strull fiel auf den Boden und brachte sich blitzschnell zu Pfnörgel hin in Sicherheit.

„Na, da wirst du wohl gründlich sauber machen müssen, Strull, mein Freund", sagte Pfnörgel kichernd zu

Strull, der erst jetzt begriff, dass die Gefahr vorüber war. Doch Pfnörgels Miene veränderte sich zu einem hässlichen Grinsen, als er sich dem Wesen zuwandte, das nun seines Käfertarnmantels beraubt war. Da stand er, Egigius Egbaeutel, in vollgesauter Feinripp-unterwäsche und einer Art Schweißerbrille im Ge-sicht. „Ich hatte es im Urin! EGBAEUTEL!!! Nun bist du fällig!!!", schrie Pfnörgel mit einer gewaltigen Stimme, die man dem kleinen Wesen niemals zuge-traut hätte. Langsam ging Pfnörgel auf Eggy zu, der nun seinerseits grundlegend gerechtfertigt zitterte. Pfnörgel wusste, was der kleine mutige Kraterwächter vorgehabt hatte, und sagte nun in einem schneidenden Tonfall gefährlich leise zu Eggy: „So, du Schwarz-lichtbirne – nun bist du mal ein böser Elf und zeigst mir mal brav deinen fiesen Stinkefinger!"

„Wie jetzt? ...", stammelte der völlig verstörte Eggy. „Du hast mich sehr gut verstanden!", legte Pfnörgel nun etwas lauter nach.

„Tu es nicht!!!", sagte eine feine piepsige Stimme. Es war die kleine Dame Luise, die auf ihrer Schwebe-plattform inzwischen den Weg zu ihnen gefunden hatte. „Das wäre eine zu einfache Strafe für ihn", sag-te sie erklärend zu Pfnörgel und Strull. Sie koppelte Eggy so wie er war mit einem Fesselfeld an ihre klei-ne Plattform und nahm ihn ins Schlepptau Richtung Hangarschleuse. Strull und Pfnörgel sahen ihr bewun-dernd nach.

„Weswegen ich eigentlich hier bin", begann Pfnörgel. Strull grinste ihn an und sagte: „Oh, schon klar, das ist schnell erledigt", und führte Pfnörgel in eine Abstellkammer mit Putzutensilien und anderem Gerümpel. In einer Ecke stand ein verrosteter Automat für Getränkeflaschen, wie er manchmal in Hotels steht. „Hast du mal ein 5-Öcken-Stück?", fragte Strull fast beiläufig. Die Währung im Elfenreich war die sogenannte Elfen-Öcke (kurz €Ö) – sie wurde aus purem Elfengold geprägt, aber Gold bedeutete den Elfen eigentlich nicht viel. Pfnörgel holte eine aus seiner Gürteltasche. Strull warf sie in den Geldschlitz des Automaten und fragte: „Welche Farbe? Letztes Mal war es grün." Pfnörgel begriff erst jetzt. „Blau!", sagte er grinsend und Strull betätigte die entsprechende Taste. Es summte, dann fiel polternd ein Gegenstand in den Ausgabeschlitz und Strull holte ihn heraus. Es war etwas so Wunderschönes, dass Pfnörgel andächtig und gebannt auf die blau strahlende, magische Kristallflöte starrte, die ihm der Kraterwächter nun schelmisch grinsend mit den Worten überreichte: „Normalerweise mache ich das feierlicher vorn in der großen Zeremonienhalle, aber heute geht es bestimmt auch mal so." Beide lachten schallend und Pfnörgel ließ die Flöte in einen extra dafür mitgebrachten schützenden Sicherheitsbehälter aus Elfenstahl gleiten, den er sorgfältig in seiner Gürteltasche verstaute.

Eggy wurde gefesselt im Frachtraum der *Neutrino 1* verstaut. Die Rohrpost war ebenfalls zusammen mit der Zeittarnung ausgefallen, das wusste Luise, deshalb war sie mit dem Raumgleiter hergekommen. Sie sah echt süß aus mit ihrem Servo-Helm auf dem Kopf und Pfnörgel lächelte sie geradezu liebevoll an.

„Wir machen einen kleinen Umweg zum Planeten Erde, meine Herren", grinste Luise. Strull war mitgekommen, weil er sich einen rauschenden Abend bei Amöbius im *Dimensionsloch* verdient hatte. Alle genossen nun den Flug, außer Eggy natürlich. Luise umrundete den Mond einmal ganz und erklärte ihren Mitreisenden die einzelnen Krater und Formationen. Sie stellte zwischendurch eine Verbindung zu Zeta UMi her und beorderte einen Trupp Techniker zur Kraterstation, die dort sauber machen, das erste Tor wieder versiegeln und die Zeittarnung wieder in Gang bringen sollten. Dann näherten sie sich der Erde. Die Wesen in der Pilotenkanzel sahen andächtig und ehrfürchtig auf diesen einzigartigen, wunderschönen blauen Planeten, der beinahe vernichtet worden wäre. Aber vielleicht würde er ja heute noch vernichtet, dachte Pfnörgel im Stillen – nämlich dann, wenn die neue *Elfe der Morgendämmerung* befinden würde, dass die Menschheit es nicht mehr wert sei, dass sie ihre Flöte spielt.

Luise setzte im Volltarnmodus zur Landung an – nur Elfenwesen konnten den Raumgleiter sehen (und das waren einige), der im Hafengebiet einer kleinen Halbinsel in einem Fjord auf Island mit sanft nachfedernden Teleskopstützen aufsetzte. Isafjördur hieß dieser

Ort an sicherlich einem von mehreren möglichen Enden der Welt.

Auf dem kleinen Platz, den Luise als provisorisches Landefeld nutzte, stand eine Frau mittleren Alters in einen dicken, warmen Mantel mit Kapuze gehüllt und blickte mit freundlichem Lächeln rauf zur Pilotenkanzel. Strull meinte verwundert: „Sie ist ein Menschenwesen und sie kann uns sehen!"

„Ja", sagte Luise lächelnd. „Das ist Erla, die Elfenexpertin hier in Island. Sozusagen eine Art Amtskollegin von Pfnörgel. Es gibt nicht viele Menschen, die Wesen aus der Welt der Elfen und aus anderen Parallelwelten sehen können, aber Erla kann es und vertritt hier unsere Interessen. Sie vermittelt zwischen Elfen und Menschen, denn dort, wo Elfen wohnen, darf nicht gebaut werden, die Elfen würden sich sonst wehren! Erla hat ganz offiziell ein Büro im Bauamt von Reykjavík. Ja, hier glauben die meisten Menschen an die Existenz von Elfen, Trollen, Wassernymphen und anderen Wesen, auch wenn sie sie nicht sehen können. Daher fühlen sich Elfen hier so wohl, weil die Leute an sie glauben", beendete Luise ihre Ausführungen.

Luise und Pfnörgel winkten Erla durch die Pilotenkanzel freundlich zu und Erla erwiderte den Gruß. Luise öffnete die Schleuse der *Neutrino 1* und alle stiegen aus, auch Eggy. Er machte ein verdächtig teilnahmsloses Gesicht und fügte sich seltsamerweise in sein Schicksal. Luise saß wie immer auf ihrer kleinen Schwebeplattform. Erla begrüßte alle herzlich und nahm Eggy die Fesseln ab. Sie sah ihn lange schweigend an und sagte schließlich: „Du kannst dich hier frei bewegen – wenn du freundlich bist und einsichtig, werden dich deine Artgenossen respektvoll behandeln und dir Unterkunft und Nahrung geben. Du bleibst zunächst ein Jahr lang hier und dann beraten wir, was wir mit dir machen, Egigius."

Eggy wurde von einer Gruppe anderer Elfen abgeholt, die freundlich mit ihm redeten.

„Wir müssen schnell weiter, Erla", sagte Pfnörgel und zeigte auf den Behälter, der sich in seiner Gürteltasche abzeichnete. „Ich weiß", sagte Erla wissend, lächelte liebevoll und ergänzte: „Richtet der neuen *Elfe der Morgendämmerung* meine herzlichsten Grüße aus. Ich wünsche ihr viel Mut und Kraft für die schwerste Aufgabe, die einer Elfe aufgebürdet werden kann. Richtet ihr aus, dass sie immer auf meine Hilfe zählen kann." Die kleine Reisegruppe verabschiedete sich dankend von Erla und die *Neutrino 1* flog direkt Zeta UMi an. Von dort aus ging es in einer bequemen dreisitzigen Rohrpostkapsel in den Keller vom *Dimensionsloch*. Luise und Strull gingen schon mal rauf in die Kneipe, um für die After-Show-Party vorzuglühen. Pfnörgel machte sich auf dem Klo etwas frisch und benutzte die offizielle Transferlinie, um in die Unterwasserkuppel nach Terramaris zu gelangen, wo ihn Serana schon erwartete. Sie lächelte ihn zuckersüß unter heimlicher Verwendung einer großen Menge Elfenmagie an. Dies war auch dringend nötig, denn Pfnörgel war stinksauer auf Serana wegen der so heimtückisch manipulierten goldenen Kreditkarte. Die Magie bewirkte, dass Pfnörgel fast augenblicklich nicht mehr auf Krawall gebürstet war. Sein schon heftig gesträubtes Fell glättete sich wieder.

„Mein lieber, lieber treuer Freund, wir sind dir alle zu größtem Dank verpflichtet", begrüßte Serana ihn, setzte sich mit ihm auf die Aussichtsbank, und sie schauten versonnen durch die dicke Glaskuppel in die atemberaubend schöne Unterwasserwelt von Terramaris. Dort tollte gerade Marana, die wunderschöne Wassernymphe, mit ihrer noch um ein Vielfaches schöneren elfischen Freundin durch das kristallklare warme Wasser. „Ist sie das?", fragte Pfnörgel Serana leise. – Ja", sagte Serana genauso leise, *„Der, der alles beseelt* sprach ihren Namen aus!"

Die beiden schönen Wesen im Wasser betrachteten die erleuchtete Unterwasserkuppel auf dem Grund des terramarischen Meeres. „Warum sind wir hier?", fragte Siamsarah ihre beste Freundin. Marana sah sie lange mit ihren hypnotisch schönen Augen an, ihre kobaltblauen langen Haare wehten in der leichten Strömung des Wassers und umspielten ihr bezauberndes Gesicht. Sie merkte, wie sich Siamsarah langsam wieder von Kiemenatmung auf Lungenatmung umzustellen begann – der Zauber der Verwandlung hielt eben nicht ewig. Beide waren schon lange durchs Wasser getollt, hatten rumgealbert und dabei die Zeit vergessen. Elfen konnten nur durch einen Trick unter Wasser atmen – nämlich durch den Kuss einer Wassernymphe. Obwohl Siamsarah nun keine Luft mehr bekam, hatte sie keine Angst, denn sie vertraute ihrer Freundin bedingungslos. Marana genoss es immer sehr, wenn ihre Freundin an diesem Punkt war, wo sie nicht mehr atmen konnte, denn irgendwie waren Wassernymphen doch immer etwas nymphomanisch. Marana strich ihrer Freundin zärtlich über das schöne Gesicht und durch ihre langen blonden Haare. Dann zog sie Siamsarahs Kopf langsam zu ihrem und küsste sie lange und leidenschaftlich. Wie schon erwähnt, war das eine ganz normale Transaktion bei den Nymphen. Siamsarah wurde stets ohnmächtig von diesem Verwandlungskuss. Sie hätte es niemals zugegeben, aber sie genoss diesen Kuss so sehr, dass sie nach der Wiedererlangung des Bewusstseins immer noch eine Weile bewusstlos tat. „Aufwachen – kleine Genießerin", flüsterte Marana schelmisch in Siamsarahs Ohr. Siamsarah wollte aber noch nicht wach werden, sie war schon oft kurz davor gewesen, sich total in Marana zu verlieben. So auch jetzt wieder, aber das gab sich dann nach einigen Minuten wieder, denn es wurde nur durch die recht starke Nymphenmagie hervorgerufen und hatte bei Elfen nur eine kurze Halbwertzeit. Bei einem Menschenwesen hätte dieser Zustand im rosaroten Nebel wesentlich länger angehalten. „Warum wir hier sind, hast du mich gefragt", sagte Marana, als Siamsarah nur widerwillig ihre Augen aufschlug. Sie drehte Siamsarah vorsichtig um, und beide konnten nun sehen, wie sich die Schleusentür der Kuppel öffnete.

„Du wirst dort erwartet", sagte Marana leise, hielt sie dabei sanft an den Schultern fest und fügte mit zärtlicher Stimme hinzu: „Aber du wirst nicht nur dort erwartet, sondern auch im *Raum der Welten* und in der Menschenwelt." Siamsarah blieb fast das Herz stehen und sah Marana mit angstvollen, großen Augen über die Schulter erschrocken an. Marana nahm sie sanft in den Arm und hielt sie einfach nur beruhigend, um ihr mit Nymphenmagie zumindest einen Teil der panischen Angst zu nehmen. Jedes Wesen aus dem Elfenreich hatte schon früh in der Schule gelernt, was der

Raum der Welten war und was es bedeutete, dort erwartet zu werden.

„Du solltest es von mir, deiner Freundin, erfahren. Serana war gestern bei mir und hat mich darum gebeten", sagte Marana leise und küsste Siamsarah einfach noch einmal – diesmal nicht aus Verwandlungsgründen, sondern aus echter, liebevoller Zuneigung und Freundschaft. Der Kuss beruhigte Siamsarahs Körper und Seele.

Marana ließ Siamsarah nun frei, verbeugte sich vor ihr und sagte nun sehr förmlich und respektvoll: „Ich verneige mich tief vor dir, *Elfe der Morgendämmerung*!" Und sie meinte es aufrichtig.

Siamsarah wusste nicht, wie sie es geschafft hatte, mit Maranas Hilfe bis in die Schleuse zu kommen. Die äußere Tür schloss sich und das Wasser wurde abgepumpt. Nun war die Luft Siamsarahs Feind, denn sie versuchte nun krampfhaft und hektisch, Wasser durch die Kiemen einzuatmen, die sie noch hatte. Sobald sich die innere Tür öffnete, kam ihr Serana zur Hilfe und verwendete Elfenmagie für eine sofortige Rückverwandlung. Keuchend stand Siamsarah nass vor Serana, die ihr sofort in ein silbrig schillerndes Gewand half und sanft sagte: „*Der, der alles beseelt* sprach deinen Namen aus, Siamsarah! Habe keine Angst, du kannst in dieser Nacht nichts falsch machen – folge nur der Stimme deines Herzens."

Serana führte Siamsarah vor das nun leuchtende blaue Elfentor in der Kuppel auf dem Grunde des Meeres und Siamsarah ging mutig und ohne zu zögern hindurch.

Der Raum der Welten hatte keinerlei Begrenzung. Siamsarah schien mitten im Weltraum zu schweben und sah auf sich langsam bewegende Planeten und andere Himmelskörper, zwischen denen sich, aus goldenen Lichtstrahlen geformt, die sogenannten *Platonischen Körper* genau wie in Keplers Modell vom Weltgeheimnis[10] zeigten. Wer auch immer diese gigantische Anlage geschaffen hatte: Er musste ein Fan von Johannes Kepler gewesen sein. Dies war der Ort, zu dem nur die *Elfe der Morgendämmerung* und der Elementarteilchenversteher Pfnörgel Zugang hatten. Pfnörgel schwebte vor Siamsarah und überreichte ihr die magische, blau leuchtende Kristallflöte mit den rituell vorgeschriebenen Worten. Er schloss mit: „Deine Reise in die Menschenwelt wird in jedem Jahr hier beginnen und bedenke, sobald du in der Menschenwelt bist, sieht deine Flöte wie eine ganz normale kleine Flöte aus, ist aber die zaubermächtigste Flöte, die du dir vorstellen kannst. Du darfst dich von niemandem verabschieden und musst nun sofort in die Menschenwelt. Meine guten Gedanken werden dich immer begleiten und im ersten Licht des Tages erwarte ich dich hier zurück. Wir haben dann eine Frist von

---

[10] Alles um Johannes Kepler und sein Weltgeheimnis und die *Platonischen Körper* erfahren Sie noch in einer späteren Geschichte in diesem Buch – haben Sie bitte ein klein wenig Geduld – es wird sehr spannend und informativ! ☺

einem Jahr, oder du kehrst zurück und das NICHTS ist frei, dann werden wir auch zugrunde gehen. Triff deine Entscheidung aber immer mutig, höre nur auf dein Herz, Siamsarah, und fürchte den Tod nicht!"

Siamsarah nahm die Flöte andächtig in ihre Hände. In dem Moment, als sie die Flöte liebevoll an sich drückte, verschwand sie und fand sich im selben Augenblick sitzend auf einem umgestürzten Baumstamm wieder, der über einen kleinen Gebirgsbach gefallen war. Es war eine sternenklare Nacht in der Menschenwelt und der Mond stand hoch am Himmel. Die kleinen goldenen Funken, die Siamsarahs Erscheinen begleitet hatten, verblassten langsam.

Ja, es war echt dumm gelaufen für Eggy. Nun saß er auf dem Planeten fest, den er um jeden Preis hatte vernichten wollen. Eine größere Strafe konnte es momentan für ihn nicht geben. Luise hatte das gewusst und ihn nach Isafjördur auf Island verbannt. Erla, die Elfenexpertin, war sozusagen seine Bewährungshelferin und würde in einem Jahr den Elfenrat nach Island einladen, um zu entscheiden, was mit Eggy geschehen sollte. Er beschloss, die Füße still zu halten bis dahin, sich gut zu benehmen, denn er wollte zurück auf seinen alten Posten – aber nur, um einen neuen Plan zur Vernichtung der Erde zu schmieden. Zeit war für Elfen nicht so wichtig – sie waren extrem langlebig.

Oben in der Kneipe bei Amöbius war die Hölle los! Es war schließlich die Nacht der Elfe der Morgendämmerung und die konnte ja auch mal sehr übel ausgehen. Deshalb veranstaltete Amöbius jährlich eine Weltuntergangsparty, wo wirklich kein Auge trocken blieb. Die pure Lebensfreude schlug hier gigantische Wellen und alle waren extrem gut und schräg drauf! Immerhin könnte es ja das letzte Mal sein. Pfnörgel hatte die Lizenz, den Raum der Welten auch wieder verlassen zu können. Er reiste über die derzeit auf Automatik geschaltete Verteilerstation Zeta UMi nach sitnaltA und kam genauso wieder am Tresen bei Amöbius an, wie er auch von dort verschwunden war. Winzhuhn Deffy gackerte aufgeregt und hysterisch, als sie von der aus dem Boden aufschießenden Rohrpostkapsel fast plattgemacht wurde. Aber der magische Kronkorken auf ihrem Kopf schützte sie zuverlässig vor der Vernichtung. Amöbius stellte sofort einen *Brackwatischen Hirnhammer* vor Pfnörgel auf den Tresen und gluckste: „Hi Pfnörgeli mein Freund, willkommen zur Party – der geht diesmal aufs Haus!" Pfnörgel fackelte nicht lange und stürzte das Zeugs sofort runter. Die 30 Sekunden Glückseligkeit setzten auch prompt ein und Pfnörgel sah sich um: Neben ihm saß Strull auf einem Barhocker und half Amöbius beim Mixen der Drinks für das große Becken der Wassernymphen. Luise saß in einer kleinen, kastenartigen Schaukel, die mit Sand gefüllt war, auf dem Tresen und verzehrte schaukelnd genussvoll einen Mehlwurm. Mehlwürmer waren für Spitzohrrüssel-

springer nicht gesund – die waren sowas wie Fast-Food in der Menschenwelt, aber heute musste das einfach sein. Auch Serana war da und flirtete gerade heftig mit einem Kobold. Ach, Pfnörgel hatte das Bedürfnis, alle zu umarmen – er hatte sie ja alle sooo lieb! Die 30 Sekunden waren rum und die Glückseligkeit auch. Serana sah es ein wenig erschrocken, stieg blitzschnell vom Barhocker und flüchtete durch die Menge. Pfnörgel jagte ebenso blitzschnell hinter ihr her. Nun gab es keine Elfenmagie, die ihn besänftigen konnte. Wenn Elfen was getrunken hatten, klappte das nicht mehr so gut. Dann gab es plötzlich ein ohrenbetäubendes Krachen aus Richtung der großen Eingangstür der Kneipe. Ein riesiges, fauchendes und schnaubendes Ungetüm bretterte durch die geschlossene Tür. Das so erzeugte Loch hatte in etwa die Umrisse von Nöggy, einem sitnaltischen Trollgrotten-Drachen, der sich polternd und Tische mit sich reißend einen Weg bahnte. „Alle Türen auf!!!", brüllte er grollend so laut, dass einige Flaschen und Gläser an der Bar zersprangen. Er bahnte sich, eine Spur der Verwüstung hinter sich herziehend, weiter seinen Weg zu den Toiletten. Von dort aus hörte man grollend ein ohrenbetäubendes:
„Uuuhhh …aaaaahhhh …jaaaahhhh … das tut gut!!!",
begleitet von einem Geräusch, als wollten die Niagarafälle die Kneipe überfluten. Nach einer Weile kam er befreit japsend zurück, setzte sich auf seinen mächtigen Hinterfüßen an den Tresen und kicherte göllernd: „Hi Amöbius! Sorry, aber der lange Flug hierher – und dann mein Prostataleiden – du weißt schon."
Amöbius stellte ihm einen großen Eimer *Sitnaltisches Feuerwasser* hin und sagte: „Schon ok, Nöggy – schön dich zu sehen!"

Es wurde noch eine rauschende Party und das Dimensionsloch war hinterher nur noch eine rauchende Ruine, weil Nöggy ständig, wenn er Lachanfälle bekam, unkontrolliert sein Magengas zündete. Aber für sowas gab es Versicherungen, und ob Amöbius' Kneipe bald wieder in neuem Glanze erstrahlen würde, lag heute Nacht an Siamsarahs Entscheidung. Die neue *Elfe der Morgendämmerung* durchlebte soeben die schrecklichsten Momente ihres bisherigen Elfenlebens in der gerade erst betretenen Menschenwelt.

„Na hallo – geht's noch?!", könnten Sie mir nun mit Recht zurufen! „Alle machen Party und unsere voll süße Siamsarah geht gerade ganz allein durch die Hölle da unten?!" Stimmt, da haben Sie völlig Recht – daher fehlt hier noch ein Absatz:

Die Einzige, die nicht im Dimensionsloch feierte, war Marana, Siamsarahs beste Freundin. Sie schwamm zu ihrem Lieblingsort – dorthin, wo Siamsarah und sie oft viel Zeit verbrachten, um sich ihre Sorgen und Nöte zu erzählen und sich einander Mut zuzusprechen. Dieser Ort hieß *Unoron* und war ein Unterwasserwald an der tiefsten Stelle des terramarischen Meeres. Für die Wassernymphen war es ein heiliger Ort. Die Bäume und Pflanzen, die hier wuchsen und lebten, hatten eine unbeschreibliche Farbenpracht. Einige leuchteten aus sich selbst heraus und alle bewegten sich mit der sanften Strömung im warmen Wasser. Bunte Leuchtfische tummelten sich hier zusammen

mit Spitzohrseepferdchen und freundlichen Ringelsee-
schlangen. Marana legte sich auf eine weiche See-
moosfläche auf einer kleinen Lichtung, konzentrierte
sich auf ihre Freundin und nahm eine Art mentale
Verbindung zu ihr auf. Dieser Ort verstärkte die men-
talen Kräfte der Nymphen um ein Vielfaches. Es dauerte eine Weile, bis sie ihre Gegenwart spürte, und sie
merkte sofort, dass etwas Schlimmes geschehen war.
Sie konnte ihrer Freundin nur beruhigende Gedanken
senden und eine Portion Nymphenmagie – eingreifen
konnte sie von hier aus nicht.

Siamsarah
die Elfe der Morgendämmerung

Haben Sie schon einmal in einer sternklaren Nacht den Himmel betrachtet? Vielleicht im Sommer draußen in der Natur, wo das Licht der Städte nicht stört? Und vielleicht haben Sie sich dann unter einen Baum gesetzt und alles auf sich wirken lassen. Plötzlich haben Sie die Schönheit und die Größe des Universums in sich aufgenommen und die leise und doch machtvolle Große Musik der Sterne gehört – nein, nicht mit Ihren Ohren, sondern Sie haben sie bis ganz tief in der Seele gespürt.

Und als Sie dann nach scheinbaren Ewigkeiten wieder nach Hause gegangen sind, haben Sie dann vielleicht eine große Zuversicht und die pure Lebensfreude in sich gespürt? Eine unermessliche Freude darüber, dass Sie ein Teil dieses Großen sind? Ja? – Gut, dann fängt meine Geschichte hier an:

Manchmal, wenn ich nachts nicht schlafen kann, fahre ich mit dem Auto ein paar Kilometer hinaus in die Natur, stelle den Wagen ab und mache einen langen Nachtspaziergang, um den Kopf wieder frei zu bekommen für neue Ideen. So war es auch in einer sternklaren Nacht im September. Es war nicht kalt und der volle Mond stand über dem Horizont.

Es war ungefähr zwei Stunden vor der Morgendämmerung – genauer gesagt, eine Stunde vor der stillsten

Stunde der Nacht, in der alle Geräusche verstummen und die Welt für eine Stunde den Atem anhält. Der Pfad, auf dem ich wanderte, führte stetig sanft bergauf. Das Licht der Sterne und des Mondes beschien meinen Weg. Es ist erstaunlich, wie gut man nachts sehen kann, wenn sich die Augen erst einmal an die Dunkelheit gewöhnt haben.

Ich war schon auf dem Höhenweg des Bärensteins in den kleinen Wald hineingegangen, als ich rechts von mir durch ein paar Bäume hindurch eine kleine Lichtung erblickte, die geradezu zum Ausruhen einlud. Am Rande der Lichtung lag ein großer, umgestürzter Baumstamm über einem kleinen Gebirgsbach. Ich ging nun auf den Baumstamm zu, um mich darauf ein wenig auszuruhen und die Sterne anzuschauen.

Ich bin häufig nachts in der Natur unterwegs und ich bin sicher kein ängstlicher Mensch, aber plötzlich blieb ich bis ins Tiefste erschrocken wie angewurzelt stehen, denn der Platz, den ich auf dem Baumstamm einnehmen wollte, war schon besetzt.

Oh, meine treuen Freunde, kennen Sie das Gefühl, einer echten Sinnestäuschung zum Opfer zu fallen? So überarbeitet war ich doch nun auch wieder nicht, oder doch? Und den obligatorischen Rotwein für nächtliches Brüten am leeren Computerbildschirm hatte ich auch nicht getrunken. Dort auf dem Baumstamm saß etwas – nein, dort saß jemand – oder doch etwas?

Ich schloss mehrfach die Augen, um diese Laune gestörter Wahrnehmung zu verjagen, aber die zierliche, Gestalt blieb hartnäckig dort sitzen. Wie im Traum ging ich langsam auf sie zu, denn ich war sicher, dass die Erscheinung verschwinden würde, wenn ich näherkam. Tat sie aber nicht – im Gegenteil, sie sah mich mit großen, dunklen, tränenerfüllten Augen an.

Die Gestalt war schlank und sah fast zerbrechlich aus. Sie hatte lange blonde Haare bis fast zu den Hüften, ein überirdisch schönes Gesicht und war eindeutig weiblich. Sie trug ein langes, silbrig schillerndes Gewand, das das Licht der Sterne und des Mondes reflektierte.

Klar, sagte ich zu mir selbst, nun bist du durchgeknallt – es gibt keine Elfen, und außerdem, wenn es eine Elfe wäre, dann müsste sie zwangsläufig spitze Ohren haben – das war der letzte Trumpf, den ich meiner Geistesverfassung gegenüber noch im Ärmel hatte. Als sie ganz leicht den Kopf bewegte, sah ich es – sie hatte spitze Ohren!

Ich stand nun nah vor ihr, und die Fassungslosigkeit in ihren Augen stand der meinen um nichts nach.

„Du kannst mich sehen?", fragte sie mich ohne Vorwarnung mit einer traumhaft schönen, aber abgrundtief traurigen Stimme.

Ich stand da mit offenem Mund, gänzlich unfähig, etwas zu sagen, deswegen nickte ich nur wie im Traum. Wenn das der Wahnsinn war, der mich da mit sanftem Hauch einhüllte, dann war der Wahnsinn gar nicht so schlimm, dachte ich noch, als das rätselhafte Wesen plötzlich sanft, ja geradezu vorsichtig, zu lächeln begann. Eine Träne lief dabei über sein schönes Gesicht.

„Ja, du kannst mich sehen!", sagte die Elfe nun mit einer Spur von Hoffnung in ihrer zarten Stimme.

„Du hast sie also gehört", sprach sie weiter, und der Satz war offensichtlich nicht als Frage gemeint.

Da ich immer noch nicht sprechen konnte, übernahm sie das für mich: „Die Große Musik der Sterne – du hast sie gehört! Nur Menschen, die diese Musik hören können, sind fähig, meinesgleichen zu sehen."

„Wer bist du?", brachte ich nun mit brüchiger, heiserer Stimme heraus – die Standardfrage in solchen Situationen, dachte ich überflüssigerweise.

„Siamsarah ist mein Name", sagte sie, und ihre großen, dunklen, unendlich traurigen Augen, in denen sich der Mond spiegelte, sahen genau in meine. Ich konnte und wollte ihrem Blick nicht ausweichen.

Erst jetzt bemerkte ich, dass sie etwas in ihren kleinen Händen hielt. Es war eine winzige, in zwei Hälften gebrochene Flöte. War die zerbrochene Flöte der Grund für ihre Traurigkeit? Ich fasste endlich den Mut, mich vorsichtig neben sie zu setzen.

„Wie ist das denn passiert?", fragte ich sie leise und deutete auf die Flötenteile.

Ich hätte nie gedacht, dass eine zerbrochene Flöte so traurig aussehen könnte. Selbst mir stieg eine Träne ins Auge. Die Elfe seufzte so tief, dass es mir in der Seele wehtat, und sagte leise:

„Das ist eine lange Geschichte – möchtest du sie wirklich hören?"

Eine Sternschnuppe zog ihre silberne Spur über den Himmel – dann noch eine. Plötzlich hatte ich das Gefühl, dass hier etwas ungeheuer Wichtiges im Gange war – so elementar wichtig, dass es mir fast den Atem nahm. Mein Puls beschleunigte sich merklich, als ich mich sagen hörte:

„Ja, Siamsarah, ich möchte deine Geschichte hören."

Und als ob die Sterne es gehört hätten, durchdrang mich für einen Moment ihre vertraute Große Musik wie ein vielstimmiges, dunkles, angenehmes Summen. Dann war alles wieder ganz still, als Siamsarah ihre Geschichte begann.

„Weißt du", sagte sie mit nun entschlossenerer Stimme, „ich bin die *Elfe der Morgendämmerung* und ich muss einmal im Jahr in der stillsten Stunde der Nacht meine Flöte spielen, damit die Erde in ihrem Innersten zusammengehalten wird. Naja, eigentlich bin nicht ich das mit meiner Flöte, sondern das ganz Große Orchester der Planeten und Sterne. Ich muss nur die ersten Töne mit meiner Flöte spielen, um das Große Konzert zu eröffnen – sozusagen die Ouvertüre – und das noch als Solostimme – und das Schlimmste ist, ich habe das noch nie gemacht, und mit einer zerbrochenen Flöte geht das schon gar nicht." Wieder kullerte eine dicke Träne über ihre Wange.

Ich fragte sie vorsichtig: „Warum hast du das denn noch nie gemacht?"

„Naja", sagte sie etwas zögernd, „alle 333 Jahre wird eine neue Elfe zur *Elfe der Morgendämmerung* bestimmt und diese Zeitspanne ist gerade wieder mal um und mich hat's getroffen mit dem Job."

Sie umklammerte mit jeder Hand eine Hälfte der zerbrochenen Flöte und sagte mit zitternder Stimme: „Aber so einfach ist das nicht, weißt du? Ich muss mir erst ein Bild von der Welt verschaffen und mich dann entscheiden, ob ich die Flöte überhaupt spielen will – so steht es in unseren Richtlinien. Also bin ich vorhin in die Welt geflogen und habe mir manches angesehen, und glaube mir, ich habe viel gesehen – zu viel ..."

Ihr Blick wanderte ins Leere, als zöge nochmals das Gesehene an ihr vorbei.

„Ich habe gesehen, wie sich Menschen gegenseitig töten, wie sie die Natur zerstören, Tiere ausrotten. Ja, ich habe einen Autofahrer gesehen, der einen kleinen Igel absichtlich überfahren hat; ich habe gesehen, wie sich Menschen unrechtmäßig bereichern, andere bestehlen und Menschen in Not nicht helfen. Und ich habe die immer größer werdende Fantasielosigkeit der Menschen gesehen, ihre Gedankenlosigkeit und Oberflächlichkeit und das Leid, das daraus erwächst!"

Die Elfe zitterte nun am ganzen Leibe und begann fürchterlich zu schluchzen.

„Meine Flöte ist durch meine Verzweiflung zerbrochen", konnte sie nur noch unter heftigen Weinkrämpfen hervorbringen.

„Ich tauge nicht für diese Aufgabe", schluchzte sie herzzerreißend. Als ich mich endlich traute, sie vorsichtig zu berühren, sie leicht in den Arm zu nehmen, um den schier hoffnungslosen Versuch zu machen, sie zu trösten, fühlte ich nur ein zitterndes kleines Bündel Elfe, das sich nicht mehr beruhigen konnte.

„Hast du denn gar nichts Schönes in der Menschenwelt gesehen?", machte ich einen zaghaften Versuch, sie zu beruhigen.

Sie sah mir plötzlich lange in die Augen, und ich sah in ihren Augen das unendliche Dunkel des Weltalls, ihren Schmerz und ihre Trauer. Doch als ich genauer hinsah, bemerkte ich auch einen kleinen Stern, der in ihren schönen Augen zaghaft funkelte.

„Doch, das habe ich", brachte sie zitternd hervor.

„Ich habe einen Mann gesehen, der ein Kind vor dem Ertrinken gerettet hat – er wäre fast selbst dabei umgekommen. Ich habe eine junge Frau gesehen, die eine so fantasievolle Geschichte geschrieben hat, dass selbst ich nur andächtig staunen konnte. Und ich sah einen Freund der Tiere, der drei aus dem Nest gefallene, verwaiste Eichhörnchen mit sehr viel Liebe aufgepäppelt und ihnen damit das Leben gerettet hat. – Ach ja, und mit drei kleinen Waschbären hat er das auch gemacht und mit noch einigen anderen Tieren ..."

sagte sie nun heftig nach Luft ringend und sich nur ganz langsam etwas beruhigend.

„Das ist doch schon ein guter Anfang, und mir fallen dazu auch noch eine Menge gute Beispiele ein", sagte ich nun überzeugt.

„Lohnt es sich nicht, dafür deine Flöte zu spielen? Und – wenn ich das fragen darf – was geschieht, wenn du sie nicht spielst?"

Siamsarah sah mich direkt an, und keine Träne war mehr in ihren Augen, als sie sagte: „Dann geht die Welt aus den Fugen – genauer gesagt, sie verlischt wie eine Kerze im Sturm und wird vom *NICHTS* verschlungen."

Ein kalter Schauer durchfuhr mich bei dem Gedanken und bei der plötzlichen Kälte in ihrer Stimme.

„Du hast mich davor aber noch etwas gefragt", sagte Siamsarah nun sehr liebevoll und mit einem Lächeln, das mein Herz erwärmte.

Ich war etwas verwirrt. Sie bemerkte es und meinte: „Na ja, du hast mich gefragt, ob es sich nicht doch lohnt, meine Flöte zu spielen."

Ich nickte nur stumm mit einer fürchterlichen Angst vor der Antwort im Herzen. Siamsarah blickte mich an und hielt mir nun in ihren kleinen geöffneten Händen die beiden Flötenhälften entgegen.

Eine Weile sagte sie nichts, dann aber ganz leise: „Ich kann es nicht selbst tun – ich kann die Flöte nicht wieder zusammenfügen. Wenn eine Elfenflöte zerbricht, ist sie verloren, es sei denn, ihre Besitzerin findet ein Menschenwesen, das gewillt ist, sie wieder zusammenzufügen. Dann entfaltet sich die alte Elfenmagie und die Flötenteile wachsen wieder zusammen."

Na ja, dachte ich bei mir, das ist doch ganz einfach und nahm lächelnd die Flötenhälften entgegen. Ich wollte ihr sagen, dass ich ihr gerne helfen würde, die Flöte zu reparieren. Aber was war das? Die beiden Flötenhälften wurden plötzlich unsagbar schwer in meinen Händen und ein dunkles, unheimliches Gefühl von Grabeskälte floss in meinen Körper. Ich wusste plötzlich, dass nun im wahrsten Sinne des Wortes alles in meinen Händen lag. Auch die große tiefe Trauer und den Schmerz Siamsarahs konnte ich tief in mir fühlen. Auch ich kannte Momente, in denen ich die Menschheit absolut nicht mehr lieben konnte.

„Siehst du", sagte sie wissend, „es ist nicht so einfach, nicht wahr? Du musst dich aber entscheiden – jetzt!"

Und als wollte mir die Große Musik der Sterne einen Rat geben, hörte ich wieder dieses angenehme, mächtige Summen in mir. Diesmal nur erklangen darin sieben leise Flötentöne – dann wurde es wieder still. In dieser kurzen Darbietung des Großen Orchesters lag so etwas wie eine ausgelassene, spannungsgeladene Vorfreude. Ich lächelte und führte langsam die beiden Flötenhälften zueinander. Sie fühlten sich nun leicht und warm an. Die Bruchstücke passten millimetergenau zusammen. Urplötzlich zuckten über die Bruchlinien kleine grünblaue Funken und ich bekam einen heftigen, fast elektrischen Schlag. Ich ließ die Flöte erschrocken ins weiche Gras fallen.

„Ups!", lächelte Siamsarah. „Das hätte ich dir vorher sagen müssen, aber es ist nicht gefährlich – im Gegenteil, es ist pure Elfenmagie."

Ich hob die nunmehr unversehrte Flöte aus dem Gras auf und reichte sie einer übers ganze Gesicht strahlenden Siamsarah.

Sie nahm sie behutsam entgegen und sagte: „Nun liegt es wieder an mir, aber keine Angst, ich habe mich auch entschieden. Na ja, wär' doch auch schade um uns beide, oder?" In ihren Augen war ein schelmisches Zwinkern zu sehen.

Sie wollte noch etwas sagen, aber plötzlich war es totenstill geworden. Die Welt hielt den Atem an – die stillste Stunde der Nacht war angebrochen.

Das Summen und Raunen des Großen Orchesters der Sterne und Planeten erklang lauter als zuvor und eine Alarmstimme in mir sagte sehr bestimmt: „Dies ist keine Übung! Ich wiederhole – dies ist keine Übung!"

„Jetzt wird es ernst", sagte Siamsarah selbst ziemlich erschrocken, stand auf und ging ein paar Schritte bis zum Mittelpunkt der kleinen Lichtung und sah hinauf in den Himmel, über den nun hunderte von Sternschnuppen zogen.

Langsam setzte sie die kleine Flöte an ihre Lippen und begann, die magische Melodie zu spielen, so klar und rein, dass die Sterne noch heller und strahlender funkelten. Kleine blaugrüne Funken stiegen in Schwärmen aus der Erde, aus dem Gras, aus den Bäumen, aus uralten Steinen und umkreisten die kleine Elfe in einem atemberaubenden Reigen.

Weitere Flöten stimmten mit ein, und nach einer Einleitung, die sagen wollte, dass nun alles in bester Ordnung war und dass das Folgende auch nicht mehr aufzuhalten war, erhob das Große Himmelsorchester der Sterne und Planeten, der Erd- und Himmelsgeister, der Wald- und Nebelgeister, der Geister der Lüfte und des Wassers eine energiegeladene, aus purer, blanker, absoluter Lebensfreude bestehende Sinfonie, die niemand, der sie je vernommen hat, mehr vergessen kann.

Siamsarah sah mich glücklich an – sie hielt die kleine Flöte noch in beiden Händen – ich konnte nicht anders – ich ging zu ihr und wir tanzten zusammen einen ausgelassenen Tanz, der nur eines zum Inhalt hatte – Lebensfreude!

Als sie verstummt war, diese große Sinfonie, begannen die ersten Vögel ihre Stimmen zu erheben.

„Ich muss nun gehen – ähm ich meine fliegen", sagte Siamsarah leise lächelnd. [11] „Das Tageslicht in der Menschenwelt ist nichts für Elfen."

In der langsam aufziehenden Dämmerung sah ich nun die Farbe ihrer Augen – sie waren nachtblau. Eine solche Augenfarbe gab es in der Menschenwelt nicht.

„Sehe ich dich wieder?", fragte ich leise.

„Wenn du in einem Jahr wieder hier bist, klar – ich muss den Job ja noch 333 Jahre machen. Du musst mir allerdings versprechen, das, was hier heute Nacht passiert ist, aufzuschreiben und es den Menschen vorzulesen, auch wenn ich glaube, dass es Dinge gibt, die nicht in einem Buch stehen sollten, so dass jeder sie lesen kann. Glauben werden es dir die Menschen natürlich nicht – die Wahrheit glauben die Menschen ja am allerwenigsten – aber das macht nichts, seine Zauberkraft verliert es dadurch nicht", sagte sie mit einem

---

[11] Ja, Elfen können fliegen, aber ihre Flügel bilden sich immer nur dann aus, wenn sie auch fliegen wollen. Anders sähe das ja auch reichlich albern aus. Sie fliegen auch nur, um in der Menschenwelt das Klischee zu bedienen, aber manchmal ist es auch recht praktisch, fliegen zu können.

lieben Lächeln, gab mir einen kleinen Elfenkuss auf die Wange und flog in den Wald.

Ich sah ihr seltsam berührt nach. Plötzlich kam sie in einer großen Schleife nochmals zur Lichtung, flatterte vor mir mit der Flöte wedelnd herum und sagte: „Danke!"

„Ich danke dir, schöne Elfe", sagte ich lächelnd. Und damit flog sie endgültig, die spitzen Ohren etwas angelegt, davon.

Als ich wieder zu Hause war, genehmigte ich mir in ausgelassener Stimmung ein Glas Rotwein und schrieb diese Geschichte sofort auf. Und wir sind nur scheinbar an ihrem Ende angelangt, denn eigentlich beginnt sie hier erst ...

„Ich hatte solche Angst um dich!", sagte Marana zu ihrer Freundin, die nun die *Elfe der Morgendämmerung* war, als sie sich auf der moosbewachsenen Lichtung im terramarischen Unterwasserwald *Unoron* gegenüber saßen und ihre Hände sich sanft berührten.

„Ja, es war so erschreckend, was ich gesehen habe – und dann, als meine Flöte zerbrach, dachte ich, alles wäre nun aus", sagte Siamsarah leise und sah ihrer Freundin in die meerblauen großen Augen.

„Aber mir hat ein Menschenwesen geholfen, die Flöte wieder heil zu machen!", fügte sie mit einem strahlenden Lächeln hinzu. Marana bemerkte das kurze Glitzern in ihren Augen und grinste schelmisch.

„Na, na, na", kicherte sie kokett.

„Nein!!! Es ist nicht so, wie du denkst!", sagte Siamsarah entrüstet.

„Nein!!!", echote Marana nur breit grinsend und sie sah, dass Siamsarahs Kiemenatmung wieder begann, sich in Lungenatmung zurückzuverwandeln … naja den Rest können Sie sich ja denken! ☺ Etwas eifersüchtig können Wassernymphen durchaus sein, und den rettenden Verwandlungskuss erst hinauszögern, dann aber umso länger genießen – nymphomanisch eben, die schönen Biester! Später wurde diese Art Verwandlungskuss nach ihr benannt: *Die Rache der Marana*.

Siamsarahs zweites Jahr

Tief in Gedanken versunken machte ich mich auf den Weg. Genau ein Jahr war nun seit den Ereignissen vergangen, die meinem Leben und mir einen heftigen Ruck verpasst hatten – den heftigsten bisher überhaupt.

Endlose Recherchen am Computer und in uralten, zum Teil über die abenteuerlichsten Kanäle beschafften Bücher hatten mich zum Thema Elfen nur ein klein wenig schlauer gemacht. Aber das Beste war: Ich kannte seit einem Jahr eine waschechte Elfe persönlich – Siamsarah, die *Elfe der Morgendämmerung*. *Ja*, um das gleich vorwegzunehmen – sie *hatte* spitze Ohren! Oh, meine lieben treuen Freunde, ich weiß genau, was Sie nun denken: Es gibt doch gar keine Elfen! Genau das dachte ich auch bis vor – fast auf die Stunde genau – einem Jahr.

Damals begegnete ich Siamsarah auf einem nächtlichen Waldspaziergang auf dem Höhenweg des alten *Bärenstein*. Was ich damals noch nicht wusste: Laut alten Überlieferungen gibt es oben im Wald des Bärenstein tatsächlich eine Lichtung, die als Elfenwiese bezeichnet wird und auf der einige Menschen zu nächtlicher Stunde blaue kleine Leuchtpunkte wahrgenommen haben wollen – und manchmal auch schemenhafte Wesen mit Flügeln. Naja, was auch immer, noch vor einem Jahr hätte ich all das als totalen Blödsinn abgetan.

Mittlerweile war ich am Fuße des *Bärenstein*s angekommen. Mein Weg führte mich nun über den sanft ansteigenden Waldweg entlang des kleinen Bergbächleins. Ob Siamsarah da sein würde? Eine wirklich bange Frage, denn davon hing das Fortbestehen dieser Welt ab. Ich erreichte schon nach wenigen Minuten den Höhenweg und näherte mich der Waldlichtung, aber der Baumstamm, auf dem Siamsarah im letzten Jahr gesessen hatte, war leer.

Die stillste Stunde der Nacht war schon angebrochen; danach würde die Morgendämmerung einsetzen, und wenn Siamsarah bis dahin nicht ihre Flöte gespielt hatte, war alles verloren. Ich setzte mich auf den Baumstamm und sah in den sternklaren Himmel, um dort irgendeine Spur von Siamsarah zu entdecken. Die Zeit verging schnell und ich wurde nervös – ja, leichte Panik stieg in mir auf: Was würde geschehen, wenn sie nicht kam?! Ich hatte Siamsarah damals gefragt, was ohne ihr Flötenspiel geschehen würde und sie hatte gesagt: „Dann geht die Welt zugrunde – sie verlischt wie eine Kerze im Sturm!" Dieser Satz geisterte mir nun schon ein Jahr lang durch den Kopf – ich fröstelte. Nur noch 30 Minuten blieben.

Plötzlich hörte ich ein merkwürdiges Pfeifen in der Luft – erst leise, dann immer lauter werdend – und dann erkannte ich ein kleines Etwas, das sichtlich bemüht war, mit seinen Flügeln den drohenden Absturz abzubremsen. Es konnte nur Siamsarah sein, und es sah nicht so aus, als ob sie sanft landen würde. Ich sprang vom Baumstamm auf und rannte auf die Lichtung auf den Punkt zu, an dem Siamsarah runterstürzen würde – ich schaffte es gerade noch, die zierliche Elfe aufzufangen und ging unsanft durch die Wucht ihres Aufpralls mit ihr zu Boden.

Sie bot einen schrecklichen Anblick: Ihre Kleidung war schmutzig und zum Teil zerrissen, auch ihr Körper musste fürchterlich gelitten haben – überall sah ich Schrammen und Blutergüsse. Ihr sonst so wunderschönes Haar war zerzaust und verfilzt und in ihren Augen, die mich eindringlich ansahen, flackerte nur noch ein schwaches Licht. Sie konnte nur noch mühevoll flüstern: „Schnell, steck mir deinen kleinen Finger ins Ohr!"

„Was?" fragte ich irritiert.

„Na mach schon..." hauchte sie zitternd und verlor das Bewusstsein.

Nun bekam ich wirklich Panik. War sie tot? Ich hatte schon geahnt, dass es auch in diesem Jahr eine Katastrophe geben würde. In nur wenigen Sekunden zogen mir tausend Gedanken durch den Kopf. Was würde die Kripo zu einer toten Elfe sagen? Gar nichts vermutlich, denn in wenigen Minuten würde es keine Kripo mehr geben – nichts würde es mehr geben, auch kein Finanzamt mehr– nie wieder Steuern zahlen....

Erst jetzt kam ich wirklich zu mir und steckte meinen kleinen Finger in das rechte Spitzohr von Siamsarah. Wozu auch immer das gut sein sollte – es waren ihre letzten Worte gewesen.

Ich bekam einen heftigen, fast elektrischen Schlag und spürte sofort einen gewaltigen Sog, der mir die Lebenskraft durch meinen kleinen Finger aus dem Körper zu ziehen schien. Mir flackerten die Augenlider, und nachdem alles um mich herum für einen kurzen Moment in goldenes Licht getaucht schien, gingen in meinem Kopf die Lampen aus.

„Hey, mein Lebensretter! Wach auf!", waren die ersten Worte, die ich nach scheinbaren Ewigkeiten wieder hörte.

Kleine Hände patschten recht heftig in meinem Gesicht herum. Ich öffnete die Augen und fühlte mich seltsamerweise rundherum gut und erfrischt. Siamsarah lächelte ein glückliches Lächeln, in das sich selbst

Steine verliebt hätten und sagte leise: „Tut mir leid...
naja, dass ich dir 'ne Menge Lebenskraft abgezapft
habe... sonst wäre ich gestorben... ich hab mir deine
Lebenskraft aber nur geborgt. Nachdem ich wieder fit
war, habe ich sie dir in Form von Elfenmagie zurück-
gegeben, und zwar mit Zinsen."

Ein schelmisches Grinsen strahlte auf ihrem schönen
Gesicht. Ihre Kleidung war wieder tadellos in Ordnung und von ihren Verletzungen war nichts mehr zu
erkennen.

„Was ist denn überhaupt passiert? Und überhaupt –
wo ist deine Elfenflöte – wir haben keine Zeit zu verlieren!", stammelte ich gehetzt.

Siamsarah legte mir sanft ihren Zeigefinger auf die
Lippen. „Wir haben Zeit", sagte sie lächelnd. „Naja,
nicht sehr viel Zeit, aber ich kann als Elfe natürlich
auch den Strom der Zeit etwas verlangsamen. Eigentlich dürfen wir Elfen das nicht, aber ich werde sowieso mächtigen Ärger mit meinem Chef bekommen,
weil ich vorhin einem Mädchen das Leben gerettet
habe. Wir Elfen dürfen nämlich nicht in das Schicksal
der Menschen eingreifen."

Siamsarah hielt kurz inne, um zu überlegen, wie sie
mir das alles in möglichst kurzer Zeit erklären konnte.

„Sie ist von einem Auto überfahren worden und das
Arschloch von Fahrer hatte sie einfach da liegen lassen und ist abgehauen!"

Ups, Siamsarah hat ja schon wirklich treffende Worte
in der Menschenwelt gelernt, dachte ich bei mir, als
sie fortfuhr: „Das Mädchen war genauso groß wie ich
und hatte fast mein Gesicht... naja, allerdings ohne
spitze Ohren... aber verstehst du... ich konnte einfach
nicht anders... sie war fast so wie ich – ich habe ihr
mit meiner ganzen Elfenmagie geholfen – sie war fast

schon tot – und ich habe mich dabei über die kritische Grenze hinaus verausgabt und dann noch der Flug hierher... ein paarmal bin ich in den Baumwipfeln abgestürzt, weil ich keine Kraft mehr hatte... den Rest kennst du ja", sagte sie ein wenig außer Atem, weil sie so schnell gesprochen hatte.

Mir schwirrte der Kopf. „Und deine Flöte?" fragte ich immer nervöser werdend.

„Ja, die wollte nachkommen", grinste Siamsarah. „Sie ist dem Autofahrer gefolgt und hat ihm eins übergezogen, der ist dann in den Graben gefahren und die Polizei hat ihn erwischt."

Plötzlich hörte ich wieder das Pfeifen in der Luft. Die Flöte kam, in der Luft kreiselnd und eine Rauchfahne hinter sich herziehend auf die Lichtung runter und sprang zornig und immer noch rauchend im Gras herum. Ich wollte sie aufheben, um sie Siamsarah zu geben. Sie hielt mich hastig zurück und sagte: „Nicht anfassen! Sie ist noch voller Zorn! Sie muss sich erst wieder beruhigen, und gespielt werden will sie in dem Zustand gar nicht."

Ich nickte nur völlig irritiert. „Du, Siamsarah...", sagte ich stockend, „ich habe mich nie getraut, dich zu fragen, was genau geschehen wird, wenn du deine Flöte nicht spielst – du hast damals nur gesagt, die Welt verlischt dann wie eine Kerze im Sturm."

Sanft bedeckte Siamsarah mit ihren kleinen Händen meine Augen. Plötzlich hatte ich das Gefühl, ins Bodenlose zu stürzen – ich fiel endlos, und als ich nach Ewigkeiten sanft auf festem Boden landete, hatte sich nicht nur die Umgebung, sondern auch Siamsarah verwandelt. Ihre Haut war blass wie Marmor, der aus sich selbst heraus mild zu leuchten schien, und ihre langen Haare waren rabenschwarz und glänzten im

Mondlicht. Auch ihre Kleidung hatte sich magisch verändert – alles an ihr war irgendwie genau entgegengesetzt – sie hatte sich in eine schwarze Elfe verwandelt – wunderschön und dunkel.

„Hab keine Angst – auch das Licht kann ohne die Dunkelheit nicht sein", sagte sie leise.

Siamsarah stand mir nun auf der kleinen Waldlichtung gegenüber. Es war plötzlich so dunkel, dass man selbst die nahen Bäume kaum noch wahrnehmen konnte.

„Du wolltest wissen, was passiert, wenn ich meine Flöte *nicht* spiele", sagte sie sanft lächelnd und fuhr fort: „Das Ende der Welt... Ihr Menschen werdet euch wahrscheinlich irgendwann selbst auslöschen. Die Natur wird sich zur Wehr setzen, wenn ihr so weiter macht, und die Natur braucht die Menschheit nicht! Oder ein großer Meteoreinschlag wird euch vernichten und die Frage ist nicht, ob es passiert, sondern wann es passiert – davor schützt auch mein Flötenspiel nicht. Wenn ich aber meine Flöte nicht einmal in jedem Jahr zu genau bestimmter Stunde spiele, kann nichts mehr, was ist, weiter Bestand haben. Oh keine Sorge – es passiert sehr plötzlich und recht – naja sagen wir schmerzlos – alles bekommt nur einen Riss – jedes kleinste Elementarteilchen – somit kann nichts mehr existieren, weil es nicht mehr ganz, sondern zerrissen ist. Das große NICHTS verschlingt dann langsam die Welt."

Es war plötzlich, als kommentierte Siamsarah nur das Geschehen, denn ein grauenvoller, heftiger, aber ganz kurzer Ruck ging durch alles, was existierte – ein Riss, der alles teilte. Jedes Lebewesen und auch ich spürte, dass nun alles vergehen würde – vergehen musste, weil es keinen Zusammenhalt mehr gab.

„Siehst du", sagte Siamsarah nun sehr liebevoll, „war doch gar nicht so schlimm – oder?"

Wir nahmen uns wortlos bei den Händen und fühlten, wie alles auseinanderbrach – es geschah wie in Zeitlupe und ganz sanft. Keine Trauer und kein Schmerz waren in uns. Große dunkle Regentropfen fielen wie die Tränen der Engel hernieder und halfen so bei der Auflösung von allem was war.

Nichts blieb zurück – das große *NICHTS* war sehr gründlich. Aber der Große Geist, der alles beseelt, konnte nicht vernichtet werden. Irgendwann würde hier etwas Neues entstehen können – vielleicht eine bessere Welt.

Ich konnte aber noch denken – irgendwas war beim Untergang der Welt nicht ganz nach Plan gelaufen, und fühlen konnte ich auch – ja, es waren Siamsarahs Hände auf meinen geschlossenen Augen. Sie nahm die Hände von meinen Augen, und mit einem markerschütternden Krachen war alles wieder wie vorher – die Welt war wieder ganz.

„Es ist nicht wirklich passiert", sagte Siamsarah, die nun wieder eine weiße Elfe war, sehr ernst und ergänzte: „Aber es wird genauso geschehen, wenn die stillste Stunde der Nacht ohne mein kleines Flötenspiel vergeht."

Ich war kreidebleich, aber Siamsarah zwinkerte mir freundlich zu und meinte:

„Na heute ist ja sowieso das große und gegenseitige Lebenretten dran und das Mädchen zu retten, um es dann mit der Welt untergehen zu lassen, ist ja auch nicht die feine elfische Art oder?!"

Überall war nun wieder das Summen und Raunen des Großen Orchesters der Planeten und der Sterne zu hören – ein sicheres Zeichen dafür, dass die kleine

Flötenouvertüre, wenn überhaupt, *jetzt* gespielt werden musste.

Ich hob die Flöte, die sich offensichtlich wieder beruhigt hatte, aus dem Gras auf und reichte sie einer übers ganze Gesicht strahlenden Siamsarah. Langsam setzte sie die kleine Flöte an ihre Lippen und begann, die magische kleine Melodie zu spielen.

Weitere Flöten kamen hinzu, und nach einer Einleitung erhob das Große Himmelsorchester der Sterne und Planeten, der Erd- und Himmelsgeister, der Wald- und Nebelgeister, der Geister der Lüfte und des Wassers eine energiegeladene, aus purer, blanker, absoluter Lebensfreude bestehende Sinfonie, die niemand, der sie je vernommen hat, mehr vergessen kann.

Als sie verstummt war, die große Sinfonie, begannen die ersten Vögel ihre Stimmen zu erheben.

Ein kleines Eichhörnchen huschte über die Lichtung auf Siamsarah zu, wischte sich mit einem winzigen karierten Taschentuch den Schweiß von der Stirn und meinte:

„Nur gut, dass ich meine ganzen leckeren Wintervorräte nun nicht umsonst gesammelt habe! Ich geh' jetzt erstmal 'n Bier trinken!", murmelte es und hüpfte sichtlich gut gelaunt davon.

Wäre doch ein Jammer, wenn ein so leckeres Zeugs bei irgendeinem Weltuntergang einfach samt Kühlschrank und allem anderen verschwunden wäre.

Wieder war der Augenblick des Abschieds ganz nahe, denn sobald die Morgendämmerung heraufzog, musste Siamsarah in ihr Elfenreich zurück. Ich lächelte und nahm sie sanft in den Arm.

„Sehen wir uns wieder?"

Diesmal war es Siamsarah, die diese Frage stellte. Ich lächelte liebevoll und sagte:

„Na, so ganz allein lassen kann man die *Elfe der Morgendämmerung* ja wohl nicht – wer weiß, was sie im nächsten Jahr wieder anstellt."

Sie gab mir wie auch im letzten Jahr einen kleinen Elfenkuss auf die Wange und sagte schelmisch:

„Weißt du, Elfen können manchmal Gedanken lesen und daher weiß ich, dass du und dein Freund Robin[12] schon angefangen habt, unsere kleine Geschichte zu verfilmen!"

„Stimmt!", sagte ich nur, denn bei Siamsarah überraschte mich nichts mehr.

„Und zur Uraufführung unseres Films werde ich auch da sein, denn Elfen sind furchtbar neugierig, weißt du?!", fügte Siamsarah zwinkernd hinzu.

Dann flog sie – die spitzen Ohren etwas angelegt – davon. Was wohl im nächsten Jahr um diese Zeit passieren würde, dachte ich nur und schrieb diese Geschichte, noch während die Sonne aufging, in mein mittlerweile schon sehr dickes Geschichtenbuch ☺.

---

[12] Hier ist der bekannte Naturfilmer Robin Jähne gemeint, der aus einem Mix des ersten und zweiten Dienstjahres von Siamsarah ein wunderschönes Videohörbuch (DVD) geschaffen hat.

Siamsarahs drittes Jahr

Nun waren schon zwei Jahre vergangen seit meiner ersten Begegnung mit Siamsarah und noch immer empfand ich das Erlebte wie einen Traum.

Wieder wanderte ich in einer sternklaren Nacht zum Bärenstein hinauf, um Siamsarah zu begegnen, denn heute war wieder die Nacht der *Elfe der Morgendämmerung*. Schnell erreichte ich die kleine Waldlichtung mit dem Baumstamm. Diesmal saß Siamsarah schon dort, aber sie sah aus wie versteinert, umgeben von einem grünlichen Licht.

Ich hatte es schon geahnt – irgendwas würde wieder passieren und die Welt an den Rand einer Katastrophe bringen, denn innerhalb der nächsten halben Stunde würde Siamsarah ihre magische Flöte spielen müssen, um die Welt wieder für ein Jahr zu retten. Schnell kam ich näher und bemerkte, dass Siamsarah auf die Lichtung hinausblickte. Ihr Blick schien auf irgendetwas gerichtet zu sein. Ich folgte ihrem Blick. Zunächst bemerkte ich nichts, aber nach einer Weile sah ich mitten auf der Lichtung einen kleinen, ebenfalls grünlich leuchtenden Schimmer. Ich ging darauf zu und entdeckte Siamsarahs Elfenflöte, die grünlich leuchtend in der Luft schwebte. Ich wollte nach der Flöte greifen, aber eine Stimme direkt hinter mir sagte eindringlich:

„Tu es nicht!"

Erschrocken wirbelte ich herum und blickte in Siamsarahs schöne Augen.

„Sie ist in einem Zeitfeld gefangen, wie ich auch bis vor wenigen Augenblicken", sagte Siamsarah leise, aber eindringlich.

Da ich mich noch sehr gut an die schmerzhaften Stromschläge erinnerte, die mir Siamsarahs Elfenflöte schon verpasst hatte, unternahm ich keinen weiteren Versuch, die Flöte zu berühren.

„Oh, hallo Siamsarah!", stotterte ich nervös, „was ist denn jetzt schon wieder passiert?" Ich blickte verstohlen auf die Uhr, denn wir hatten nur noch wenige Minuten Zeit.

„Naja", sagte Siamsarah mit leicht zitternder Stimme – erst jetzt bemerkte ich, dass sie in keiner guten Verfassung war.

„Wegen der Geschichte mit dem Menschenmädchen im letzten Jahr habe ich wirklich mächtigen Ärger mit meinem Chef bekommen, und damit ich nicht wieder irgendwas anstelle in diesem Jahr, hat er mich und meine Flöte zu Beginn der Nacht in ein Zeitfeld gesperrt. Und das sollte sich erst auflösen kurz bevor ich die Flöte spielen muss. Naja, das hat es ja nun auch."

„Ja, aber du musst doch vorher in die Welt fliegen und dir die Menschheit ansehen, um zu entscheiden, ob sie es wert ist, dass du deine Flöte spielst", sagte ich immer nervöser werdend, weil die Zeit drängte.

„Das habe ich auch", sagte Siamsarah traurig und eine Träne lief über ihr schönes Gesicht.

„Ich kann in dem Zeitfeld in Gedanken durch die Menschenwelt fliegen", sagte sie leise.

„Aber es ist schrecklich – weil es dort keine Zeit gibt, sehe ich alles Schlimme dieser Welt gleichzeitig – daran werde ich mich niemals gewöhnen können", schluchzte sie nun herzzerreißend wie vor zwei Jahren, als ihre Flöte an den schlimmen Dingen zerbrochen war, die Siamsarah gesehen hatte.

„Du müsstest dann aber auch alles Gute in der Menschenwelt gleichzeitig gesehen haben", sagte ich und berührte sanft ihre Hände.

„Ja, hab ich auch", sagte sie mit brüchiger Stimme.

„Aber das Gute ist weniger geworden – es geht nur noch von recht wenigen Menschen aus. Und nicht alles Gute ist gut, genau wie nicht alles Böse wirklich böse ist. Viele Menschen denken nur noch an sich selbst. Aber solange es noch anders denkende Menschen gibt, solange gibt es auch noch Hoffnung", sagte sie nun wieder etwas lächelnd und deutete damit an, dass sie sich entschieden hatte.

Ich atmete erleichtert auf und sagte: „Komm, holen wir deine Flöte!"

„Sie leuchtet immer noch grün!", stieß Siamsarah erschrocken hervor und wurde blass.

Sie flog hastig auf die Lichtung. Gleichzeitig begann das Summen und Raunen des Großen Orchesters der Planeten und der Sterne, das ankündigte, dass Siamsarah ihre kleine Flötenmelodie *jetzt* spielen musste, damit die Welt nicht in wenigen Augenblicken unterging. Ich hatte es geahnt – diesmal würde es schiefgehen. Ich sah, wie Siamsarah sich abmühte, die Flöte aus dem immer noch aktiven Zeitfeld zu befreien, und als ich näher kam, hörte ich sie heftig fluchen:

„So eine Scheiße – dieser Stümper von Egbaeutel! Wann geht der endlich in Rente?! Er hat noch nie die geringste Ahnung gehabt, wie man Zeitfelder richtig konfiguriert! Wenn man keine Ahnung hat – einfach mal die Finger davon lassen!"

Offensichtlich meinte sie ihren Chef damit.

„Hey! Hörst Du mich?!", schrie sie aufgebracht. „Diesmal ist es nicht meine Schuld! Du kannst diesen Planeten gleich mit 'nem Besen auffegen!" Dass

Stützpunktchef Egigius Egbaeutel genau das gern getan hätte, ahnte unsere *Elfe der Morgendämmerung* nicht.

So wütend hatte ich die schöne Elfe noch nie gesehen.

„So kann ich hier nicht arbeiten!", schrie Siamsarah mit sich überschlagender Stimme.

Das Summen und Raunen des Großen Orchesters der Planeten und Sterne war schon fast verklungen – Panik stieg in mir auf – die Flöte schwebte immer noch eingeschlossen in einem Zeitfeld zum Greifen nahe über der Lichtung.

Schweißüberströmt konzentrierte sich Siamsarah darauf, das Zeitfeld zu neutralisieren. Plötzlich sauste ein kleines pelziges rotbraunes Etwas in weiten Sätzen über die Lichtung und knallte genau in das Zeitfeld der Flöte, rutschte an selbiger herunter und blieb halb besinnungslos im Gras liegen. Es war das kleine Eichhörnchen aus dem letzten Jahr. Es murmelte benommen:

„Nun brauche ich aber was Stärkeres als 'n Bier."

Es rappelte sich wieder auf und torkelte noch sichtlich benommen in die Richtung Waldrand. Es hatte nämlich auch immer einen guten irischen Whiskey in seiner Behausung.

Siamsarah und ich sahen uns mit großen Augen an. Die Flöte lag nun rauchend im Gras. Erst jetzt begriffen wir: Das Zeitfeld war aus welchen Gründen auch immer durch den Zusammenstoß mit unserem kleinen Hörnchen außer Kraft gesetzt worden. Hastig griff ich nach der Flöte. Natürlich bekam ich wieder einen heftigen elektrischen Schlag, aber darauf war ich vorbereitet – das war ja bisher immer so gewesen. Ich warf Siamsarah die Flöte zu und sie begann zitternd, die acht magischen Flötentöne zu spielen –

das Summen und Raunen des Großen Orchesters der Planeten und Sterne war ganz kurz vor dem ersten Flötenton verklungen...

Alles aus! Zu spät! Und ich schrie ohne zu überlegen: "Hey Kapellmeister!!! Wir waren noch pünktlich!!! So gerade noch!!!" Unsere Protagonisten ahnten natürlich nicht, dass sich die Automatik in der Mondstation des Shackleton-Kraters bereit machte, Strull Struhlenpfohl zu wecken, aber noch kurz zögerte, denn auch eine Automatik hing irgendwie am Leben und angeblich gibt es ja keine unbelebten Dinge.

Ein gewaltiger Donner ließ die Welt erzittern und alle Planeten und Sterne ließen gleichzeitig ihre machtvolle dunkle Stimme erschallen:

"DU – MENSCHENWESEN!!! NENNE UNS NIE WIEDER KAPELLMEISTER!!! WIR BRAUCHEN KEINEN KAPELLMEISTER!!!"

Siamsarah und ich duckten uns ängstlich und blickten zaghaft gen Himmel. Und wie das Wort KAPELLMEISTER ausgesprochen wurde – es klang fast so wie Literaturkritiker oder Politiker.... Wie auch immer, es grummelte noch eine Weile heftig zwischen den Sternen. Dann erklang das Summen und Raunen erneut und zauberte ein Lächeln auf Siamsarahs Gesicht. Sie begann sofort, ihre magische Flöte zu spielen und wenig später ertönte die große machtvolle Sinfonie des Seins im ganzen Wald und auf der kleinen Lichtung.

Die Welt war wieder einmal für ein Jahr gerettet – wie knapp es diesmal war, würden die schlafenden Menschen niemals erfahren.

In der nun einsetzenden Morgendämmerung sah mich Siamsarah mit ihren großen wunderschönen Elfenaugen an. „Schade, dass ich jetzt wieder fliegen muss", sagte sie und ihre Arme zitterten leicht, als sie mich sanft umarmte.

„Du bist schon ein seltsames Menschenwesen, weißt du – ohne dich wäre diese Planetenkugel schon längst zu Staub zerfallen."

„Ohne dich aber genauso", sagte ich liebevoll und strich ihr vorsichtig eine Strähne Elfenhaar aus dem Gesicht.

„Vielleicht sollten wir uns im nächsten Jahr schon um Mitternacht hier treffen", sagte Siamsarah nun geheimnisvoll.

Ich musste lächeln und sagte:

„Ich werde hier sein, doppelt hält besser, oder sollten wir lieber sagen dreifach, denn ohne das kleine Hörnchen wär's heute voll danebengegangen!"

„Lege deine Hände auf meine", sagte Siamsarah nun etwas schelmisch.

Ich überlegte nicht lange, denn was Elfen sagen, sollte man besser tun. Umgekehrt gilt allerdings die Regel: Sage einer Elfe niemals, was *sie* zu tun hat! Ich legte also meine Handflächen auf ihre und spürte sofort ein heftiges Ziehen und Prickeln. Kleine blaue Funken knisterten an den Stellen, wo wir uns berührten.

„Es ist nur ein kleines Geschenk", grinste Siamsarah nun lieb.

Ich wollte etwas fragen, aber sie legte ihre Fingerspitzen auf meinen Mund und sagte leise:

„Frage mich niemals, was es ist – hörst Du?!"

Sie gab mir wie in jedem Jahr einen kleinen Elfenkuss auf die Wange und flog, die spitzen Ohren etwas angelegt, ohne ein weiteres Wort davon.

Was es mit Siamsarahs Geschenk auf sich hatte, sollte ich erst viel später erfahren – aber das ist eine ganz andere Geschichte und soll ein andermal erzählt werden.

Und wieder saßen Siamsarah und Marana im *Unoron*-Wald zusammen. Siamsarah sagte etwas rumdrucksend: „Duhu ... Maraaaanaaa?! Ich hab was gemacht mit dem Menschenwesen – es hat mir wieder geholfen, auch schon im letzten Jahr, sonst hätte ich es nicht geschafft."

Marana sah sie fast erschrocken mit großen Nymphenaugen an und sagte ungläubig: „Was hast du getan?!"

„Naja, ach Marana, ich kann dir das auch nicht erklären, es ist einfach so passiert – ich kann wirklich nichts dafür", stotterte Siamsarah nun betreten. Marana nahm ihre Freundin bei den Schultern und schüttelte sie. „Nun sag es mir schon!", schrie sie nun fast.

„Ich ... ich hab einen Verbindungszauber gewoben zwischen ihm und mir. Er kann nun alle Wesen aus dem Elfenreich sehen, und obwohl er das noch nicht weiß, können wir nun gedanklich miteinander in Kontakt treten. Ja, ich fand das irgendwie schön ... sehr schön sogar ...", flüsterte sie nun heiser und erwartete Maranas Strafe. Die sah sie aber sehr lieb an und sagte sehr zärtlich: „Oh arme kleine Elfe – das ist wirklich schlimm. Glaub mir, wirklich schlimm!"

Sie nahm Siamsarah in den Arm und hielt sie einfach nur sehr sehr lange. Sie sprachen nicht mehr über diese Mondnacht auf dem Meeresgrund, denn es gab dafür keine Worte, die genügt hätten.

Siamsarahs viertes Jahr

Die Uhr in meinem Arbeitszimmer zeigte 22:22 Uhr. Ich musste mich nun auf den Weg machen, um noch pünktlich am verabredeten Treffpunkt, der kleinen Waldlichtung auf dem *Bärenstein* zu sein. Schon seit Wochen war ich fürchterlich nervös. Meine Nervosität hatte einen, nein, gleich zwei triftige Gründe.

Der erste Grund: Ich würde mich wieder mit Siamsarah, der *Elfe der Morgendämmerung* treffen, und was das bedeutet, wissen Sie, meine treuen, unerschrockenen Leser, die Sie mich schon mehrmals begleitet haben, sehr genau.

Der zweite Grund: Bisher hatte ich mich mit Siamsarah immer in der stillsten Stunde der Nacht getroffen, genau eine Stunde vor der Morgendämmerung. Als ich mich im letzten Jahr von Siamsarah verabschiedete, bat sie mich, in diesem Jahr schon um Mitternacht zum Treffpunkt zu kommen. Ich erwähnte damals schon, dass ein Menschenwesen gut beraten ist, genau das zu tun, was Elfen sagen – ich würde also pünktlich dort sein.

Die kleine Waldlichtung war ganz in das bleiche Licht des Mondes getaucht. Irgendwie hatte ich das Gefühl, dass alles anders war als sonst. Ich fühlte mich beobachtet, obwohl Siamsarah noch nicht da war – der Baumstamm, auf dem sie so gern saß, war noch leer.

Überall zwischen den Bäumen, hinter Sträuchern, im Gras und in der Luft waren plötzlich viele seltsame Wesen – ganz eindeutig die unterschiedlichsten Bewohner des Elfenreichs, die sich hier neugierig umsahen. Sie schauten mich alle an, kamen aber nicht näher. Warum konnte ich nun außer Siamsarah auch andere Elfen sehen – oder war das alles eine Sinnestäuschung? Ganz kurz kam mir der Gedanke, es könnte mit dem kleinen „Geschenk" zu tun haben, das Siamsarah mir zum Abschied im letzten Jahr gegeben hatte.

In der Mitte der Lichtung begannen nun kleine blaue Funken in einem Wirbel zu tanzen. Siamsarah wurde undeutlich sichtbar, hatte aber bald feste Gestalt angenommen und kam lächelnd auf mich zu. Sie gab mir einen kleinen Elfenkuss auf die Wange – den bekam ich sonst immer zum Abschied – und sagte schelmisch lächelnd:

„Hallo, seltsames Menschenwesen, schön, dass Du schon da bist."

Sie setzte sich neben mich, verstaute ihre kleine magische Flöte in ihrem Gewand, und bevor ich etwas sagen konnte, nahm sie meine Hand und sagte fröhlich:

„Komm, lass uns was trinken gehen!"

Ich fühlte mich plötzlich unsagbar leicht und es kribbelte heftig in den Händen und Füßen, als ob ein schwacher Strom in den Gliedmaßen fließen würde. Die Umgebung wurde erst undeutlich und verschwand dann ganz.[13]

---

[13] Temporäre interplanetare bzw. interdimensionale Elfentore konnte unser Menschenwesen zu dem Zeitpunkt noch nicht sehen.

Für einen kurzen Augenblick war alles dunkel, dann schälte sich eine traumhafte Landschaft aus der Finsternis.

Ich blickte auf sanfte, vom Licht des Vollmondes in ein geheimnisvolles Licht getauchte Hügel und eine Bucht, in der das Meer an die Klippen brandete. Jenseits der Bucht konnte ich ein kleines Gasthaus ausmachen, aus den Fenstern fiel ein mildes warmes Licht. Schon hier oben auf dem Hügel war zu hören, dass da unten eine unglaubliche Stimmung sein musste.

„Wo sind wir?", fragte ich Siamsarah verdattert.

„In Irland natürlich – wir Elfen gehen nur in Irland in die Kneipe, weil es ein so wunderschönes Land ist", lächelte Siamsarah schwärmerisch.

„Naja, es ist eine Kneipe nur für uns – in Island haben wir auch noch so eine Kneipe, in Isafjördur. Menschenwesen können sie überhaupt nicht sehen, und hören auch nicht. Sie hören hier nur die Brandung des Meeres."

Warum aber konnte ich die Kneipe sehen und hören, was da unten vorging?

Wir setzten uns einen Moment auf die sanft abfallende Wiese und genossen den wundervollen Ausblick und den ganz besonderen Augenblick. Augenblicke können perfekt sein, und dieser war es eindeutig. Siamsarah bemerkte meinen fragenden Blick und meinte leise:

„Ich wollte einfach mal etwas länger mit dir zusammen sein, seltsames Menschenwesen. Bisher waren unsere Begegnungen immer von großer Eile bestimmt, und im ersten Tageslicht muss ich wieder in meine Welt zurück – da bleibt nicht viel Zeit, sich etwas kennenzulernen. Komm, lass uns runtergehen –

da unten ist eine supergute Stimmung. Aber sei auf alles gefasst – hier ist alles etwas anders!", grinste Siamsarah und zog mich den Hügel hinunter über die kleine Brücke bis zum Gasthaus, aus dem nun richtig gute irische Musik erklang, die voller Lebensfreude war.

Drinnen kam ich tatsächlich in eine andere Welt – so etwas hätte ich selbst in meinen abgedrehtesten Träumen nicht für möglich gehalten. Eine ausgelassene Polonaise aus Elfen, Feen, Kobolden, Wald- und Nebelgeistern und noch vielen anderen faszinierenden kleinen Wesen tobte laut irische Trinklieder singend in ausgelassener Stimmung durch die Gaststube.

Ehe wir uns versahen, riss uns diese lustige Polonaise mit und schon waren wir fest in die Schlange eingebaut. Vorbei ging es an der Theke, wo Elfen und Kobolde unglaubliche Mengen irisches Bier in sich hinein schütteten – offenbar konnten diese Wesen einen gewaltigen Stiefel vertragen. Auf einem Podest spielte eine Band aus Erd-, Wasser-, Luft- und Feuergeistern diese energiegeladene, fröhliche Musik, bei der kein Auge trocken blieb. An einem Tisch machten gerade zwei zierliche Elfen Armdrücken und lachten so heftig dabei, dass sie aufpassen mussten, nicht schon allein vom Lachen nachzugeben. Ein Stückchen weiter kippten gerade fünf Kobolde vor Lachen nur so prustend gleichzeitig mit ihren Barhockern nach hinten um – offenbar konnten sie doch nicht endlos viel vertragen. Eine so gute Stimmung war mir bisher in der Menschenwelt nirgendwo begegnet – einfach nur Fröhlichkeit, ohne Streit und Ärger.

In einer etwas ruhigeren Ecke gelang es Siamsarah und mir, aus der Polonaise auszuscheren, und wir setzten uns an einen gemütlichen Tisch. Schon rauschte wie die Brandung des Meeres ein Wassergeist heran und stellte uns zwei riesige Bierkrüge mit köstlichem irischem Bier hin. Fasziniert sah ich zu, wie die zierliche Siamsarah den großen Krug an die Lippen hob und ihn ohne Probleme leerte. Sie zwinkerte mir schelmisch zu, um mir zu signalisieren, es auch zu versuchen. Das Zeugs lief runter wie 'ne Rakete und breitete sich sofort überall wärmend im Körper aus. Lächelnd beobachteten wir das lustige Treiben um uns herum und schon sausten fauchend zwei Feuergeister an unserem Tisch vorbei, nicht ohne zwei neue Bierkrüge vor uns abzuladen.

„Perfekt!", brachte ich nun schon recht locker heraus. Siamsarah lächelte glücklich, sie freute sich offenbar aufrichtig, mir das hier alles zeigen zu können, und niemand fand es komisch, dass plötzlich ein Menschenwesen hier war. So langsam keimte in mir ein Verdacht – was war nur geschehen, als sich Siamsarahs und meine Hände im letzten Jahr berührten?

Siamsarah griff sehr vorsichtig in eine versteckte Tasche ihres Gewandes, hob ein kleines rotbraunes Eichhörnchen heraus und setzte es auf den Tisch. Ich erkannte es sofort wieder – es war das kleine Hörnchen aus dem letzten und vorletzten Jahr – Sie wissen schon – das mit dem karierten Taschentuch und der Vorliebe für Bier. Flink kletterte das kleine Wesen auf den Rand meines Bierkruges und mit seinen kleinen Schlucken sank der Bierspiegel darin beträchtlich.

„Es hat mir gesagt, dass es heute mitkommen wollte, wenn wir was trinken gehen", sagte Siamsarah lächelnd, und schon verschwand das Hörnchen mit der Polonaise in den Tiefen der Gaststube.

Erst jetzt bemerkte ich, dass ich gar nicht schreien musste, um mich zu verständigen. Ich verstand jedes

Wort Siamsarahs und sie auch die meinen – sicher mal wieder pure Elfenmagie, dachte ich versonnen.

Siamsarah, dachte ich bei mir, was für ein schöner Name. Wo er wohl herkommt und was er wohl bedeutet? Ich hatte Siamsarah nie danach gefragt, aber jetzt, dachte ich, ist dafür der richtige Moment.

...Hier beginnt das Geschehen für alle, die diese Geschichte gerade während einer unserer Lesungen hören, eine, na sagen wir mal, irgendwie beunruhigende Wendung zu nehmen...

„Duhu??? Siamsarah??? Sag mal, wo kommt eigentlich dein wunderschöner Name her?", fragte ich nun, all meinen Mut zusammennehmend.

Siamsarah sah mich ein wenig erschrocken an, lächelte dann aber verschwörerisch und sagte:

„Möchtest du das wirklich wissen? Überlege es dir gut!"

Wenn ich jetzt einen Rückzieher machte, würde ich es niemals erfahren, also sagte ich mit sicherer Stimme:

„Ja, Siamsarah, ich möchte es echt gerne wissen."

„Nun", sagte sie „dann musst du mir allerdings blind etwas versprechen, ohne dass du vorher weißt, was es ist, sonst ist es unmöglich, dir das Geheimnis meines Namens zu verraten."

Elfen etwas blind zu versprechen ist mehr als nur gewagt, aber böse Folgen würde es wohl nicht haben, da war ich mir ganz sicher, also sagte ich feierlich und schon ein wenig angeheitert:

„Ich verspreche dir etwas, von dem ich noch nicht weiß, was es ist."

Siamsarah grinste zufrieden und begann zu erzählen:

„Naja, meine Eltern gaben mir diesen Namen, weil ich immer schon sehr fröhlich war, und immer wenn mehrere Elfen ihre Fröhlichkeit so richtig zeigen wollen, dann tanzen sie einen ganz besonderen Tanz, der die pure Lebensfreude ist und so etwas wie die heimliche Nationalhymne der Elfen. Allein schon das Wort auszusprechen ist ein Zauber, dann tanzen alle im Raum anwesenden Elfen diesen Tanz, egal was sie sonst gerade gemacht haben." Siamsarah schnippte einmal mit den Fingern – schon hatte sie einen magischen Stift in der Hand und schrieb, um ihn nicht aussprechen zu müssen, den Namen dieses ganz besonderen Tanzes auf einen Bierdeckel und schob ihm mir hin.

Siamsa

stand dort in wunderschönen Buchstaben geschrieben. Ich musste lächeln.

„Naja, und meine Eltern haben da einfach nur noch drei Buchstaben angehängt – nämlich das R, das A und das H."

„Oh, was eine wunderschöne Idee!", sagte ich ehrlich überrascht, „und was bedeutet der Name?"

Siamsarah berührte sanft meine Hände, als sie keck sagte:

„Na was schon – übersetzt heißt das in etwa ‚eine fröhliche Zeit'."

Sie lächelte übers ganze Gesicht.

„Siamsa", sagte ich anerkennend, „eine wirklich total schöne Idee!"

Mit einem Schlag wurde alles totenstill. Ich hatte das Wort Siamsa ausgesprochen! Kreidebleich sah ich Siamsarah an, die tatsächlich ein wenig besorgt aussah und murmelte: „Oh je, erst letzte Woche musste danach alles hier neu renoviert werden..."

„SIAMSA!", schrien plötzlich alle Elfen in der Gaststube wie aus einem Munde, und mit purer Elfenmagie wurden alle Tische und Stühle an die Wände geschleudert. Alle, die dort gesessen hatten, brachten sich blitzschnell in Sicherheit.

Die Musiker auf dem Podest konnten die Melodie für den Tanz im Schlaf spielen, und schon erklang sehr laut die energiegeladenste Musik, die ich je vernommen hatte.

Alle Elfen stürzten auf die neu entstandene Tanzfläche und tanzten eine Siamsa. Auch Siamsarah konnte nicht anders und reihte sich dort ein.

Es war der schönste und verrückteste Tanz, den ich je gesehen hatte, mal tanzten alle in einer Reihe, dann wieder zu zweit oder gegeneinander versetzt, bildeten urplötzlich große Kreise und wirbelten mal in diese, mal in jene Richtung. Aus dem großen Kreis wurden mehrere kleine und immer wieder bildeten sich neue Figuren mit ungeheurer Präzision. Es gab keinen einzigen falschen Schritt – alles war harmonisch und wunderschön anzusehen. Bei den Stepptanzeinlagen rieselte der Putz von Wänden und Decke und behinderte die Sicht ein wenig. Die Gläser klirrten in den Schränken und viele davon zersprangen.

Der Tanz endete in einem wahren Finale Furioso und danach war alles wieder wie vorher, nur die Einrichtung hatte sichtbar gelitten.

Frisch aufgetankt mit fröhlicher Energie kam Siamsarah wieder zu mir an den Tisch. Ich sah zufällig auf die Uhr an der Wand und wurde kreidebleich.[14] Es war schon eine Stunde vor der Morgendämmerung!

„Siamsarah!", schrie ich entsetzt, „wir müssen wieder zurück zur Waldlichtung – das ist kaum noch zu

---

[14] Alle elfischen Uhren sind Uhren mit spiegelbildlichen Zifferblättern und sie laufen natürlich rückwärts, aber unser Menschenwesen konnte sie problemlos entziffern.

schaffen – du musst deine Flöte dort spielen, sonst ist alles verloren!"

Siamsarah grinste nur und sagte zwinkernd:

„Keine Sorge, das ist längst erledigt! Elfen dürfen im Dienst nicht trinken, also habe ich das mit der Flöte und dem Weltretten schon vorher erledigt!"

„Aber das geht doch nicht – das geht doch nur... naja das geht doch nur JETZT!", stammelte ich, völlig aus der Fassung geraten.

„Komm mit, ich zeig es dir! Oh, Moment noch", grinste sie und nahm das kleine Eichhörnchen, das selig schnarchend auf dem Nachbartisch seinen Rausch ausschlief, behutsam auf, verstaute es sicher in ihrem Gewand und zog mich schnell aus der Kneipe und den Hügel hinauf an die Stelle, an der wir hier angekommen waren.

Ich fühlte wieder das Kribbeln in den Händen und den Füßen und die Umgebung verschwand. Nur einen Augenblick später saßen wir auf dem Baumstamm auf unserer Waldlichtung auf dem alten *Bärenstein*.[15] Ich traute meinen Augen nicht: In der Mitte der Lichtung beendete eine Doppelgängerin von Siamsarah gerade ihr kleines Flötenspiel.

---

[15] Es war in diesem Büchlein schon öfter vom *Bärenstein* und der sich dort oben am Höhenweg befindlichen sogenannten Elfenwiese die Rede. Diesen Ort gibt es wirklich. Er befindet sich direkt am Hermannsweg nahe den Externsteinen. Hier die Koordinaten, allerdings nicht auf den Meter genau:

Breite: 51°52'15.87"N

Länge: 8°54'43.27"E

Der Baumstamm und das Gebirgsbächlein sind dort oben allerdings nicht zu finden. Sie sind aber auch nicht erfunden, denn in unserer Siamsarah-Verfilmung sind sie ja zu sehen. Dieser traumhaft schöne romantische Drehort ist etwas weiter entfernt vom Bärensteinwald – wir können die Koordinaten aber nicht verraten – ein Elfenzauber versiegelt uns hier den Mund. ;-)

„Ist schon komisch, sich selbst zu begegnen, auch für Elfen", murmelte Siamsarah leise neben mir und ergänzte:

„Naja, ich hatte was gut bei meinem Chef – du weißt schon, wegen seiner Panne mit dem Zeitfeld im letzten Jahr – und da durfte ich etwas mit der Zeit rumspielen. Also bin ich ein wenig in die Zukunft gereist und habe meinen Job erledigt."

Sie hatte ihren Gutschein bei ihrem Chef eingelöst, um mit mir Zeit zu verbringen. Ich war mächtig beeindruckt.

Nach der Großen Musik der Sterne und Planeten, die der kleinen Flötenmelodie der doppelten Siamsarah folgte, verschwand diese von der Lichtung in einer kleinen Wolke aus blauen Funken... ja, um mit mir in eine Elfenkneipe zu gehen!

Die Siamsarah neben mir legte mir vorsichtig das kleine Hörnchen in die Hände, das noch immer zufrieden schnarchte.

„Na, hast du es rausgefunden?", fragte mich Siamsarah geheimnisvoll.

„Dein Geschenk?", fragte ich leise.

„Ja – mein kleines Geschenk für dich aus dem letzten Jahr", sagte Siamsarah bedeutungsvoll.

„Es ist so etwas wie ein – na sagen wir mal – Ausweis, der dich als einen Elfenfreund kennzeichnet. Du kannst nun nicht nur mich sehen, sondern auch alle anderen Elfen und Wesen meiner Welt, wie du ja schon bemerkt hast. Und noch etwas ist bei diesem Zauber, den ich gewoben habe, passiert – wir können uns nun, naja, irgendwie besser verständigen, seltsames Menschenwesen. Naja, jedenfalls wenn ich bei dem Zauber alles richtig gemacht habe", fügte Siamsarah etwas unsicher hinzu. Ich begriff erst viel später, was sie damit meinte und fragte jetzt auch nicht danach, weil ich spürte, ja wusste, dass Siamsarah mir jetzt nicht mehr verraten würde.

„Ich habe nur noch ein paar Minuten bis zum ersten Licht des Tages – du weißt, was das bedeutet", sagte sie beinahe traurig.

Doch plötzlich entstand auf ihrem schönen Elfengesicht das schelmischste Lächeln, das ich je gesehen habe und sie sagte:

„Nun musst du dein blind gegebenes Versprechen einlösen, seltsames Menschenwesen. Ich weiß, dass du unsere Abenteuer aufgeschrieben hast, um sie den Menschen vorzulesen und dass Robin und du unsere erste Begegnung verfilmt habt. Und nach der Uraufführung des kleinen Films wirst du mit allen Anwesenden eine Siamsa tanzen[16], und alle werden fröhlich und voll mit purer Lebensfreude nach Hause gehen. Ich werde dann übrigens bei euch sein und selbstverständlich mittanzen."

Ich versprach es ihr natürlich gerne und ich habe dieses Versprechen selbstverständlich eingelöst.

Die ersten Sonnenstrahlen brachen sich in ihren wunderschönen Augen und alle Farben des Regenbogens leuchteten darin.

---

[16] ... und genau das haben wir auch bei der Filmpremiere im Jahre 2008 mit unseren Lesungsgästen nach einem kleinen Schnellkurs von fünf Minuten gemacht. Es war ein Riesenspaß und hat allen viel Freude bereitet! Natürlich waren es nur ein paar einfache Schritte, die schnell zu lernen waren. Und natürlich war auch unsere traumhaft schöne Film-Siamsarah dabei – ja, so richtig mit rotem Teppich und After-Show-Party.

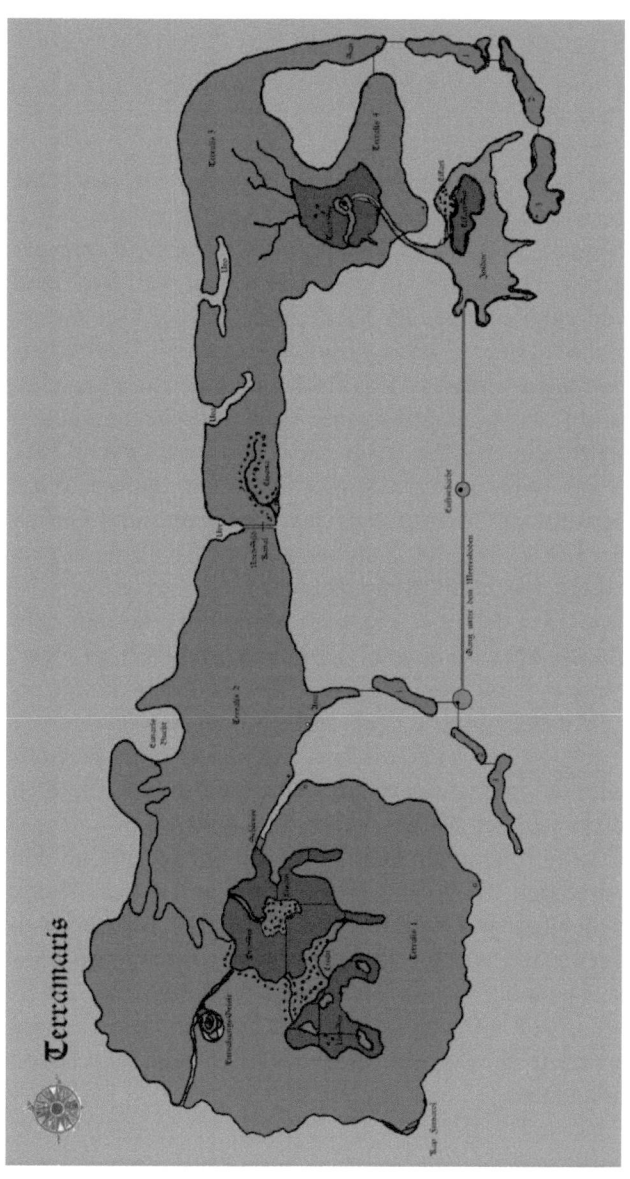

95

Siamsarahs fünftes Jahr

Terramaris:

Die Insel Terramaris war einzigartig. Sie war eine perfekte Symbiose aus Wasser, Erde, Feuer und Wind. Nirgendwo hatte es jemals etwas Vergleichbares gegeben. Das Meer um die Insel herum war flach und von atemberaubender Klarheit und Farbe. Von zartem Hellblau bis zu tiefem Grünblau waren alle Farbschattierungen vertreten. Das flache Wasser war angenehm warm und hunderttausende bunter Fische tummelten sich darin. Es gab auch einen Unterwasserwald, der etwas tiefer gelegen war. Ein stetiger sanfter Wind bewegte die Wasseroberfläche nur wenig und verlieh der Küste mit ihren Sandbuchten und Steilhängen eine ruhige, friedvolle Atmosphäre.

Die Form der Insel glich ein wenig der eines auf dem Bauch schwimmenden Seepferdchens, mit großem, rundem Kopf, aber ohne die typische trompetenförmige Ausbuchtung. Es gab große Süßwasserseen auf der Insel, die von vulkanischen warmen Quellen gespeist wurden, und wundervolle weiße Sandstrände säumten diese schönen blauen Augen des Landes.

Überall tummelten sich Elfen, im Wasser und an den schattigen Ufern, und überall erfüllten Lachen, Musik und Gesang die klare reine Luft. Der Westteil von Terramaris war die Urlaubsinsel der Elfen – ein kleines Paradies – einzigartig und friedlich. Eine magische, von Elfenzauberern geschaffene kleine Sonne spendete ein warmes Licht, das Elfen nicht zu scheuen brauchten.

Der Ostteil hatte eine völlig andere Funktion. Durch einen Nord-Süd-Kanal vom Westteil getrennt, war der Ostteil eine Art Elfenstützpunkt, eine streng geheime Sicherheitszone. Von hier wurden die Einsätze in die Menschenwelt vorbereitet und koordiniert. Natürlich durften die Elfen nicht in das Schicksal einzelner Menschen eingreifen, aber so manche kleine Korrektur insgesamt war von Zeit zu Zeit nötig, um den größten Blödsinn, den die Menschen so verzapften, wieder auszubügeln. Über einen geheimen Schacht ging es hier tief in die Unterwelt der Insel.

Terramaris lag im Niemandsland zwischen den Welten, völlig herausgelöst aus dem Raum-Zeit-Gefüge. Ungefähr drei Seemeilen von der Insel entfernt endete das Meer in einer Nebelwand, die alles abwies wie Watte, und dahinter floss der ewige Strom der Zeit – geheimnisvoll und für jedes Wesen unerreichbar. Wer auf Terramaris weilte, alterte nicht, und in seiner Heimatwelt verging für die Dauer seines Aufenthaltes auf Terramaris keine einzige Sekunde.

Egigius Egbaeutel:

Die Ouvertüre zum *Tannhäuser* von Richard Wagner dröhnte durch die unterirdischen Grotten und den langen Tunnel. Die Lautstärke nahm den Gang entlang immer mehr zu. Die Tonspur führte zu einer Tür in der Felswand. Dahinter stand auf seinem Schreibtischstuhl, zur Musik dirigierend, Egigius Egbaeutel, der Stützpunktchef. Egbaeutel war ein recht eigenartiger Elf: klein, dick, glatzköpfig und er litt unter hohem Blutdruck. Naja, leiden konnte man das eigentlich nicht nennen, denn der hohe Blutdruck brachte ihn erst richtig in Fahrt. Egbaeutel hatte einen Hang zum Gigantomanischen – ja, er würde in naher Zukunft das *Fairy Philharmonic Orchestra* dirigieren, und zwar nicht hier auf dieser verdammten Insel, sondern im eigentlichen Elfenreich. Endlich würde er Ruhm und Anerkennung erlangen!

Die Wagner-CD hatte er bei einem Einsatz in der Menschenwelt mitgehen lassen. Schon 999 Jahre war er hier Stützpunktchef und 333 Mal hatte er einen Antrag auf Versetzung gestellt – jedes Mal war er abgelehnt worden. Sein 1000-jähriges Dienstjubiläum würde Eggy, so nannte man ihn hier heimlich, nicht mehr auf dieser Insel feiern, dazu war er wild entschlossen. Er hatte einen Plan. Den Plan eines Wahnsinnigen!

Siamsarah:

Siamsarah saß gefesselt auf einem Stuhl in der Kühlkammer des Stützpunktes. Außerdem war sie von einem Zeitfeld eingeschlossen, aus dem es kein Entrinnen gab. Elfen konnten eine Menge einstecken, aber Kälte raubte ihnen alle Magie, entzog ihnen die Lebenskraft und führte selbst bei ihrer relativen Unsterblichkeit über kurz oder lang zum Tode. Ihre schönen Augen flackerten und sie versuchte, sich zu konzentrieren.

Plötzlich wurde die Tür aufgerissen und Egigius Egbaeutel stand im Türrahmen.

„Hahaaa!!!“, schrie er – er hatte mittlerweile einen MP3-Player umgehängt und behielt einen Stöpsel im Ohr, damit er weiter Wagner hören konnte. Mittlerweile war er auf der „Best-Of“-CD beim *Fliegenden Holländer* angelangt.

„Endlich werde ich diese verdammte Insel verlassen können, und das mit deiner Hilfe!"

Siamsarah sah ihn verständnislos an – sie zitterte vor Kälte am ganzen Körper. Eggy trat nahe an sie heran und flüsterte ihr ins Spitzohr:

„Es ist ganz einfach – du wirst heute in der Morgendämmerung deine Flöte nicht spielen können, wie du ja sicherlich bemerkt hast. Die Menschenwelt wird dann nur noch ein Häufchen Staub sein, und es gibt keinen Grund mehr für den Elfenrat, diesen Stützpunkt aufrechtzuerhalten. Ich werde frei sein und ins Elfenreich zurückkehren können, wo wahrhaft große Aufgaben auf mich warten. Und du kleine tapfere Elfe wirst im Reich der Kälte und der ewigen Erstarrnis nie wieder das Mondlicht erblicken!"

Den letzten Satz hatte Egbaeutel mit irrer, sich überschlagender Stimme geschrien. Siamsarah, der die Menschenwelt sehr ans Herz gewachsen war, rannen Tränen an den Wangen herunter, die am Boden sofort gefroren. Egbaeutel lachte irre, drehte sich um, stellte den Regler für die Kühlung noch weiter herunter und verließ die Kühlkammer. Die Tür fiel dumpf ins Schloss.

Siamsarah spürte, wie die Lebensenergie ihren Körper verließ – langsam, aber unaufhaltsam. Sie konnte nur noch daran denken, dass sie vor zwei Jahren einen Zauber gewoben hatte, gegen alle offiziellen Elfenregeln, aus Zuneigung zu einem seltsamen Menschenwesen. Aber ihre Gedanken wurden langsamer. Die gnadenlose Kälte lähmte alles.

‚Hilf mir!!!‘, schrien Siamsarahs Gedanken, und um diesen Gedanken auf die sichere Reise zu schicken, verbrauchte sie ihren letzten Funken Elfenmagie. Ihre

Augen verloren ihren Glanz und ihr Kopf sank sanft nach hinten.

‚Hilf mir!!!‘ flüsterten leise kleine Stimmen geisterhaft wie ein Echo in der Kühlkammer.

Das seltsame Menschenwesen:

Heute war es wieder soweit: Heute war die fünfte Nacht der Elfe der Morgendämmerung in Siamsarahs Amtszeit. Ich hatte mich noch ein wenig auf dem Sofa aufs Ohr gelegt, um für die zweistündige Autofahrt zum Fuße des *Bärenstein* ausgeruht zu sein, als ich plötzlich aufschreckte. Was war geschehen? Es war plötzlich eiskalt im Wohnzimmer geworden und ein bläuliches geisterhaftes Licht erfüllte schwach den Raum. Etwas war dabei, von mir Besitz zu ergreifen. Ich sah winzig kleine, golden leuchtende Pünktchen in einem kleinen Schwarm auf mich zuschweben. Die goldenen Pünktchen drangen in meine Brust ein und erfüllten mich mit etwas, das größer war als alles, was ich je gekannt hatte: mit der Seele eines anderen Wesens. Alles wurde hell und warm in mir und ich erkannte dieses Wesen sofort – es war Siamsarah! Dieses wohlige Gefühl hielt aber nur einen kurzen Moment an. Ich sah vor mir ihre glanzlosen Augen, gefrorene Tränen und ihre Stimme wisperte ganz leise, aber in höchster Not zu mir:

‚Hilf mir!!!‘. Dann war alles wieder normal. Das Feuer knisterte im Kamin im Wohnzimmer und ich konnte langsam wieder denken. Etwas Schreckliches musste Siamsarah zugestoßen sein, das war mir plötzlich kristallklar. Ich zögerte keine Sekunde mehr und machte mich auf den Weg.

Die Zeit für die Fahrt zum Bärenstein schien schneller als sonst zu vergehen. Wahrscheinlich lag es daran, dass ich fast jede Verkehrsregel missachtete. Am Bärenstein angelangt, stieg ich aus dem Auto und hastete hinauf zum Höhenweg. Nach wenigen Minuten erreichte ich die Waldlichtung mit dem großen Baumstamm.

Alles war, wie erwartet, verlassen. Was sollte ich nur tun? Siamsarah war in Lebensgefahr, das spürte ich in jeder Zelle meines Körpers, und sie würde nicht kommen, um ihre Flöte zu spielen, und das würde das Ende dieses Planeten bedeuten!

‚Hilf mir!!!‘, vernahm ich die nun sehr schwach gewordene kleine Stimme in mir.

Gnörxi:

Plötzlich sah ich ein kleines pelziges Etwas über die kleine Lichtung direkt auf mich zuhasten. Es kletterte schwungvoll an mir hoch und krabbelte sofort in die große Tasche vorn an meiner Wanderjacke. „Na los, worauf wartest du!", piepste es eindringlich.

Es war das kleine Eichhörnchen – Sie wissen schon, das mit dem karierten Taschentuch.

„Wie heißt du eigentlich?", fragte ich verlegen. Das kleine Hörnchen war mir inzwischen ein guter Freund geworden und diese Frage schien jetzt angebracht.

„Ich bin Gnörxi!", sagte es stolz, sah mich dabei an und entblößte seine recht eindrucksvollen Nagezähne zu einem Grinsen.

„Aber nun quatsch nicht rum hier – wir müssen zu Siamsarah – schnell!", fuhr es mich an und deutete über die Lichtung hinweg in den sanft abfallenden Wald.

Als ich genauer hinsah, konnte ich dort einen grünlichen Schimmer erkennen. Ich rannte los in der Hoffnung Siamsarah dort zu finden – aber dort war etwas ganz anderes!

„Wow!", sagte Gnörxi andächtig, „Das ist ein Elfentor!"

In intensivem Grün strahlend standen dort mitten zwischen den Bäumen zwei halb durchsichtige, steinern aussehende Säulen, die von einem verzierten Torbogen überspannt wurden. Normalerweise waren Elfentore unsichtbar, aber was war in letzter Zeit schon noch normal in meinem Leben.

„Los! – Augen zu und durch!", piepste Gnörxi heroisch.

Ich ging auf das Tor zu. Je näher ich kam, umso mehr zog es mich an – mühelos schritt ich hindurch.

Als ich auf der anderen Seite heraustrat, hatte sich die Umgebung völlig verändert: Ich befand mich in einer Art Unterwasserkuppel aus Glas. Prachtvolle Paradiesfische schwammen durch das sonnendurchflutete Wasser. Der Meeresgrund war mit weißem Sand, Korallen und Kristallen bedeckt. Eine schönere „Landschaft" hatte ich noch nie gesehen, und auch Gnörxi starrte mit großen staunenden Augen aus meiner Jackentasche durch die Glaswand der Kuppel.

Als ich mich umdrehte, erblickte ich zwei schimmernde Elfentore. Aus dem einen mussten wir gekommen sein, denn es leuchtete noch immer grün. Das andere schimmerte silbern, leuchtete aber nicht – es war wohl verschlossen. Im Boden der Kuppel führte eine Wendeltreppe nach unten, die sich um eine Art offenen Aufzugschacht wand. Ich stieg mit Gnörxi in der Tasche diese Treppe hinunter. Nach vielen Windungen endete sie in einem langen Gang, der in zwei Richtungen führte.

Aus der einen Richtung hörten wir entfernte Musik. Es war unverkennbar der Anfang von Wagners *Walküre*! „Da lang!", piepste Gnörxi aufgeregt und deutete in die Richtung, aus der die Musik kam.

Ich lief den Gang hinunter. Er schien nicht enden zu wollen, aber plötzlich entdeckte ich links in der Tunnelwand eine schwere Eisentür, unter der ein bläuliches Licht hervorschien.

Mit einem großen Schwungrad ließ sich die Tür von außen öffnen und ich trat vorsichtig in den dahinter liegenden Raum. Es war eiskalt. In der Mitte des Raums sah ich die leblose Siamsarah, an einen Stuhl gefesselt und in einem grünlich schimmernden Zeitfeld eingeschlossen!

Ich eilte zu ihr. „Lass mich das machen – ich bin hier der Spezialist für Zeitfelder!", grummelte Gnörxi vor sich hin und sprang ohne Vorwarnung mitten durch das Zeitfeld, das sofort erlosch, und landete auf Siamsarahs Schulter.

„Na bitte, geht doch!", triumphierte Gnörxi siegessicher.

Aber Siamsarah war völlig leblos. Hastig band ich ihre Hände und Füße los und nahm sie vorsichtig auf meine Arme. Ihr Körper war eiskalt, aber nicht starr. Ich trug sie aus der Kühlkammer und rannte mit ihr den langen Gang hinunter in Richtung Unterwasserkuppel, als plötzlich hinter uns am Ende des Ganges eine Tür aufflog. Die Musik wurde schlagartig lauter und Egigius Egbaeutel stürzte schreiend auf den Gang:

„Ihr könnt nicht entkommen! Widerstand ist zwecklos!"

Er zwängte sich in eine durchsichtige Transportkugel – damit konnte man hier auf dem Stützpunkt die langen Gänge ohne viel Zeitverlust durchfahren. Ich rannte, so schnell ich mit der eiskalten Siamsarah auf den Armen nur laufen konnte, durch den Tunnel. In der Ferne wurde die Wendeltreppe, die in die Kuppel führte, sichtbar. Egbaeutel holte immer schneller auf, aber plötzlich krachte seine Kugel gegen ein Hindernis – es war sehr klein und stand wie angeschraubt in der Luft. Es war Siamsarahs magische Elfenflöte.

Egbaeutel hatte einen entscheidenden Fehler begangen, als er eben diese Flöte als Taktstock missbraucht hatte. Nun zahlte es ihm die Flöte heim. Wir erreichten die Wendeltreppe und rannten hinauf in die Kuppel. Keuchend standen wir vor dem immer noch grün leuchtenden Elfentor. Die Flöte kam hinter uns her die Wendeltreppe hochgesaust.

„Schnell!!!", piepste Gnörxi hysterisch und schon verschwanden wir alle durch das Tor. Eine Sekunde später standen wir wieder bei der kleinen Waldlichtung zwischen den Bäumen.

Ich rannte auf die Lichtung und legte Siamsarah vorsichtig in das weiche Gras. Sie atmete wieder, aber nur ganz flach. Ich wärmte mit meinen Händen ihre Hände und Füße, ihr Gesicht und ihre Arme, so gut ich konnte.

Plötzlich kam, was kommen musste: Egbaeutel schoss in seinem Transporter wie eine Kanonenkugel aus dem Elfentor und jagte auf uns zu. Nun war doch alles aus, dachte ich bei mir, aber eine kleine Hand drückte nun sanft meine und Siamsarah sagte so leise, dass ich ganz nah heran musste, um sie verstehen zu können: „Keine Sorge, die Kugeln funktionieren in der Menschenwelt nicht richtig, aber das weiß der Trottel nicht..."

Ein schwaches, beinahe schadenfrohes Grinsen huschte über das schöne Gesicht der noch völlig entkräfteten Siamsarah. Egbaeutel tickte mit seiner Transportkugel gegen einen Baum und prallte davon ab und von da aus gegen den nächsten Baum. Alles geschah nun wie in Zeitlupe. Durch einen ungünstigen Aufprallwinkel verlor Eggy die Kontrolle und sauste, laut vor sich hin schimpfend und tobend, in den Nachthimmel. Na ja, irgendwo würde er mal wieder runterkommen, dachte ich grinsend.

Siamsarah hatte sich vorsichtig neben mir aufgerichtet und sagte leise: „Schnell, die Flöte!"

Ich reichte sie ihr und sagte verdattert: „Aber du musst doch erst in die Welt fliegen, um zu entscheiden, ob du deine Flöte überhaupt spielen willst und so...", mehr brachte ich nicht heraus, denn Siamsarah gab mir ohne Vorwarnung einen kleinen Elfenkuss auf den Mund, der mir die Worte abschnitt.

Ich war wie vom Donner gerührt. Sie grinste schelmisch und sagte: „Heute bist nur du meine kleine Welt, und diese Welt hat mir gut gefallen. Nur dafür werde ich heute meine Flöte spielen!"

Das Summen und Raunen des Großen Orchesters der Planeten und Sterne klang warm und immer lauter werdend über die Lichtung und den Wald. Siamsarah spielte die kleine magische Flötenmelodie und das Große Orchester stimmte mit der Sinfonie der Morgendämmerung ein. Mir kamen die Tränen und auch Gnörxi sah ergriffen in den leuchtenden Sternenhimmel, über den nun hunderte von Sternschnuppen zogen. Als sie verklungen war, die Große Sinfonie, begannen die ersten Vögel ihre Stimmen zu erheben.

„Wir werden nun gehen", sagte Siamsarah leise.

Ich glaubte, mich verhört zu haben, denn normalerweise ging dieser Satz anders.

„Wir?", fragte ich verwirrt.

„Ja!", sagte Siamsarah lächelnd, aber entschlossen, und fügte hinzu:

„Du glaubst doch nicht, dass ich dich so schnell wieder gehen lasse! Wir haben uns einen Urlaub verdient und ich muss mich dringend aufwärmen!"

Sie nahm meine Hand und hob mit der anderen vorsichtig den grinsenden Gnörxi auf – er bekam auch ein Elfenküsschen hinters Ohr – und wir verschwanden durch das grün leuchtende Elfentor.

Terramaris:

Ich lag mit Siamsarah unter einer Sonne, die keinen Sonnenbrand verursachte, aber wundervoll wärmte, am weißen Sandstrand des Oro-Sees auf der Insel Terramaris. Überall tummelten sich Elfen im Wasser und an den schattigen Ufern, und überall erfüllte Lachen, Musik und Gesang die klare reine Luft. Endlich hatten wir genug Zeit, um uns alles zu erzählen, wozu wir sonst niemals Zeit gefunden hatten.

Ganz in unserer Nähe entstand plötzlich ein Tumult, und wir blickten auf, um nachzusehen, was dort los war. Gnörxi hatte offenbar zu viel von dem elfischen Bucheckernschnaps getrunken und tanzte in ausgelassener Stimmung recht laut singend mit mindestens

sieben jungen Elfen eine Siamsa. Dabei war sein Fell gesträubt und er sah fast doppelt so groß aus wie sonst. Nach diesem furiosen Tanz kippte Gnörxi einfach um. Die Elfen kicherten und trugen ihn vorsichtig auf eine bequeme Liege im Schatten. „Ach Mädels...", gluckste er völlig außer Puste, „ihr macht mich noch völlig fertig!" Er war Hahn im Korb, daran bestand kein Zweifel. Die jungen Elfen fächerten Sir Gnörxi – man hatte ihn ohne viel Federlesens in den Ritterstand erhoben – mit seinem karierten Taschentuch die klare Luft von Terramaris zu. Von Natur aus spitze Ohren zu haben, war hier definitiv ein großer Vorteil! Dass diese Ohren auch noch puschelig waren, fanden die jungen Elfen einfach nur exotisch.
„Eigentlich ist *er* ja unser Held!", sagten wir plötzlich wie aus einem Munde.
Siamsarah und ich sahen uns grinsend an und ließen uns von einer Fee noch etwas von dem köstlichen Blütennektar bringen, der es wirklich in sich hatte.

Epilog:

Tja, so kann's gehen – und wenn bei Ihnen – vielleicht während einer nächtlichen Grillparty – Eggy mit seiner Transportkugel runtertitscht, dann seien Sie nett zu ihm. Und wenn Sie so richtig die Spendierhosen anhaben, dann werfen Sie ihm einen CD-Player mit dem kompletten *Ring* von Wagner in seine Transportkugel, denn 999 Jahre immer auf der Nachtseite der Erde rumzuhopsen, ist eine lange Zeit, selbst für einen Elf. Ach ja, und geben Sie vielleicht noch ein Schaschlikstäbchen dazu– Sie wissen schon – zum Dirigieren!

Sir Gnörxi in heroischer Siegespose,
porträtiert von Annette Willsch

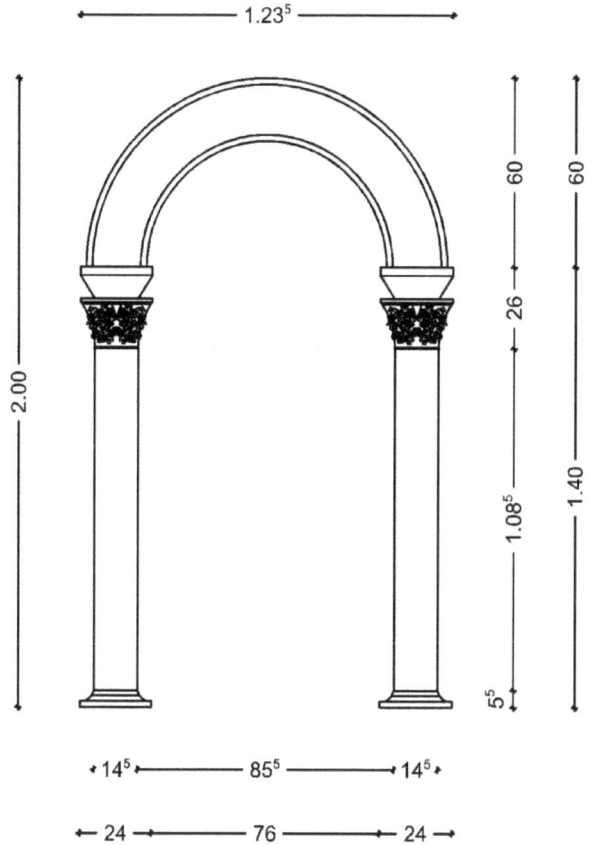

Diesen geheimen Konstruktionsplan eines Elfentores fand ich auf unserer Waldlichtung auf dem *Bärenstein*. Eggy hatte ihn wohl im Stützpunkt mitgehen lassen und irgendeine Teufelei damit vorgehabt. Nun ist die Zeichnung in meinen Händen und wer weiß, vielleicht ist sie mir noch von großem Nutzen.
(Zeichnung: Violetta Tannenbaum)

109

Siamsarahs sechstes Jahr

Ein kleines Vorwort:

Eigentlich war ja nur der erste Teil geplant, also „Siamsarahs erstes Jahr". Aber die Leute auf unseren Lesungen wollten immer wieder eine neue Geschichte und zeigten uns auch ihre Freude darüber. Also machten wir weiter – ich schrieb Teil zwei bis fünf und Robin Jähne produzierte dazu viele fantastische Bilder und Sounds. Teil vier und fünf bekamen so einen ganz anderen Charakter als die anderen Teile. Ich war der Meinung, dass eine etwas größere Portion Humor und Witz einen Versuch wert wäre. Der Versuch gelang, wie unsere Lesungsgäste uns zeigten. Um nun wieder ein Gleichgewicht in der nächsten Geschichte hinzubekommen, musste ich mir schon was ganz Besonderes einfallen lassen, das war mir schon klar, und ich habe lange gebraucht, um die Geschichte zunächst im Kopf, dann auf kleinen Papierkärtchen und in einem großen Notizbuch zu entwerfen, bevor ich mich endlich an den Rechner setzte. Die Inspirationen für „Siamsarahs sechstes Jahr" kamen sicherlich aus ganz vielen Büchern, die ich gelesen hatte und Erlebnissen, die mir viel bedeutet haben und mich tief berührt haben. Fast alle Bücher entstehen so. Auch die Gedanken, die dann aus Erlebtem oder Gelesenem entstehen und die Frage ‚Was wäre wenn?' aufwerfen, tragen zur Ideenfindung bei.

Wir haben Teil 1 bis 5 bereits im November 2007 in einer Lesungsausgabe herausgebracht, allerdings ohne den sechsten Teil der Geschichte, weil der seinerzeit noch nicht geschrieben war. Die Lesungsausgabe hatte keine ISBN und war auch nicht im Buchhandel, sondern nur bei unseren Lesungen zu erwerben. Das war natürlich eine ungewöhnliche Maßnahme, aber die Gäste unserer Herbstlesung wollten zumindest schon einmal Teil 1-5 vor Weihnachten, auch als Geschenk für andere mit nach Hause nehmen. Und ohne es vielleicht zu wissen, halten diese Leute nun eine kleine Rarität in den Händen, denn die Lesungsausgabe wurde nur mit 30 Exemplaren für diese eine Lesung gedruckt.

Es ist mir also nun eine ganz besondere Freude, die sechste und bisher längste Siamsarah-Geschichte zu schreiben.

Prolog:

Es war ein seltsamer Winterabend. Im Jahr zuvor hatte es so gut wie keinen Schnee gegeben, aber nun rieselten die Schneeflocken schon stundenlang bei leichtem Wind hernieder und verzauberten die Landschaft. Das gedämpfte Licht einer Salzlampe und mehrerer Kerzen verbreitete zusammen mit dem knisternden Kaminfeuer eine warme behagliche Atmosphäre. Vor mir stand ein Glas mit wirklich gutem Rotwein[17] – ich holte mir die angebrochene Flasche dazu, ich wusste, ich würde sie diesmal wirklich brauchen, denn ich musste eine Entscheidung treffen. Als erstes würde ich aber das im letzten September Erlebte aufschreiben:

---

[17] Anmerkung des Verfassers: Nur für den Fall, dass wir das mal verfilmen würden – ich habe nämlich keine Lust, dann wieder an gefärbtem Wasser nippen zu müssen!

Meine sechste Begegnung mit Siamsarah, der *Elfe der Morgendämmerung*.

Wieder zurück:

Natürlich hieß es irgendwann wieder Abschied nehmen von der Insel Terramaris und von Siamsarah. Mein Visum lief nur über sechs Wochen, und das war schon die Höchstlaufzeit – niemand bekam hier eine Verlängerung. Aber immerhin war ich sechs Wochen lang nicht gealtert. Es war eine herrliche Zeit mit Siamsarah und natürlich mit Sir Gnörxi. Serana, Eggys Stellvertreterin, bekam vom Elfenrat die kommissarische Leitung des Stützpunktes übertragen. Jedenfalls solange, bis Egigius Egbaeutel wieder auftauchen würde – der Elfenrat hatte ihn wegen seiner Vergehen schon in Abwesenheit zu weiteren tausend Jahren Dienst auf der Insel verdonnert. Und er konnte nur durch das grüne Elfentor im Bärensteinwald aus der Menschenwelt zurück nach Terramaris gelangen. Direkt von der Menschenwelt ins Elfenreich konnte er nicht entkommen – Terramaris, die Insel im Niemandsland zwischen den Welten, war der einzige Ort, an den er zurückkonnte. Nur genau das wollte Eggy natürlich nicht – das dachten wir jedenfalls alle.
„Pass gut auf dich auf, seltsames Menschenwesen!",
sagte Siamsarah zum Abschied und gab mir den liebsten Elfenkuss, den je ein Menschenwesen von einer Elfe bekommen hatte. Davon würde ich sicher ein ganzes Jahr zehren können. Sie konnte mich nicht durch das Tor begleiten, denn in der Menschenwelt war keine Sekunde vergangen und die Morgendämmerung, in der wir durch das Tor nach Terramaris

gegangen waren, war noch unverändert – jung, aber schon zu hell für Elfen.

Ich fuhr mit einem seltsamen Gefühl nach Hause. Ich sah ab und zu nachdenklich in den Himmel, wenn ich an einer Ampel stand – irgendwo auf der Nachtseite des Planeten würde Eggy in seiner Transportkugel rumticken. Das war kein angenehmer Gedanke. Siamsarah und ich hatten auf Terramaris lange darüber nachgegrübelt, was Eggy eigentlich wirklich vorhatte. Siamsarah kannte ihn nur als durchgeknallten und gefährlichen Elfen. Das war eine brisante Kombination. Einfach nur Siamsarah daran zu hindern, ihre Flöte zu spielen, war zwar eine todsichere Methode, die Menschheit samt Planeten auszulöschen, aber das war ja zum Glück nicht gelungen.

Gnörxi war im Wald des Bärensteins geblieben, dort wohnte er nämlich. Er hatte mächtigen Liebeskummer, denn er hatte sich gleich in sieben junge Elfen gleichzeitig unsterblich verliebt. Naja, es war nicht so eine Liebe wie unter Eichhörnchen, aber er ließ sich einfach unheimlich gerne und lange von den Elfen abwechselnd oder auch gleichzeitig das Fell kraulen und er mochte ihre spitzen Ohren, was übrigens auf Gegenseitigkeit beruhte. Was mit mir los war, konnte ich gar nicht einordnen – schon auf der Autofahrt fehlte mir Siamsarah. Es war fast so, als wäre ein Teil von mir in einer anderen Welt zurückgeblieben.

Zu Hause angekommen, schrieb ich natürlich unser letztes Abenteuer in mein großes Buch, und danach verging fast ein Jahr wie im Flug. Einem milden Winter folgte ein verregneter Sommer, der Frühling war kaum wahrzunehmen. Es war September geworden, ohne dass ich es wirklich bemerkt hätte wegen der Gleichförmigkeit des Wetters. Und obwohl die *Nacht der Elfe der Morgendämmerung* erst in drei Tagen war, war ich plötzlich unruhig und nervös. Aber ich freute mich auch total darauf, Siamsarah wiederzusehen.

Ich war wie so oft vor dem Fernseher bei einem grottenschlechten Krimi eingeschlafen, als ich ein hartes klickendes Geräusch an der Fensterscheibe wahrnahm. Es hörte sich so an, als wenn jemand kleine Kieselsteinchen an die Scheibe warf und zwar immer nur eines und nach ein paar Sekunden das nächste. Ich sah aus dem Fenster und plötzlich hüpfte ein Eichhörnchen auf die Fensterbank und klatschte einen nassen Zettel an die Scheibe. Klar dachte ich, diese langweiligen Krimis lassen die Gehirnzellen verdampfen und man sieht dann Dinge, die gar nicht da sind. Aber das Hörnchen war immer noch da. Es grinste und entblößte dabei seine beiden Nagezähne und ich wusste plötzlich – das konnte nur Gnörxi sein. Aber das war unmöglich, sein Zuhause war einhundertfünfzig Kilometer entfernt!

Ich öffnete rasch das Fenster, um Gnörxi reinzulassen. Der hüpfte vor sich hin schimpfend zu mir aufs Sofa und drückte mir mit seiner kleinen Pfote den nassen knitterigen Zettel in die Hand. „Hier sieh dir das an!", japste er völlig außer Puste.

„Hey Gnörxi, wie bist du denn hierhergekommen?", fragte ich ihn irritiert und ohne den Zettel zu beachten. Er plusterte sich mächtig auf und piepste schrill und aufgebracht: „Das ist jetzt völlig egal – der Zettel – sieh ihn dir endlich an!"

Rätselraten:

Nervös strich ich den Zettel etwas glatter und betrachtete ihn aufmerksam. Darauf waren zwei verzierte Pfeiler und ein Torbogen zu sehen und ich wusste sofort, dass es ein Elfentor war. Das Blatt war völlig durchnässt und es würde in kurzer Zeit zerfallen, wenn ich es nicht irgendwie trocknen würde. Ich holte aus der Küche ein Handtuch, legte es auf den Tisch und das Blatt Papier darauf. Auf das Blatt legte ich ein Papiertaschentuch und holte mein Bügeleisen. Vorsichtig begann ich damit das Blatt zu glätten und zu trocknen. Nachdem ich das Papiertaschentuch weggenommen hatte, war das Elfentor viel deutlicher zu sehen. Oben im Torbogen war eine Tafel mit seltsamen Symbolen sichtbar geworden, die vorher eindeutig nicht da gewesen waren. „Was das wohl bedeutet?", fragte Gnörxi staunend – er hatte sich wieder etwas beruhigt.

Ich sah ihn an, zuckte mit den Schultern und brachte ihm erst einmal ein Tellerchen mit Haselnüssen und ein kleines Schälchen mit Bier – mit Wasser hätte ich ihm, glaube ich, jetzt nicht kommen dürfen. Er sah recht mitgenommen aus. Nachdem er sich ausgiebig gestärkt hatte, hüpfte er mit dem Zettel aufs Sofa und kuschelte sich damit auf mein Kopfkissen. „Nun komm", sagte ich zu Gnörxi, „erzähl mal alles der Reihe nach."

Er atmete einmal tief durch und sagte: „Also gut. Die Geschichte ist nicht lang. Im Bärensteinwald gibt es viele köstliche Bucheckern und ich habe welche gesammelt, um daraus Schnaps zu brennen. Die Elfenmädels haben mir verraten, wie es geht."

Gnörxi verdrehte schwärmerisch die Augen und fuhr gedankenverloren fort: „Ach ja, die netten Elfenmädels – ich vermisse sie so! – Aber weiter: Ich fand dabei diesen Zettel. Den muss Eggy verloren haben, als er da mit seiner Transportkugel rumgetickt ist. Der hatte sicher irgendeine Teufelei damit vor. Bei dem Dicken brennen die Lampen nicht so hell, das haben wir ja gesehen – er ist dumm wie Brot, aber das macht ihn ja so gefährlich! Na ja, und da dachte ich, dass ich dir den Zettel sofort bringen muss. Der Rest ist schnell gesagt: Ich bin per Anhalter bis fast hierhergekommen. Ein netter dicker Brummi-Fahrer hat mich mitgenommen – er hat kein Wort geredet auf der ganzen Fahrt, aber er hat mich sofort verstanden – ein echter Eichhörnchenfreund. Und er hat mich von seinem Schnaps probieren lassen, den er sich aus einem fernen Land mitgebracht hatte – keine Angst, er selbst hat nichts auf der Fahrt davon getrunken."

Ich sah Gnörxi tadelnd an, konnte mir aber ein breites Grinsen nicht verkneifen. „Und dann musste ich noch eine Stunde durch dieses Sauwetter zu Fuß!", schimpfte Gnörxi aufgebracht.

Plötzlich wurde er sehr nachdenklich, sah auf die Zeichnung und murmelte vor sich hin: „Da war doch noch was … da war doch noch was … aber was nur … wo hab ich das schon mal gesehen?... Ha! Ich hab's! Das sind Zahlen!", schrie er und ergänzte: „Ich wusste es – ich bin ein Genie! – Los, hol Bleistift und Papier!"

Ich holte ihm das Gewünschte und sah zu, wie er mit seinen kleinen Pfötchen geschickt den schon recht kleinen Bleistift umfasste und damit anfing, seltsame Symbole zu malen:

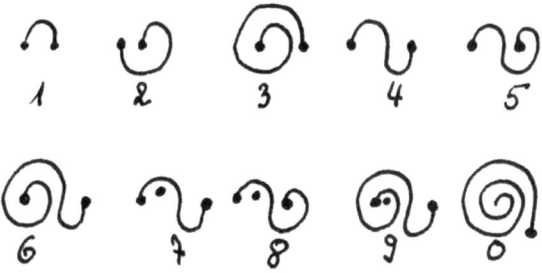

Ich half ihm, indem ich seine dünnen Bleistiftstriche mit einem schwarzen Füller nachzog. „Woher weißt du das alles und was bedeutet es?", fragte ich erstaunt. „Na das siehst du doch! – Es sind Zahlen, genauer gesagt elfische Zahlen – und woher ich das weiß? Noch einfacher: von meinen Elfenmädels – die haben mir schließlich nicht nur den Pelz gekrault, sondern mir auch was beigebracht – jaaa, da staunst du, was? Also die Sache ist die, weil Elfen spitze Ohren haben, lieben sie als Kontrast dazu besonders runde Sachen, und sie haben eine Schrift mit vielen Rundungen entwickelt, wie du siehst. Du musst übrigens die Zahlen rückwärts lesen. Auf unserem Zettel steht also *460*!"

Gnörxi kratzte sich nachdenklich hinter den Ohren und murmelte: „Hmmm… jaaaa… gleich hab ich's – ja genau, das ist ganz einfach: Elfen sind ja immer kleine Scherzbolde und schreiben manche Buchstaben sogar so wie wir unsere, nur mal richtig rum, mal als hingen sie an der Decke… also heißt das hier *nm*! – Jawohl!"

„460 nm…", murmelte ich in Gedanken und plötzlich hatte ich's: 460 nm bedeutete 460 Nanometer. Das war eine Wellenlänge, das wusste ich noch aus dem Physikunterricht. Ich kramte sofort hastig in einem meiner Bücherregale. Es dauerte nicht lange und ich hatte ein altes Physik-Schulbuch gefunden und blätterte neugierig darin rum. Schnell fand ich, was ich gesucht hatte – eine Abbildung der Spektralfarben. Darunter befand sich eine Zahlenskala mit den Wellenlängen des sichtbaren Lichtes: 460 Nanometer war eindeutig die Wellenlänge von einem ganz bestimmten blauen Licht. Ich teilte Gnörxi, der auf den Buchrand gekrabbelt war, meine Entdeckung mit.

„Du", piepste Gnörxi, "das muss was mit einem Elfentor zu tun haben und zwar mit einem blauen. Hmmm… wir kennen nur das grüne Tor im Bärensteinwald, das seinen Ausgang auf Terramaris in der Unterwasserkuppel hat… Aber ein blaues Tor war da nirgendwo, nur dieses silberne neben dem grünen in der Kuppel, das aber verschlossen war und nicht leuchtete."

„Ja stimmt", sagte ich – „vielleicht leuchtet es ja blau, wenn es in Betrieb ist." Ich hielt das Blatt im Abstand von ungefähr zwanzig Zentimetern gegen eine brennende Kerze, um hindurchsehen zu können. Als hätte ich's geahnt: Der Zettel hatte so etwas wie Wasserzeichen – sehr eigenartige Wasserzeichen, die mich aber an etwas erinnerten, das ich kannte. Untereinander waren da zu sehen: ein Würfel – also ein Hexaeder, eine Pyramide – also ein Tetraeder, ein Körper, der aus zwei an der Basis aneinanderliegenden Pyramiden bestand – also ein Oktaeder, ein aus 20 gleichschenkligen Dreiecken bestehender Körper – also ein Ikosaeder und ein aus zwölf gleichseitigen Fünfecken bestehender Körper – also ein Dodekaeder. Sie waren dreidimensional gezeichnet und wunderschön anzusehen. Mir fiel aus dem Mathematikunterricht ein, dass diese Körper vollkommene Körper, oder auch *Platonische Körper*[18] genannt wurden – ja, und dass sie was mit dem Mathematiker, Musiker und Astronomen Johannes Kepler und seinem so genannten *Weltgeheimnis* zu tun hatten.

Keplers Entdeckungen hatten mich immer schon unglaublich fasziniert, weil sie total spannend und wunderschön zugleich waren. Ich besaß ein Buch mit dem Titel: *„Was die Welt im Innersten zusammenhält"*[19]. Ich ging hinauf in die Bibliothek und holte das Buch

---

[18] s. Foto hinten im Anhang
[19] Johannes Kepler: *Was die Welt in ihrem Innersten zusammenhält.* Antworten aus Keplers Schriften, mit Einleitung, Erläuterungen und Glossar herausgegeben von Fritz Krafft. marixverlag, ISBN 3-86539-015-3, Bibliothek des verloren gegangenen Wissens (Naturwissenschaften); 692 Seiten. Sehr zu empfehlen für alle, die es ganz genau wissen wollen.

hervor – ich wusste genau, wo ich es suchen musste. Es war ein richtig dickes Buch. Ich hatte mir einige wichtige Stellen markiert und Merkzettelchen zwischen die Seiten gelegt. Kepler hatte einen perfekten Bauplan unseres Sonnensystems entdeckt. Hier der Versuch, es kurz und einfach zu erklären[20]:

Die Frage, die Kepler sich stellte, war diese: Warum sind die Abstände zwischen den Planetenbahnen so wie sie sind und nicht etwa größer oder kleiner? Damals hatte man erst sechs Planeten entdeckt – Merkur, Venus, Erde, Mars, Jupiter und Saturn. Uranus, Neptun und Pluto wurden nicht mehr zu Keplers Lebzeiten entdeckt. Nun passen die *Platonischen Körper* von ihren Proportionen her in einer bestimmten Reihenfolge sozusagen als Abstandhalter genau zwischen die Planetenbahnen. Zu jedem dieser *Platonischen Körper* kann man nun zwei definierte Kugeln bestimmen – eine Kugel, die genau außen um den Körper passt, die Umkugel und eine, die genau in den jeweiligen Körper passt, die Inkugel. Wurden nun die fünf *Platonischen Körper* in einer bestimmten Reihenfolge so ineinander geschachtelt, dass die Umkugel eines Körpers genau so groß war wie die Inkugel des nächstgrößeren Körpers, und denkt man sich nun die Bahnen der Planeten auf den Rändern der zur Hälfte aufgeschnittenen Kugeln, erhält man ihre Größenverhältnisse und damit auch die Abstände zueinander. Der Vollständigkeit halber hier die genaue Reihenfolge von innen nach außen: Merkurbahn – Oktaeder – Venusbahn – Ikosaeder – Erdbahn – Dodekaeder – Mars-

---

[20] Anmerkung des Verfassers: Ja, da müssen Sie nun durch, liebe Leserinnen und Leser, denn es ist wichtig für die nachfolgende Handlung – na ja, einigermaßen jedenfalls. Ich werde es aber kurz machen.

bahn – Tetraeder – Jupiterbahn – Würfel – Saturn-
bahn.[21]

Das war einfach genial, und abgesehen von ein paar
kleineren Ungenauigkeiten, die Kepler selbst heraus-
fand, war das ganze doch eine außerordentlich ver-
blüffende Entdeckung. Die Planetenbahnen waren
natürlich nicht wirklich kreisförmig, sondern ellip-
tisch, wodurch sich abweichende Bahngrößen ergaben. Auch das fand Kepler heraus und publizierte das
auch in den nach ihm benannten Planetengesetzen. Er
hielt bis an sein Lebensende an diesem *Weltenbauplan*
fest. In seinem *Myterium Cosmographicum* von 1596,
auch *Weltgeheimnis* genannt, fügte er einen wunderschönen Kupferstich seines *Weltgeheimnis*-Modells
ein. Zu seinen Lebzeiten wurde ein dreidimensionales
Modell davon nie gebaut, sondern erst viel später.
Heute kann man im Deutschen Museum in München
und in Keplers Geburtshaus in Weil der Stadt das
Weltgeheimnis als Modell sehen. Und ich hatte ein
vereinfachtes Modell aus einem Bausatz aus Karton-
papier damals aus Begeisterung für Kepler zusammengebaut und noch immer in einem Bücherschrank
stehen.

Mathematik war nie meine Stärke gewesen, aber
Keplers Entdeckungen faszinierten mich, denn sie
hatten einen ganz praktischen Bezug zur Wirklichkeit.
Die Planeten hingen ja tatsächlich irgendwo im Weltall wie an einer Art *Himmelsmechanik* rum – nein,

---

[21] Einige der hier verwendeten Informationen stammen aus der Bau-
anleitung für ein wunderschönes Kartonpapiermodell, erhältlich in Buch-
handlungen: „Johannes Keplers Weltgeheimnis", Klaus Hüning, AstroMe-
dia-Verlag, ISBN 3-935364-35-0. Es ist ein Bausatz und Sie müssen das
Teil erst zusammenbauen – eine ziemliche Friemelei, aber das Ergebnis ist
echt schön anzusehen, s. Foto im Anhang. (Ich habe es nicht ohne fremde
Hilfe zusammenfummeln können – Sie schaffen das aber bestimmt. ☺)

irgendwo ist nicht ganz richtig – sie hingen da nach einem ganz bestimmten Plan rum und Kepler hatte es herausgefunden[22].

Ich teilte Gnörxi mit, was ich gerade entdeckt hatte. Auch er begriff, dass da eine Riesenschweinerei im Gange war, und der Übeltäter war Eggy! Er kannte zweifellos den Inhalt des Zettels, auch wenn er ihn verloren hatte.

‚Was die Welt im Innersten zusammenhält', dachte ich – Siamsarah hielt auch mit ihrem jährlichen Flötenspiel die Welt im Innersten zusammen. Es musste da also einen Zusammenhang geben und wir mussten ihn unbedingt herausfinden. In drei Tagen konnte es bereits zu spät sein. Ich überlegte fieberhaft, was wir nun tun sollten. Wir mussten schnell handeln, aber überlegt. Wir mussten zum *Bärenstein*, das war klar, aber wir mussten gut überlegen, was uns an Gegenständen dort nützlich sein konnte. „Hmmm... blaues Licht... blaues Licht...", murmelte Gnörxi nachdenklich. „Hast du was, womit du blaues Licht machen kannst?"

Ich überlegte. „Klar hab ich – ich hab ein schönes Glasprisma[23] – ein Geschenk von Siamsarah, damit kann man alle Farben erzeugen bei Sonnenlicht! Vielleicht sollten wir auch noch das Nachtsichtgerät mitnehmen und Stirnlampen, damit wir im Notfall die Hände frei haben." sagte ich.

Ich hatte mir vor einigen Wochen beim Discounter meines Vertrauens ein Nachtsichtgerät aus dem Sonderangebot gekauft – es funktionierte einwandfrei.

---

[22] Anmerkung des Verfassers: Sie haben es hinter sich – war doch gar nicht so schlimm, oder?

[23] s. Foto im Anhang

Messer, Feuerzeug, Streichhölzer, etwas zu Trinken, eine kleine Schachtel mit Verbandszeug und einen Kompass hatte ich sowieso immer in meinem Rucksack, wenn ich etwas länger unterwegs war. Ich zog meine warme Wanderjacke an und Gnörxi krabbelte vorn in eine der Brusttaschen, in die ich extra für ihn ein warmes Futter hatte einnähen lassen. Die Schneiderin, bei der ich das habe anfertigen lassen, war sichtlich verstört, nachdem ich ihr den Auftrag erteilt hatte.

Wir fuhren durch die Nacht Richtung *Bärenstein* und Gnörxi schlief in meiner Jacke ein, die ich auf den Beifahrersitz gelegt hatte – er hatte sich wirklich einen Erholungsschlaf verdient. Nach knapp zwei Stunden erreichten wir unser Ziel und ich überprüfte noch einmal den Inhalt meines Rucksacks. Ich stieg aus und zog vorsichtig die Jacke an – Gnörxi konnte ruhig noch weiterschlafen in der Tasche. Der Höhenweg zu unserer Waldlichtung war in wenigen Minuten erreicht, und schon sah ich die Waldlichtung mit dem umgestürzten Baumstamm im Licht des noch nicht ganz vollen Mondes schimmern. Ich überquerte schnell die Lichtung, erreichte das kleine sanft abfallende Wäldchen und suchte die Stelle, wo das grüne Elfentor gestanden hatte – es war nicht mehr da. Was sollten wir nun tun? Ich nahm den Rucksack ab und kramte mein nagelneues Nachtsichtgerät hervor, nahm den Objektivdeckel ab, schaltete es ein und sah hindurch. Die Umgebung wurde tatsächlich taghell. Der kleine runde Bildschirm in dem Gerät zeigte alles in einem grünlichen Farbton. Das musste wohl das Entscheidende gewesen sein, denn plötzlich konnte ich das Tor ganz schwach flimmern sehen. Es war nicht in Betrieb, sonst hätte ich es ohne Nachtsichtgerät intensiv grün leuchten sehen. Ich blickte weiter durch das Gerät und ging dabei durch das Tor, aber nichts passierte. Wir waren immer noch im Wald hinter der Lichtung.

Ich versuchte es noch einmal, aber diesmal schaltete ich den kleinen Infrarotscheinwerfer im Gerät mit dazu. Im nächsten Moment schloss ich geblendet die Augen, denn das Tor aktivierte sich. Ich setzte das Gerät ab und verstaute es wieder. Vor uns leuchtete das Elfentor intensiv grün. Das Infrarotlicht musste es aktiviert haben. „Los, durch!", piepste Gnörxi aufgeregt und mit wenigen Schritten waren wir hindurch.

Terramaris:

Wie erwartet kamen wir in der lichtdurchfluteten Unterwasserkuppel heraus, und wieder war das silberne Tor neben dem grünen, durch das wir gekommen waren, verschlossen, denn es leuchtete nicht.

„Wir sollten nachsehen, wo Siamsarah ist. Wir müssen ihr unbedingt von dem Zettel erzählen!", sagte ich und eilte die lange Wendeltreppe hinunter, die in den langen unterseeischen Tunnel führte. Mildes Licht schimmerte in regelmäßigen Abständen aus Leuchtkristallen an der Decke.

Nach rechts führte der Tunnel in Richtung Westteil der Insel, also in den Urlaubsbereich von Terramaris. Links führte der Tunnel in den Stützpunktteil der Insel weit im Osten. Fast endlos erschien uns diesmal dieser Weg, aber dann sahen wir rechts und links die Türen in der Tunnelwand und geradeaus die Tür des Büros des Stützpunktkommandanten.

Nun, da Eggy noch in der Menschenwelt in seiner Transportkugel herumtickte, war es zumindest vorläufig Seranas Büro. Von drinnen hörten wir schon von weitem aufgeregte Stimmen, die, als ich anklopfte, verstummten. Ich öffnete die Tür und betrat das geräumige, in den Felsen gehauene Büro.

Eine zierliche, wunderschöne, schwarzhaarige Elfe in einem nachtblauen langen Gewand stand hinter dem Schreibtisch und sah mich fassungslos, aber doch irgendwie erleichtert an.

„Oh, schau mal, wie schön lang und spitz ihre Ohren sind", flüsterte mir Gnörxi schwärmerisch zu. Ich sah ihn an, er hatte in letzter Zeit nur noch spitze Ohren im Kopf.

„Gut, dass ihr gekommen seid!", sagte die schöne Elfe mit sanfter Stimme und kam auf uns zu.

„Wir wussten nicht, wie wir euch hätten herrufen können – das kann nur Siamsarah, die den Zauber nur für dich gewoben hat, aber Siamsarah ist nicht mehr hier! Ich bin übrigens Serana, Egbaeutels Stellvertreterin hier auf dem Stützpunkt", sprach die Elfe weiter.

Ich wurde blass und die verrücktesten Gedanken, was alles passiert sein konnte, zogen blitzschnell durch meinen Kopf. Und eines wusste ich sofort – was auch immer es war – Eggy steckte dahinter!

„Wir wissen nicht, wie er das gemacht hat", sagte Serana, „aber Egbaeutel war plötzlich wieder hier. Er betäubte Siamsarah mit einem Schlafkristall, nahm den Feenstein und ein Elfenprisma aus dem Panzerschrank hier im Büro und aktivierte damit in der Unterwasserkuppel das silberne Tor. Wir sahen gerade noch, wie Egbaeutel mit der bewusstlosen Siamsarah durch das kurz blau leuchtende Tor verschwand. Dann war das Tor wieder verschlossen."

„Wohin führt das Tor?", fragte ich besorgt.

„Naja", sagte Serana, „da du ein wirklicher Elfenfreund bist, müssen wir dir wohl sagen, wohin es führt. Es führt nicht in die Elfenwelt. Es führt an einen seltsamen Ort…"

Serana hielt kurz inne, um die richtigen Worte zu finden und fuhr fort: „Wir Elfen nennen diesen Raum den *Raum der Welten*. Dort befindet sich ein riesiges Modell von allen Planeten, Kometen, Asteroiden und Planetoiden und sonstigen Himmelskörpern des Sonnensystems. Aber es ist kein einfaches Modell, sondern es ist ein genaues Abbild der Wirklichkeit mit einer Verbindung zu dieser. Im Grunde ist es so: Wenn du im Modell eine Planetenbahn veränderst, veränderst du sie auch in der Wirklichkeit."

Damit war das ganze Ausmaß der Katastrophe beschrieben. Eggy war da drin und fummelte möglicherweise schon an irgendeiner Planetenbahn rum. Und wer weiß, was er mit Siamsarah vorhatte.

„Wie kommen wir da rein?", fragte ich immer nervöser werdend.

„Wir einfachen Elfen kommen da gar nicht rein", sagte Serana leise, „Nur die *Elfe der Morgendämmerung* kann diesen Raum betreten – sie kann in direktem Körperkontakt jemanden mitnehmen – auch wenn sie bewusstlos ist. So hat sie, ohne zu wollen, Egbaeutel mitgenommen – oder umgekehrt, wenn man so will. Der *Raum der Welten* ist so etwas wie ein Raum der Kraft nur für die *Elfe der Morgendämmerung* – hier kann sie sich in Ruhe vorbereiten für ihre jährliche Aufgabe."

Sie überlegte kurz und sagte: „Aber vielleicht könnt ihr, du und dein kleiner pelziger Freund, das Tor durchschreiten, denn du bis mehr mit Siamsarah verbunden als du glaubst – ein mächtiger Zauber verbindet euch. Einen zweiten Feenstein habe ich, davon wusste Egbaeutel nichts, er weiß überhaupt nicht besonders viel."

„Na und ich habe ein Elfenprisma!", sagte ich voller Tatendrang und zeigte Serana das schöne Kristallprisma, das mir Siamsarah beim letzten Abschied geschenkt hatte – ob sie etwas geahnt hatte?

Serana und ich wechselten einen entschlossenen Blick und schon hasteten wir durch den Gang zurück zur Unterwasserkuppel. Gnörxi hockte immer noch in meiner Jackentasche. Wir hätten eine Transportkugel nehmen können, aber ich traute den Dingern nicht.

Oben in der Kuppel gab mir Serana den Feenstein.[24] Er fühlte sich glatt und warm an; er war aus elfischem Bergkristall gefertigt. Das Sonnenlicht durchdrang das flache Meereswasser und die gläserne Kuppel. Ich hielt das Elfenprisma ins Sonnenlicht und hunderte kleine regenbogenfarbene Flecke fielen auf das silberne Elfentor. Natürlich war neben allen anderen Spektralfarben automatisch auch das passende blaue Licht dabei und das Elfentor begann sofort intensiv blau zu leuchten. Ich hielt den Feenstein so in der flachen Hand, dass auch Gnörxi seine kleine Pfote darauf legen konnte.

Serana sah mir tief in die Augen und sagte leise: „Viel Glück ihr beiden – das Elfenreich ist mit der Menschenwelt schon immer verbunden gewesen – beide Welten können untergehen, wenn ihr keinen Erfolg habt. Und die Bezeichnung *Raum der Welten* ist für den Ort, an den ihr nun geht, nicht ganz richtig – macht euch also auf eine Überraschung gefasst. Es ist kein Raum wie ein Zimmer oder so etwas. Mehr kann

---

[24] s. Foto im Anhang

ich euch auch nicht sagen – nur Siamsarah war bisher dort und natürlich ihre Vorgängerinnen, aber alle unterliegen der Schweigepflicht über diesen Raum. Und noch etwas solltet ihr wissen – ihr könnt diesen Raum nicht mehr verlassen, wenn ihr einmal da seid – es ist auch der *Raum ohne Wiederkehr* – es sei denn, ihr findet eine Antwort auf die Frage, die einmal ein weiser Zen-Meister aus der Menschenwelt einem seiner Schüler stellte:

Wenn du auslöschst Sinn und Ton,
was hörst du dann?

Und seither wurde diese Frage schon tausenden von Zen-Schülern gestellt. Diese Frage lässt sich rational nicht beantworten – sie ist scheinbar unlösbar – jeder kann die Antwort nur für sich selbst finden – falls er sie überhaupt findet."

„Na, Eggy findet sie sicher nicht, der hat den Gong echt nicht gehört!", murmelte Gnörxi leise zu mir rauf und grinste frech. Ich begriff, dass diese kleine knuddelige Pelzkugel mich nur etwas aufmuntern wollte.

Serana sah mich mit großer Wärme an und lächelte sanft. Sie berührte mit der Hand kurz meine Stirn, dann mit der Fingerspitze Gnörxis kleine Denkerstirn.

„Augen zu und durch!", stieß Gnörxi heroisch hervor und stemmte in meiner Jackentasche stehend die kleinen Pfoten in die Hüften. Ich ging, ohne zu zögern, durch das blaue Tor – ein seltsames Kribbeln war damit verbunden – und schon waren wir drüben.

Der Raum der Welten:

Meine Sinne weigerten sich einen Moment lang, die Umgebung wahrzunehmen. Der Raum hatte keinerlei Begrenzung. Wir schienen mitten im Weltraum zu schweben und sahen auf sich langsam bewegende Planeten und andere Himmelskörper, zwischen denen sich, aus goldenen Lichtstrahlen geformt, die *Platonischen Körper* genau wie in Keplers Modell vom *Weltgeheimnis* zeigten. Wer auch immer diese gigantische Anlage geschaffen hatte: Er musste ein Fan von Johannes Kepler gewesen sein.

Erst jetzt bemerkte ich, dass ich am Ende eines Metallstegs aus Messing stand, der von einem zierlichen Geländer eingefasst war, auch das kreisförmige Endstück direkt vor mir. Es war wohl so etwas wie eine Aussichtsplattform. Alles war blitzblank poliert und glänzte im Lichte der Sonne, die den Mittelpunkt des Raumes bildete.

Ich blickte mich um und sah, dass der Steg hinter mir gut einhundert Meter lang war und in eine Balustrade mündete, die rund um diese gigantische Himmelsmechanik herumführte. Die Balustrade musste eine beachtliche Gesamtlänge haben, denn ihre Krümmung war kaum wahrnehmbar.

Direkt am Geländer vor mir war ein Messingschild. Darauf war eine Elfe abgebildet, die ihre Hände an ihre Schläfen gelegt hatte. Was hatte das zu bedeuten? Gnörxi legte seine kleinen Pfoten an seine Schläfen und augenblicklich schwebte er aus meiner Jackentasche.

„Hey, das ist echt cool!", piepste er, „los, versuch es auch mal!"

Ich legte vorsichtig die Hände auf meine Schläfen und verlor sofort den Boden unter meinen Füßen. Ich stieg zusammen mit Gnörxi auf in diesen merkwürdigen Weltraum. Die Frage, warum dieser Raum auch *Raum der Welten* genannt wurde, war somit geklärt.

Ich fand schnell heraus, wie es funktionierte. Es war fast so, als hätte ich es schon immer gewusst. Die Flugrichtung ließ sich mit den Gedanken steuern, und wenn ich auf der Stelle verharren wollte, brauchte ich nur die Hände von den Schläfen zu nehmen und ich stand wie festgeschraubt in der Luft. Und noch etwas war einfach genial – immer, wenn ich die Bahnkurve eines Himmelskörpers berührte, leuchtete diese in goldenem Licht auf, um mir zu signalisieren, dass ich mit dem entsprechenden Himmelskörper auf Kollisionskurs war. Verließ ich diesen Bereich, erlosch das Licht wieder. Gnörxi schwebte zu mir und krabbelte wieder in die Jackentasche. Er hatte Angst, dass wir uns verlieren könnten in diesen scheinbar endlosen Weiten.

Plötzlich entdeckte ich weit über mir eine golden leuchtende Bahnkurve. Der zugehörige Himmelskörper war allerdings von hier aus nicht zu sehen. Ich stieg auf und erreichte recht schnell die leuchtende Bahnkurve. Irgendetwas oder jemand musste auf Kollisionskurs mit einem Himmelskörper sein und somit in großer Gefahr!

Ich folgte einfach dem goldenen Lichtstrahl. Nach einer Weile entdeckte ich eine kleine Gestalt, durch die der Lichtstrahl mitten hindurch ging. Es war Siamsarah!

Ich näherte mich ihr schnell und sah, dass sie ihre Arme seitlich weit von sich gestreckt hatte, als wären sie an den Händen irgendwo festgemacht. Ihr Gewand wehte, obwohl es hier keinen Wind gab, sanft um ihren Körper. Sie sah mich mit großen traurigen Augen an und flüsterte leise:

„Es tut mir leid, seltsames Menschenwesen, dass es so zu Ende gehen muss. Eggy hat meine Hände in starke Fesselfelder gebannt – so kann ich die Hände nicht mehr an die Schläfen legen und aus der Bahnkurve flüchten. Es ist die Bahnkurve von Apophis, einem Kleinplaneten, der im Jahre 2029 unglaublich knapp an der Erde vorbeirauschen wird – in einer Entfernung von gerade mal zwei Erddurchmessern und keinem ist sonderlich wohl dabei. Aber knapp daneben ist auch vorbei.[25] Nun ist es aber so, dass diese Himmelsmechanik ihre Entsprechung in der Realität hat – wird hier eine Bahn verändert, ändert sie sich auch im wirklichen Weltraum. Und Apophis wird mich in wenigen Minuten töten – er wird beim Durchflug durch mich meinen Körper zerreißen. Wenn Elfen sterben, wird eine ungeheure Menge Energie freigesetzt und die reicht aus, um den Lauf des Kleinplaneten so zu verändern, dass es 2029 ein Volltreffer wird. Es würde eine schreckliche Katastrophe, aber nicht das totale Ende der Menschheit und der Erde sein, nur das weiß Eggy nicht, weil er in Sachen Astronomie total unterbelichtet ist. Für sein Vorhaben ist das, was hier läuft, absolut sinnlos. Meine Flöte muss ich erst in zwei Tagen spielen – bis dahin hat der Elfenrat

---

[25] Das ist nun kein schlechter Scherz! Der Kleinplanet 2004 MN4 wurde tatsächlich auf den Namen Apophis getauft und erhielt die definitive Kleinplaneten-Nummer 99942. Nach neuesten Berechnungen mit dem größten Radioteleskop der Erde von Arecibo in Puerto Rico konnte aber mittlerweile eine Kollision mit der Erde am 13. April 2029 ausgeschlossen werden. Es wird aber sehr knapp! Quelle: Kosmos-Himmelsjahr von Hans-Ulrich Keller, 2007, ISBN 3-440-10700-0.

sicher eine Nachfolgerin für mich bestimmt. Also hilft auch das Eggy nicht weiter. Und bitte… bitte sieh nicht hin wenn es passiert."

Erst jetzt wurde mir klar, was Siamsarah da sagte und wie grauenvoll es war.

Gnörxi versuchte sich an den Fesselfeldern, aber es gelang ihm nicht, sie zu lösen – er war halt nur auf Zeitfelder spezialisiert.

„Es muss einen Weg geben! Du glaubst doch nicht, dass ich das so hinnehme!? – Du musst irgendwie die Hände an deine Schläfen bekommen – du musst einfach!", sagte ich beinahe hysterisch. Siamsarah sah mich traurig an und schüttelte nur sanft den Kopf. Ganz in der Ferne sah ich einen winzigen dunklen Punkt auf der leuchtenden Bahnkurve: Apophis war im Anmarsch, unendlich langsam, aber unaufhaltsam. Siamsarah, die in Anbetracht des sicheren Todes bisher eigenartig ruhig geblieben war, wurde nun nervös und ich sah die nackte Angst in ihren schönen Augen. Ich hatte das Gefühl, dass sie mir etwas sagen wollte, sich aber nicht traute. Ich konnte es in meinen Gedanken spüren, denn ich war wirklich mehr mit Siamsarah verbunden, als ich ahnte. Ich schrie sie an: „Los, sag es mir! – Du kennst noch einen Weg!"

Siamsarah flüsterte mit zittriger Stimme: „Es ist aber gefährlich – du musst sehr behutsam sein, wahrscheinlich wird Apophis dich dann auch töten. Weißt du noch, als sich damals unsere Seelen begegneten, als Eggy mich im Kühlhaus eingesperrt hatte? Unsere Seelen kennen sich also schon und…"

„Und sie mögen sich sehr!", ergänzte ich den Satz. Ich sah einen kleinen Hoffnungsschimmer in ihren nun vor Angst geweiteten Augen. „Was muss ich also tun?!", fragte ich und sah sie direkt an.

„Du musst dich in meine Augen fallen lassen, ich versuche dir dabei zu helfen, aber erschrick nicht vor dem, was du in mir vorfinden wirst – ich habe Angst!", sagte Siamsarah immer heftiger atmend.

Der kleine Punkt auf der Bahnkurve war deutlich näher gekommen. Die Zeit wurde knapp! Gnörxi schwebte auf den dunklen Punkt zu und versuchte, die Zeit zu verlangsamen. Einen gewissen Erfolg schien er zu haben, denn der Punkt wurde nun nicht mehr so schnell größer, war aber unaufhaltsam auf seiner Bahn unterwegs. Ich sah in Siamsarahs Augen und versuchte mich etwas zu entspannen. Plötzlich spürte ich einen so heftigen Sog, dass ich glaubte, es würde mich zerreißen. Gleichzeitig ging eine seltsame Verwandlung mit mir vor – ich löste mich in kleine goldene Funken auf, die in Siamsarahs Augen gesogen wurden. Genauer gesagt verließ etwas meinen Körper, denn ich sah ihn plötzlich neben mir schweben. Dann war alles ganz hell und ganz warm und mich begrüßte eine so allumfassende Liebe, wie ich mir Liebe niemals vorgestellt hatte. Aber ich spürte auch Angst – Todesangst – die Todesangst einer Elfe und auch meine eigene. Überall waren diese kleinen goldenen Funken. Niemand wusste, was eigentlich die Seele ist und ob es sie überhaupt gibt. Dass es keine gibt, ist nie bewiesen worden, aber dass es eine gibt, bisher auch nicht, obwohl ernsthaft daran geforscht wurde. Für mich hatte sich die Frage beantwortet. Unsere Seelenfunken durchdrangen sich und wärmten sich aneinander. Und plötzlich sah ich in dem Gold Farben leuchten – meine Seelenfunken bekamen einen rotgoldenen Schimmer und Siamsarahs einen grüngoldenen. Wir wussten, dass wir uns nun verständigen konnten. Ich hörte Siamsarah mit der Stimme ihrer

Seele sprechen und meine antwortete ihr. Hier konnten wir nichts mehr voreinander verbergen. Wir wussten plötzlich alles voneinander, ohne jemals darüber geredet zu haben.

Tut mir leid - das Chaos hier.
Ist schon in Ordnung. Sag mir, was ich tun muss.
Versuche meine Hände zu übernehmen - ganz vorsichtig, sonst brechen meine Arme.
Ja, es geht – ich kann langsam in deine Arme und Hände vordringen.
Versuche meine Hände an meine Schläfen zu bringen - ganz langsam, sonst geht es nicht.

Gnörxi, der mittlerweile auf dem Kleinplaneten Apophis wie auf einer Kanonenkugel hockte, sah Siamsarah immer näher kommen. Er fuchtelte mit den kleinen Ärmchen wild herum, um uns zu signalisieren, dass es eng wurde.
Unendlich langsam bewegten sich Siamsarahs Hände an ihre Schläfen und schon war unsere Starre aufgehoben. Ich steuerte uns gedanklich nach hinten und nach unten weg – buchstäblich in letzter Sekunde, denn der kleine Planet hatte schon Siamsarahs Haut verletzt und Gnörxi hatte wild piepsend die Pfötchen vor seine großen Knopfaugen geschlagen.

Wir haben es geschafft.
Ja, das haben wir, seltsames Menschenwesen. Danke!

Eine unglaublich wohlige Wärme durchströmte meine Seele.

Und wie komm ich nun aus deiner Seele wieder heraus?

Willst du denn wieder heraus?

Nein, eigentlich nicht – es ist so schön warm bei dir.

Bei dir auch, aber wir können uns meinen Körper nicht auf Dauer teilen.

Ja, das verstehe ich.

Und langsam strömten die kleinen goldenen Funken zurück in meinen Körper, der knapp neben der nun nicht mehr leuchtenden Bahnkurve von Apophis schwebte. Der Kleinplanet zog weiter seine zum Glück unveränderte Bahn, um in einigen Jahren die Astronomen doch ein wenig nervös zu machen.

Siamsarah und ich umarmten uns innig und lange in der Luft schwebend. Und plötzlich war es wieder da, das Summen und Raunen des Großen Orchesters der Planeten und Sterne – auch hier im *Raum der Welten.* Es war die ganze Zeit schon da gewesen – von dem Moment an, an dem ich diesen Raum betrat. Und auch in der Menschenwelt und im Elfenreich ist es ständig anwesend. Wir hören ihn nur nicht mit unseren Ohren – den *Gesang des Lebens.* Ich wusste nun auch, dass wir diesen Raum wieder verlassen konnten, denn die Frage

Wenn du auslöschst Sinn und Ton,

was hörst du dann?

hatte sich für mich beantwortet. Siamsarah wusste die Antwort schon immer. Der alte Zen-Meister hätte sicher seine Freude an der Antwort gehabt, obwohl es noch unendlich viele andere Antworten geben konnte.

„Wo ist eigentlich diese Niete von Eggy?", piepste Gnörxi aus meiner Jackentasche. Siamsarah grinste und sagte schelmisch: „Er hat versucht, das Große Orchester der Planeten und Sterne zu dirigieren, und das ist voll nach hinten losgegangen. Das Orchester hat ihn ohne Umwege direkt in den Kerker von Terramaris gezaubert – die kennen da keinen Spaß. Nur ein Stäbchen fiel noch leise auf einen gerade vorbeiziehenden Asteroiden – sein Taktstock! Woher er den hatte, kann ich nicht sagen, wahrscheinlich hat er ihn von einem Musikfreund aus der Menschenwelt."

Wir schwebten wieder zu der Aussichtsplattform und gingen Hand in Hand zur Balustrade, an deren Wand ein blaues Elfentor zu leuchten begann, als wir uns näherten – der Weg nach Terramaris war frei.

Terramaris:

In Seranas Büro herrschten große Freude und Erleichterung über den guten Ausgang der Aktion. Sogar der Elfenrat kam zu einer Konferenz nach Terramaris und der Elfen-Älteste machte mir mit folgenden Worten ein Angebot, das ich nicht ablehnen konnte:

„Die Ereignisse der letzten Jahre lassen erkennen, dass die Zusammenarbeit mit dir und Siamsarah sehr wichtig und nützlich ist. Daher haben wir beschlossen, dir und deinem kleinen pelzigen Freund ebenfalls magische Elfenflöten anzufertigen, damit ihr in Zukunft zu dritt in der *Nacht der Elfe der Morgendämmerung* die magischen Flötentöne spielen könnt, denn dreifach hält besser!"

„Her damit!", piepste Gnörxi euphorisch und vorlaut.

Der Elfen-Älteste lächelte milde und sagte: „Ihr habt bis zum Jahreswechsel Bedenkzeit – dann öffnet sich ein rotes Elfentor für euch direkt ins Elfenreich und dort müsst ihr euch entscheiden!"

Direkt ins Elfenreich! Gnörxi rutschte ohnmächtig geworden tief in die gepolsterte Jackentasche. Das war nun wirklich zu viel Aufregung für den Kleinen.

Fast zwei Tage blieb ich bei Siamsarah auf der Insel Terramaris und dann ging es zu genau festgelegter Stunde auf die kleine Waldlichtung auf dem Bärenstein. Dort spielte Siamsarah ihre magische Flöte für die Menschenwelt und das Elfenreich.

Epilog:

Nachdem ich die letzten Worte aufgeschrieben hatte, klappte ich entschlossen mein Großes Buch zu, legte den Füller beiseite und trank den letzten Schluck des köstlichen Weins. Nun wissen Sie, meine treuen Freunde, welche Entscheidung ich treffen musste. Ich blies die Kerzen aus, zog meine warme Wanderjacke an, zog mir Winterschuhe, Schal und Handschuhe an und verließ das Haus. Gnörxi saß in der gefütterten Brusttasche meiner Wanderjacke.

Draußen hatte es mittlerweile aufgehört zu schneien und ein leuchtender Sternenhimmel stand über der großen Wiese und dem Wald hinter dem Haus. Das Elfentor stand leuchtend rot mitten auf der schneebedeckten Wiese. Ich ging mit klopfendem Herzen langsam darauf zu. Ich hielt keinen Moment inne und war hindurch.

Die andere Welt:

Milde klare Luft umgab mich. Ich befand mich auf einer Art Waldlichtung. Das Gras war weich und überall schwebten kleine silberne Funken in der Luft, die sich sanft bewegten – wie silberne Glühwürmchen. Der Himmel, der mit Sternen wie mit Diamanten übersät war, stellte den Nachthimmel in meiner Welt weit in den Schatten. Zwei silbern leuchtende Monde, ein großer und ein etwas kleinerer tauchten die wundervolle, leicht hügelige Landschaft in ein weiches, mildes, angenehmes Licht, dessen Weichheit man fast körperlich spüren konnte. Das Licht schien alle Kanten zu glätten. Erst jetzt bemerkte ich, dass der kleine Gnörxi mit großen staunenden Augen alles andächtig betrachtete. Bei einem Blick auf seine kleinen, jetzt aber nicht mehr sehr spitzen Krällchen entfuhr ihm ein: „Na dann!"
Wir waren nicht allein, Siamsarah erwartete uns lächelnd am Waldrand zusammen mit Serana und den netten Elfenmädels, die Gnörxi so vermisst hatte. Und da war noch jemand: ein kleines, niedliches, total puscheliges elfisches, offenbar weibliches Hörnchen mit megalangen spitzen Ohren. Die Elfenmädels kicherten belustigt. Gnörxi, der schon auf die jungen Elfen zustürmen wollte, bekam riesengroße Augen. Sein Fell plusterte sich dramatisch und alle seine Muskeln spannten sich an. Er zitterte vor Erregung, war mit einem Satz aus meiner Jackentasche runter auf dem Boden und hüpfte auf das Elfenhörnchen zu. Plötzlich brach ein unglaublicher Tumult los. Beide

Hörnchen begannen wie von Sinnen sich gegenseitig im Kreis hüpfend zu umrunden. Sie hatten riesige Augen bekommen und piepsten beide laut und inbrünstig: „Nie!!! – Nie!!!" Ganze Schwärme von silbernen Funken umkreisten die beiden kleinen Tiere in einem tanzenden Wirbel.

Sie sprangen sich gegenseitig in die Pfoten und piepsten herzzerreißend, sich ineinander festkrallend: „Nie!!! – Nie werden wir uns wieder loslassen!!!" Es war so, als wenn eine abgrundtiefe Einsamkeit endlich ein Ende hätte. Beide leuchteten im Licht der silbernen Funken.

„Die Kleinen der beiden werden sicher megasüß!", grinste Siamsarah zur Begrüßung.

Ich sah viele unglaubliche Dinge in Siamsarahs Welt und die wunderschöne Elfe war mächtig stolz darauf, mir alles zeigen zu können. Manchmal saßen Siamsarah und ich schweigend auf einem kleinen Hügel und lauschten einfach nur den kleinen silbernen Funken. Aber die Ohren waren nicht das richtige Sensorium dafür. Es war wie ein leises Knistern und Rauschen, das man tief in der Seele spüren konnte und das sie mit der leisen und doch so unendlich großen Musik des Seins erfüllte! Aus dieser Musik wurde alles geboren: die Kreativität, die Fantasie, die Liebe, das Leben selbst.

Gnörxi und seine Elfenhörnchenfreundin – sie hieß übrigens Fideline – lagen oft zusammengekuschelt in einer kleinen Hängematte im Astwerk einer Kiefer mit einer Flasche Blütennektar und betrachteten Mond und Sterne. Manchmal hörte man ein Kichern und Glucksen von Fideline, wenn Gnörxi entrückt sang: „Oh my darling – we don't have to jump – we don't have to climb trees – we can fly – we can fly to the moon!..." Fideline piepste dann meist kichernd: "Zu welchem von beiden denn?" Und Gnörxi flachste zurück: „Ich zu dem großen und du zu dem kleinen!", und krümmte sich dabei vor Lachen. Dann sah man nur noch ein wildes, rotierendes, piepsendes Fellknäuel, wenn sich beide gegenseitig auskitzelten. Sie liebten sich wirklich.

Gnörxi und ich hatten uns schon lange entschieden! Der Elfenrat übergab uns in einer feierlichen Zeremonie unsere Elfenflöten[26] – exakte Duplikate von Siamsarahs Flöte. Ich wurde zusammen mit Sir Gnörxi vereidigt – ich als *Seltsames Menschenwesen der Morgendämmerung* auf Lebenszeit und Gnörxi als *Spezial-Hörnchen der Morgendämmerung* mit der Lizenz, Zeitfelder zu beeinflussen – ebenfalls auf Lebenszeit.

Ach ja, und der Elfenrat hatte mittlerweile entschieden, was mit Eggy passieren sollte. Als Stützpunktkommandant wollte der Rat ihn nicht mehr einsetzen – das war wohl doch zu gefährlich. Serana bekam diese verantwortungsvolle Aufgabe und Eggy wurde Heizer im vulkanischen Heißwasserkraftwerk für die warmen Quellen der terramarischen Seen. Ja, und man hatte ein Einsehen mit ihm: Er durfte tatsächlich einmal das *Fairy Philharmonic Orchestra* dirigieren, als dieses ein Gastspiel auf Terramaris gab. Er war gar nicht schlecht und bekam dafür sogar seinen Taktstock zurück.

Damit Eggy nicht mehr auf die Idee kam, Leute zu entführen, sperrte man ihn für die nun drastisch ver-

---

[26] Strull Struhlenpfohl, der Kraterwächter der Mondstation des Shackleton-Kraters auf dem Erdenmond, hatte die Dinger diesmal höchstpersönlich vorbeigebracht, denn Pfnörgel fühlte sich für diese Zwischendrin-Flötenlieferung nicht zuständig.

längerte Dienstzeit in ein blaues gedankenlesendes Energiefeld, das ihn daran hinderte, handgreiflich zu werden. Von da an nannten ihn alle nur noch den *Blauen Eggy aus der Heizung.*

Tja, so kann's gehen! Und außerdem bekamen wir das Recht auf jeweils sechs Wochen Terramaris-Urlaub im Jahr, und eine Dauereinladung zur jährlichen Weihnachtsfeier im Elfenreich. Gnörxi handelte noch eine Pendlerpauschale aus, denn er hatte sehr bald familiäre Verpflichtungen im Elfenreich!

Jahre später:

Zum Glück hat Siamsarah bisher immer mit mir gemeinsam die Flöte spielen können. Auch Gnörxi hatte eine extrakleine Spezialanfertigung bekommen. So können einsame nächtliche Wanderer im Bärensteinwald einmal im Jahr ein ganz besonderes Trio kurz vor der Morgendämmerung in der stillsten Stunde der Nacht hören – wenn die Welt für einen Moment den Atem anhält…[27]

Siamsarah gingen so viele eigenartige Gedanken durch den Kopf. Sie wollte hinunter in den Unterwasserwald *Unoron,* aber ihre Freundin Marana sollte nichts davon erfahren. Siamsarah wollte ihr nicht

---

[27] … ob ich wieder überzeugend war mit meiner Geschichte werden wir daran messen, wie viele nächtliche Wanderer demnächst im Bärensteinwald mit Nachtsichtgeräten vom Discounter unseres Vertrauens rumtapern – wir sehen Sie! ☺. Die Koordinaten haben Sie ja nun schon.

wehtun oder ihr ein Gefühl vermitteln, unter dem sie leiden würde. Aber wie dort hinunterkommen ohne den Verwandlungskuss einer Wassernymphe?! Sie konnte sich nur an einen wenden, um ihn um Rat zu fragen, und das war Meister Pfnörgel. Sie begab sich an einem sonnigen Nachmittag in die Unterwasserkuppel, wo Pfnörgel um diese Zeit immer seine Meditation machte und auf seiner Einlochflöte spielte. Dort saß er auch tatsächlich auf einer Aussichtsbank vor der dicken Panzerglaskuppel und spielte eine sehr betörende Melodie auf seiner Flöte. Die wunderschöne, harmonische Melodie bewirkte in Siamsarah, dass sich das, was sie vorhatte, richtig anfühlte.

„Meister Pfnörgel – ich störe Euch nur ungern in Eurer Meditation", sagte Siamsarah leise. Den Satz hatte Pfnörgel schon einmal gehört. Er drehte sich blitzartig mit einem bösen Grinsen um. „Hab ich dich, Serana!!!", triumphierte er. Als er merkte, dass es nicht Serana, sondern die *Elfe der Morgendämmerung* war, bekam sein Gesicht sofort einen weichen, liebevollen Ausdruck und er sagte sanft: „Oh, verzeiht mir vielmals, verehrte Siamsarah, *Elfe der Morgendämmerung*[28]. Was kann ich für Euch tun?"
Siamsarah trug Pfnörgel ihr Anliegen vor und Pfnörgel unterbrach sie nicht, hörte aufmerksam zu.
„Darf ich in Eure Gedanken schauen, Eure Lieblichkeit?", fragte Pfnörgel höflich. „Natürlich", antwortete Siamsarah, ohne zu überlegen – Pfnörgel war absolut verschwiegen und würde ihr Geheimnis nicht verraten. Siamsarah hatte sich neben Pfnörgel gesetzt. Die-

---

[28] … so viel Zeit muss sein! So lautet nun mal der offizielle Titel und Siamsarah hat ein Recht darauf mit *Elfe der Morgendämmerung* angeredet zu werden.

ser berührte nun Siamsarahs Hände und augenblicklich lagen Siamsarahs Gedanken und Gefühle offen vor ihm. Er schwieg lange und meinte dann endlich: „Ich werde Euch helfen! Einen Verwandlungskuss kann ich Euch nicht geben, aber das wolltet Ihr auch nicht wirklich – ich fluse nämlich! Aber es geht auch anders. Ich habe ja auch dort unten oft zu tun. Derzeit laufen Verhandlungen mit den Neutrinos, die dort unten komische Sachen machen – diese kleinen schrägen Geisterteilchen durchdringen auch das Wasser, was schon voll normal ist, aber sie verhalten sich trotzdem komisch. Naja, egal für den Moment. Ich verwende, um unter Wasser atmen zu können, eine kleine Atempatrone, die man sich zwischen die Zähne klemmen kann. Die Idee dafür haben wir aus einem James-Bond-Film. So eine kann ich Euch geben."

Er kramte in seiner Gürteltasche, die irgendwie unergründlich war und Unmengen an Zeugs enthielt, obwohl sie recht klein war. Er förderte einen silbrigen Zylinder zutage und reichte ihn Siamsarah.

„Danke!", sagte Siamsarah nur mit einem Blick voller Zuneigung und Freude. Er überlegte, ob er noch was sagen sollte und tat es dann auch: „Lasst Euch nicht von Eurer Freundin erwischen. Die mag Euch etwas mehr, als es auf den ersten Blick den Anschein hat – das würde sie aber niemals zugeben. Sie würde Euer Handeln letztendlich verstehen und akzeptieren, aber nur aus der großen Zuneigung zu Euch heraus. Ihr selbst würde es wehtun. Vorsicht ist auf jeden Fall angeraten, denn Nymphen können schnell überreagieren. Ich könnte da von haarsträubenden Fällen berichten!"

„Danke für den Rat, Meister Pfnörgel, und Ihr könnt einfach DU sagen", lächelte Siamsarah herzlich.

„Und du kannst mich einfach Pfnörgel nennen, auch Pfnörgeli, wenn's ganz schlimm kommt! Und bedanken kannst du dich gern mit einer Stunde Fellkraulen, auch wenn ich fluse", grinste er schelmisch.

Siamsarah näherte sich mit geschmeidigen Schwimmzügen dem Unterwasserwald *Unoron*. Der kleine Zylinder mit der Atemluft funktionierte einwandfrei. Sie wusste nicht, ob sie Erfolg haben würde. Sie näherte sich einem ganz besonderen Baum, dessen Äste und Zweige golden leuchteten. Dieser Baum hatte keine Blätter, sondern wunderschöne Kristalle. Es waren sogenannte Zeitkristalle. Wer einen besaß, konnte ihn jemanden schenken und der, der den Kristall hergab, sagte damit dem Beschenkten: „Ich werde immer für dich Zeit haben und immer für dich da sein!" Aber es bedeutete auch noch mehr – viel mehr. Der Kristall selbst belohnte seinen Besitzer zusätzlich noch mit der Eigenschaft, dass für ihn keine Zeit verging, wenn er sich mit dem Geber des Kristalls traf, um mit ihm Zeit zu verbringen. Eine sehr praktische Sache.
Siamsarah kniete vor dem Baum nieder, berührte ihn sanft mit ihren Händen und öffnete ihren Geist für ihn, auf dass er ihre Beweggründe für den Wunsch, einen Kristall zu erhalten, aus ihrer Seele lesen konnte. Sie spürte den liebevollen Kontakt des Baumes, der ganz vorsichtig in ihrer Seele zu forschen begann. Es dauerte sehr lange – der Baum musste alle möglichen Konsequenzen ermitteln. Dann, nach scheinbaren Ewigkeiten, löste sich eine zierliche, sehr kleine

Baumfee von einem Ast, pflückte ganz leicht einen Kristall von einem Zweig des Baumes und überbrachte ihn Siamsarah. Diese bedankte sich mit großer Wärme bei der Baumfee und bei dem *Baum der Zeit* selbst.

Plötzlich packte sie etwas von hinten, zerrte sie von dem Baum weg und riss ihr den Atemzylinder aus dem Mund. Es war eine sehr aufgebrachte Marana, die Siamsarah nun zu der moosbewachsenen Stelle zerrte, an der sie sonst immer gelegen und sich unterhalten hatten. Siamsarah hatte einen Fehler begangen, das war ihr blitzartig klar. Wer im *Unoron-Wald* war, war für jeden, der ebenfalls dort war, ein offenes Buch. Marana konnte alle Gedanken Siamsarahs lesen. In den Wald war sie aber eher zufällig gekommen auf ihrem kleinen Ausflug durch die Unterwasserwelt.

„Du bist so hinterhältig! So niederträchtig! So gemein! So ... so ... so ..." Marana brach in Tränen aus und wenn Wassernymphen weinen, vermischen sich ihre Tränen mit dem Wasser des Meeres unter der Bildung von kleinen Schlieren. Ihr schönes Gesicht drückte grenzenlosen Schmerz, Wut und Trauer aus. Die kleinen Baumelfen, die dies von weitem sahen, wisperten erschrocken miteinander. Marana drückte Siamsarah runter auf den Moosboden und setzte sich so auf sie, dass sie nicht mehr ausweichen konnte. Sie hielt ihre Arme an den Handgelenken fest und merkte, dass Siamsarah nun langsam Atemnot bekam und grinste zufrieden ganz kurz zwischen Tränen und Schluchzen. Siamsarah sah in ihre Augen und sie musste zugeben, nie traurigere Augen gesehen zu haben. Sie konnte ja nun auch Maranas Gedanken lesen und die waren sehr sehr schlimm – sie litt wie ein verwundetes Tier. Die schöne Wassernymphe war vollständig aufgelöst und konnte nicht mehr klar denken.

„Gib den Kristall her! Du willst ihn für das Menschenwesen! Wenn der Kristall für mich gewesen wäre, aber so?! Du hast kein Recht dazu!", schrie und schluchzte Marana. Siamsarahs Luft in den Lungen war nun endgültig aufgebraucht. Sie wurde bewusstlos. Marana sah es. Sie hätte Siamsarah ertrinken lassen können, aber tötet man eine Elfe, die man auf eine rätselhafte Art liebt? Und die *Elfe der Morgendämmerung* zu töten war die schlimmste Tat, die man hier auf Terramaris und in den Elfenwelten begehen konnte. Man würde Marana genauso an Land sterben lassen. Ihre Gedanken überschlugen sich und wurden wieder klar. Schnell ließ sie Siamsarahs Handgelenke wieder los. Der Zeitkristall war Siamsarah aus der Hand gefallen und funkelte aufgeregt im Moos. Sie legte Siamsarah zärtlich die Hände unter den Kopf und küsste sie lange – sehr lange. Aber Siamsarah lag dort reglos, es war zu spät, die Kiemen wollten sich nicht bilden.

„Bleib bei mir!", schrie Marana ihre Freundin an. Zwei kleine Baumfeen sahen all dies, kamen eilig herübergeschwommen und setzten sich neben Siamsarahs Kopf. Sie berührten die Stellen am Hals, wo sich die Kiemen hätten bilden sollten, und so geschah es auch. Baumelfen konnten heilen und verwandeln in nur einem einzigen Augenblick. Siamsarah sog gierig Wasser durch ihre neuen Atmungsorgane und öffnete die Augen.

Eine der Baumfeen schwamm auf Maranas Gesichtshöhe, biss ihr mit ihren nadelspitzen Zähnchen in die Nase und piepste mit hoher, aber schöner Stimme:

„Wir haben jetzt was gut bei dir!" Sie verschwanden genauso schnell, wie sie gekommen waren.

Marana und Siamsarah saßen sich auf der moosbedeckten Waldlichtung gegenüber und hielten sich bei den Händen.

„Hey Marana …", flüsterte Siamsarah leise. „Ich bin voller Zuneigung für dich und das weißt du, seit du vorhin in meinen Gedanken gelesen hast, und ich hab das Gleiche bei dir gelesen", fügte sie lächelnd hinzu. An diesem Ort gab es eben keine Geheimnisse. Die beiden sahen sich lange an, dann meinte Marana: „Und findest du das nun schlimm?" Siamsarah sah ihre Freundin lieb an und sagte zwinkernd: „Ja, aber sehr schön schlimm – und ein Menschenwesen wird daran niemals etwas ändern!" Marana sah sie mit großen, noch von Tränen glänzenden Augen an und sagte: „Ich habe dich gerade umgebracht, Siamsarah! Ich habe die *Elfe der Morgendämmerung* getötet!"

„Nein, das hast du nicht – wenn ich tot gewesen wäre, hätten auch die Baumfeen nicht helfen können. In deiner großen Angst hat einfach nur deine Nymphenmagie beim Verwandlungskuss versagt, das war schon alles", entgegnete Siamsarah, ihre Freundin beruhigend.

Marana gab Siamsarah den Zeitkristall zurück und sagte: „Gib ihn deinem seltsamen Menschenwesen eines Tages." Siamsarah nickte und nun war sie es, die das Bedürfnis hatte, Marana zu küssen, obwohl nun keinerlei Atemnot im Spiel war – und sie tat es.

Nun war es Marana, die Atemnot bekam, oder besser Kiemennot, denn ein richtiger ernstgemeinter Elfenkuss ließ eine Menge Hirnzellen verdampfen, dagegen war ein Wassernymphenkuss, obwohl schon hammergut, ein Valiumzäpfchen!

Foto: Robin Jähne

Theo mit Elfenohren bei den Dreharbeiten zum Film.

Ach ja, irgendwas muss bei dem Auseinanderdividieren von Siamsarahs Seele und meiner nicht ganz nach Plan verlaufen sein. Immer, wenn ich an Siamsarah denke, bekomme ich spitze Elfenohren. Gnörxi bekommt dann immer einen Lachkrampf, aber ich trage die tollen Ohren mit großem Stolz. Ob Siamsarah wohl runde Ohren bekommt, wenn sie an mich denkt? Ich werde sie bei unserer nächsten Begegnung danach fragen.

„Wenn ich den Himmel selber erklommen, das Wesen des Weltalls und die Schönheit der Sterne im Innersten erkannt hätte, so würde mich doch mein staunender Genuß nicht befriedigen, wenn ich nicht in dir, lieber Leser, einen geduldigen, aufmerksamen und wißbegierigen Zuhörer besäße."
Diesen Ausspruch des Archytas (nach Cicero: Laelius 23) zitiert Johannes Kepler in seinem Werk „Mysterium Cosmographicum" (Weltgeheimnis) im Jahre 1596.

148

Vorwort zu
Hydrogen und Einstein

Eigentlich wollte ich gar keine Siamsarah-Geschichte mehr schreiben – dachte ich.
Nun, ich habe eine weitere Folge über unsere quirlige Elfe geschrieben. Gar keine Geschichte mehr über sie zu schreiben habe ich einfach nicht übers Herz gebracht, nachdem die sechste Geschichte und die Verfilmung des ersten Abenteuers durch Robin Jähne ein so großer Erfolg gewesen waren.

Außerdem hatte ich in der sechsten Geschichte ein Experiment gewagt: Ich hatte einige spannende wissenschaftliche Fakten in den Spannungsbogen eingewoben, und zwar die faszinierenden Entdeckungen des Astronomen, Mathematikers und Musikers Johannes Kepler. Sein *Weltgeheimnis* ist sozusagen die Antwort auf die Frage, was die Welt in ihrem Innersten zusammenhält. Siamsarah hält ja auch mit dem jährlichen Spiel ihrer magischen Elfenflöte die Welt in ihrem Innersten zusammen. Robin Jähne hinterlegte die Geschichte in unserer Lesung mit wundervollen Bildern von Sternen, Planeten und den platonischen Körpern, mit stimmungsvollen Naturaufnahmen und bezaubernder Musik. Wir waren sehr neugierig, wie diese Kombination von Fantasy und Wissenschaft, Bildern und Musik ankommen würde. Es war ein voller Erfolg. Den Leuten gefiel es sehr, und ich habe nach der Lesung viel positiven Zuspruch erhalten, der uns ermutigt hat, auch in der nun folgenden Geschichte eine ähnliche Kombination zu versuchen.

Ein wissenschaftliches Thema, das mich schon eine Weile beschäftigt, sind die Gravitationswellen, die Albert Einstein schon 1915 vorausgesagt hat, deren Existenz aber bisher messtechnisch noch nicht nachgewiesen werden konnte. Gravitationswellen gehen von schwarzen Löchern im Weltraum aus, von explodierenden Sternen, ja, und das für mich besonders Spannende: Vom Urknall selbst, dessen Echo immer noch zu hören sein müsste. Da wir in unserer Geschichte natürlich wissenschaftlich korrekte Fakten verwerten wollten, setzten wir uns mit dem Max-Planck-Institut für Gravitationsphysik (Albert Einstein Institut) und der Universität Hannover in Verbindung. Diese betreiben zusammen mit britischen Forschern von den Universitäten Cardiff und Glasgow in der Nähe von Hannover den Gravitationswellendetektor GEO600. Wir baten um eine Audienz, ich, um mich für die Geschichte inspirieren zu lassen, Anregungen zu bekommen, vor allem aber um keinen Blödsinn bei den physikalischen Fakten zu schreiben und Robin Jähne, um wieder faszinierende Fotos zu machen, die wir bei unseren Multimedia-Lesungen zu der Geschichte zusammen mit einem kleinen Film zeigen werden. Das alles für eine weitere Siamsarah-Folge –

ein bisschen viel Aufwand. – Stimmt! Aber so sind wir nun mal, denn es macht einfach Spaß, und ohne ein neues Projekt halten wir es nie lange aus. Außerdem haben wir bei unseren Recherchen eine Menge gelernt und allein das war schon der ganze Aufwand wert!

Wir schrieben also eine E-Mail mit unserem Audienz-Antrag an den PR-Referenten und wissenschaftlichen Mitarbeiter des GEO600-Projektes, Dr. Peter Aufmuth, vom Max-Planck-Institut für Gravitationsphysik (Albert-Einstein-Institut) in Hannover und bekamen bereits zwei Tage später eine sehr nette positive Antwort: „Wer könnte einen so charmant begründeten Antrag schon ablehnen?" Er begleitete uns am 25. Februar 2009 den ganzen Nachmittag persönlich durch die Anlage, informierte uns kompetent und umfassend und beantwortete all unsere Fragen geduldig und verständlich. Ein großes Dankeschön dafür!

Es ist geradezu eine unglaubliche Leistung, mit dem wenigen Geld, das zur Verfügung stand, einen mittlerweile sehr genauen und empfindlichen Gravitationswellendetektor zu bauen. Der Detektor in Ruthe bei Hannover ist derzeit besser als die wesentlich größeren, für die ein Vielfaches mehr an Geld zur Verfügung stand. Vieles entstand bei GEO600 in Eigenleistung der Mitarbeiter, und alle sind mit ganzem Herzen und viel Erfindungsreichtum bei der Sache. Die Autoren dieses Büchleins wünschen viel Glück und Erfolg! Vielleicht ist die kleine abgedrehte Geschichte *Hydrogen und Einstein* ja eine Art Glücksbringer und so etwas wie eine sich selbst erfüllende Prophezeiung und sie hilft, endlich die von Albert Einstein vorausgesagten Gravitationswellen nachzuweisen und noch viele andere spannende Dinge über unser Universum herauszufinden.

Es sollte aber noch dramatischer werden: Wir baten außerdem um eine Audienz am CERN. CERN steht für Conseil Européen pour la Recherche Nucléaire. Dahinter verbirgt sich die Europäische Organisation für Kernforschung in Genf, das größte Zentrum für physikalische Grundlagenforschung der Welt. Das Gründungsjahr von CERN ist das Jahr 1954 – mein Geburtsjahr.

Dieses riesige Forschungsinstitut in der Schweiz betreibt die derzeit größte Maschine der Welt, den LHC (Large Hadron Collider), einen gewaltigen unterirdischen Teilchenbeschleuniger in einem kreisförmigen Tunnel von 27 Kilometern Länge, der sich über 100 Meter tief unter der Erde befindet. Er soll die spannendste Frage im Universum beantworten helfen: Warum wir überhaupt da sind! Eigentlich dürfte es uns gar nicht geben, denn die beim Urknall zu gleichen Teilen entstandene Materie und Antimaterie müsste sich eigentlich komplett gegenseitig ausgelöscht haben. Hat sie aber nicht – es gab offensichtlich einen winzigen Überschuss an Materie, aus dem das materielle Universum und somit auch wir entstanden sind.

Dieses Thema wirft natürlich auch philosophische und religiöse Fragen auf: Steckt da vielleicht ein schöpferischer Plan dahinter, oder war es nur ein Versehen der Natur, ein Zufall oder eine Panne? Wie dem auch sei, mit dem LHC soll sozusagen eine Art Mini-Urknall nachgebaut werden, genauer gesagt der Zustand in den allerersten Sekundenbruchteilen nach dem Urknall, um diese und andere Fragen beantworten zu können. Man will nämlich dort auch das so genannte *Gottesteilchen*[29] nachweisen! Na, wenn das kein Stoff für eine spannende Geschichte ist?! Und es ist die bisher abgedrehteste Siamsarah-Geschichte, das können wir Ihnen versprechen!

Ein Teil der Forschungen am CERN erklärt sich aus der Geschichte selbst, nämlich in Eggys Reise von der Protonquelle durch die Vorbeschleuniger bis in den größten Teilchenbeschleuniger der Welt, den LHC. Das, was wir dem ohnehin schon genug gebeutelten Eggy in der Geschichte nicht antun wollten, findet seine Erklärung in den Fußnoten.

Unsere Geschichte ist natürlich frei erfunden, die meisten physikalischen Daten allerdings entsprechen den Tatsachen – mit wenigen Ausnahmen, wie bei-

---

[29] Das so genannte *Higgs-Boson,* ein bisher nur theoretisch existierendes Elementarteilchen, wird oft, hauptsächlich von der Presse, als *Gottesteilchen* bezeichnet. Ein Artikel verkauft sich wahrscheinlich besser, wenn Gott ins Spiel kommt. Mit Gott hat das *Higgs-Boson* allerdings nichts zu tun! Wenn man es findet und wenn es für unsere Existenz verantwortlich ist, hätte es ja einen schöpferischen Charakter – deswegen nennt man es möglicherweise *Gottesteilchen* – ich habe das nie den entsprechenden Artikeln entnehmen können.

Durch die Teilchenkollisionen am LHC soll es nun auch in seiner realen Existenz nachgewiesen, ja quasi erzeugt werden. Das wäre für die Physiker auch sehr wünschenswert, denn das gesamte Standardmodell der Teilchenphysik setzt die Existenz eines solchen Teilchens voraus, welches erst den anderen Teilchen ihre Masse verleiht. Wäre also schon recht peinlich, wenn man das *Higgs-Boson* nicht findet. Aber mit der gewaltigen und sündhaft teuren Maschine, die das CERN da im Keller hat, sind die Wissenschaftler sehr zuversichtlich, in recht kurzer Zeit zu finden. Das *Higgs-Boson* wurde nach dem schottischen Physiker Peter Higgs benannt, der es 1964 erstmals in die Physik einführte. Weist man dieses Elementarteilchen nun auch experimentell nach, wäre Peter Higgs der Nobel-Preis sicher! Im letzten Jahr war Peter Higgs zu Besuch am CERN. Ein Higgs wurde also dort schon gefunden ;-)

Nachtrag im Oktober 2013: Das Higgs-Teilchen ist nun nachgewiesen, und Peter Higgs bekommt zusammen mit François Englert den Nobel-Preis für Physik!

spielsweise dem elfischen Protonisator und anderem Blödsinn.

Die neue Geschichte hat eine ganz andere Struktur bekommen – Siamsarahs jährliches Flötenspiel ist nicht mehr der Dreh- und Angelpunkt der Geschichte, sondern eher die Ereignisse außerhalb dieses Geschehens. Auch stehen Siamsarah und das seltsame Menschenwesen nicht mehr im Mittelpunkt der Handlung, sondern die eigentlichen Helden: Gnörxi, Pfnörgel und natürlich Eggy, selbst wenn Eggy unser Antiheld ist. Ja, Eggy ist so wie Dietbert in unseren *Schmunzelhorror am Kamin*-Geschichten oder wie Kaptain Hook in Peter Pan. Sie erinnern sich sicher: Die Nummer mit dem Krokodil, das schon eine Hand von Hook gefressen hat und nun natürlich den ganzen Hook will. Der reinste Horror, denn das Krokodil hat eine Uhr verschluckt und Hook hört am Ticken der Uhr sein Verderben kommen. Eggy hört es nicht, aber sein Verderben naht trotzdem unaufhaltsam. Das Krokodil hat mir damals, als ich Peter Pan las, übrigens sehr gefallen – na und Tinker Bell natürlich!

Und noch etwas habe ich endlich geschafft: Ich habe mich als Ich-Erzähler aus der neuen Geschichte herausgelassen. Nicht, dass ich mich als *seltsames Menschenwesen* an der Seite von Siamsarah unwohl gefühlt hätte – im Gegenteil. Aber es passte einfach nicht so gut zum Stil dieser neuen Geschichte.

Nun brauchte das seltsame Menschenwesen, auch wenn es nur noch am Rande genannt wird, einen Namen – nur welchen? Vielleicht komme ich aber auch in den nachfolgenden Geschichten wieder zum Ich-Erzähler zurück, wenn mir das besser gefällt. Meinen Vornamen wollte ich dafür nicht nehmen, aber ein wenig Ähnlichkeit durfte der Name schon beinhalten. Ich habe mich für Theorg entschieden.

Eine frühere Freundin musste sich wohl zwischen einem anderen und mir damals entscheiden. Der andere hieß Georg und ich halt Theo. Sie gab mir dann den Kosenamen Theorg, mit dem ich verständlicherweise nicht glücklich war, wenn sie sagte: "Ach Theorg, du bist doch mein Bester!" Wen hatte sie dann gerade gemeint? Das war dann immer die unbehagliche Frage, die ich mir stellte. Aber, da der Name wenigstens etwas fantasymäßig klingt, nehmen wir den jetzt einfach, und vielleicht klingeln ja gerade jemandem die Ohren. Hatte aber selbstverständlich auch nicht lange gedauert, dann hatte ich den Kaffee auf.

Hydrogen und Einstein

Die Schneeflocken fielen wie kleine Wattebäuschchen auf eine friedvolle Welt der Stille. Und doch schienen sie bei der Berührung mit den Zweigen und Ästen der Bäume leise und geheimnisvoll zu wispern. Dort, wo der Winterwind die Flocken vor sich herwirbelte und zu Schneewehen auftürmte, war das Wispern eindringlicher, drängender, aufgeregter. Nur ein geübtes Auge hätte sie bemerkt, die kleinen goldenen, blauen und grünen Funken, die sich zwischen den Schneeflocken tummelten und sich mit ihnen zu unterhalten schienen. Eine leise, aber große und machtvolle Musik, getragen von einem Gesang kristallklarer Stimmen, wehte sanft hoch oben über den Bäumen.

Im ersten Licht des Tages – es hatte mittlerweile aufgehört zu schneien – wurden sie sichtbar, die schneebedeckten Berghänge des französischen Jura-Gebirges. Unten im Tal, das noch vom Morgendunst verhangen war, lag der Genfer See, die Stadt Genf und nicht weit davon entfernt der kleine Ort Meyrin, gerade noch auf schweizerischem Boden, direkt an der Grenze zu Frankreich. Das Wispern und Raunen war verstummt, ebenso die kleinen Stimmen.

Mit einem Mal war die Stille nicht mehr ganz so still. Leise keuchende und japsende Laute waren zu hören und die waren eindeutig nicht menschlichen Ursprungs. Irgendetwas quälte sich mühevoll den Berghang hinauf, der hier auf halber Höhe des Gebirges schon recht steil war. Vier pelzige spitze Ohren wurden hinter einer Schneewehe sichtbar, dann die ebenfalls pelzigen Köpfe zweier Wesen, die unterschiedlicher nicht hätten sein können und die doch Gemeinsamkeiten hatten.

Das eine Wesen, liebe Leserinnen und Leser, brauche ich Ihnen eigentlich nicht mehr vorzustellen: Es war Gnörxi – genauer gesagt Sir Gnörxi, das *Spezialhörnchen der Morgendämmerung* mit der Lizenz, Zeitfelder zu manipulieren. Er trug eine Fernbedienung mit Funkantenne an seinem Gürtel, was einen irgendwie unheilschwangeren Eindruck vermittelte. Kleine Skistöcke, Steigeisen und ein Eispickel erleichterten ihm den Aufstieg. Sein ähnlich ausgerüsteter Kollege war nicht in der Welt der Menschen beheimatet: Sein Name war Pfnörgel und dem in der Menschenwelt lebenden kenianischen Löffelhund nicht unähnlich. Pfnörgel kam aus dem Elfenreich; er hatte spitze Ohren und einen durchdringenden, aber irgendwie melancholischen Blick. Er gehörte zur Gattung der elfischen Elementarteilchenversteher – na ja, dazu kommen wir später noch genauer.

Pfnörgel schleppte in einem Tragegestell auf dem Rücken eine rote Gasflasche den Berg hinauf, die für menschliche Größenverhältnisse zwar klein, aber fast so groß wie Pfnörgel selbst war. Auf der Flasche stand in weißen Buchstaben H_2, also die chemische Bezeichnung für Hydrogen (Wasserstoff).

„Ich versteh nun wirklich nicht, warum du die hier mit raufschleppst!", sagte Gnörxi außer Atem und zeigte auf die Gasflasche auf Pfnörgels Rücken.

„Na, weil ich es ihnen versprochen habe – ich habe ihnen versprochen, sie alle freizulassen – irgendwo, wo es schön ist!", japste Pfnörgel und deutete ausladend mit seinen Vorderpfoten auf die traumhaft schöne Landschaft und die grandiose Aussicht auf das Tal.

„Ach Pfnörgel – du bist ein hoffnungsloser Romantiker! Wenn ich hier gleich auf den Knopf drücke, ist nichts mehr schön – und ich bin untröstlich, dass ich es nicht verhindern kann – ehrlich", sagte Gnörxi aufrichtig, „aber auch wenn ich nicht drücke, wird es in ein paar Minuten passieren, allerdings so schnell, dass wir die Show nicht genießen können. Also genießen wir sie lieber!", grinste Gnörxi nun schelmisch und wieder sichtlich bester Laune und fügte hinzu: „Gut, dann lass sie jetzt frei, denn noch ist es ja schön hier und sie sind sicher schnell weg, weil sie viel leichter sind als Luft!"

„Aber ich muss mich wenigstens von ihnen verabschieden", sagte Pfnörgel sehr traurig und blickte Gnörxi bittend mit seinen dunklen Knopfaugen an, die von Natur aus etwas schielten.

Gnörxi verstand seinen Freund und Kampfgefährten nur zu gut. Er nahm ihn in den Arm, nickte verständnisvoll und half ihm, die schwere Gasflasche vom Rücken zu hebeln. Pfnörgel machte ein feierliches Gesicht und drehte den Gashahn auf. Das Wasserstoffgas strömte zischend in die klare Winterluft. Als die Flasche schon halb leer war, nahm er das Ventilstück in den Mund und nahm einen tiefen Atemzug[30]. Sein Blick verklärte sich und er säuselte mit deutlich höherer Stimme:

---

[30] Achtung – nicht nachmachen! So was überstehen nur elfische Elementarteilchenversteher! Wasserstoff gibt zusammen mit Sauerstoff Knallgas, also ein hochexplosives Zeugs. Es ist leichter als Luft, würde beim Einatmen also genau wie Helium eine hohe Stimme verursachen, aber die Aufnahme von Sauerstoff (wie auch bei Helium) behindern. Also außer explodieren kann man mit dem Zeugs auch noch ersticken.

„Macht's gut, meine Freunde – ich wünsche euch viel Spaß da oben. Passt gut auf euch auf, und lasst euch nicht wieder einfangen!"

Mittlerweile war die Gasflasche leer und er stellte sie so hin, dass auch die letzten Gasmoleküle in die Luft entweichen konnten. Nun brauchten sie nicht mehr in einem Teilchenbeschleuniger mit annähernder Lichtgeschwindigkeit und auf ihre Protonen reduziert in einem 27 Kilometer langen Tunnel immer im Kreis rumheizen, um schließlich, wenn die Physiker grad Bock drauf hatten, mit ihren Kollegen aus der entgegengesetzten Fahrtrichtung in einem gewaltigen Detektor, der den Kölner Dom ausfüllen könnte, zusammenzukrachen.

„Dann kann's ja losgehn!", sagte Gnörxi, um Pfnörgel herumhüpfend, voller Tatendrang. Er band Pfnörgel geschickt am nächsten Baum fest und danach sich selbst am Baum daneben.

„Nur zu unserer Sicherheit!", grinste er und zog die Fernbedienung aus der Gürteltasche.

„Welches Programm willst du sehen?", kicherte er schrill und ergänzte:

„Also, wir haben hier eine Art Zeitlupenversion, die immer noch rasend schnell ist, aber es wird 'ne geile Show, das kann ich dir versprechen!"

Pfnörgel sah ihn ein wenig ängstlich an. Ohne eine Antwort abzuwarten, drückte Gnörxi auf einen Knopf der Funkfernsteuerung und deaktivierte das Zeitfeld, das unten im Tal den gesamten Teilchenbeschleuniger einschloss, in Megazeitlupe. Eine Weile geschah nichts.

„Geduld, wackerer Freund Pfnörgel – gut Ding will Weile haben!", proklamierte Gnörxi heroisch und konnte es vor lauter Vorfreude kaum noch aushalten.

Unten im Tal begann es zu rumoren und ein schwaches Vibrieren drang bis zu ihnen herauf.

„Ach ja!", schrie Gnörxi verzückt: „Fast hätte ich es vergessen! Wir brauchen noch die passende Musik dazu! Was hältst du von *Siegfrieds Tod* aus Wagners *Götterdämmerung*?! Das wäre doch passend!"

Gnörxi drückte einige Tasten seiner Fernbedienung und schon donnerte Wagners gigantomanische Musik durch die verschneiten Tannen. Theatralisch zückte Gnörxi einen Taktstock und dirigierte das unaufhaltsam heraufziehende Inferno.

Das Rumoren im Tal wurde langsam zu einem bedrohlichen Grollen und der Berghang und die Bäume, an die sich die beiden gebunden hatten, begannen zu zittern. Schnee rieselte von den Zweigen und verzuckerte unsere beiden Helden.

„Ja! Jetzt geht es rund!", kreischte Gnörxi begeistert. Das Grollen wurde zu einem ohrenbetäubenden Donnern und auch Wagner kam jetzt richtig in Fahrt. Unten im Tal tat sich in einer gewaltigen Explosion ungefähr dort, wo sich die unterirdischen Beam-Dumps des LHC befanden, das Erdreich auf. Ein feuriger Strahl purer Energie pflügte in einem leichten Aufwärtswinkel einen breiten Graben in den steinigen Boden Richtung Jura-Gebirge.

„Na, habe ich zu viel versprochen?!", brüllte Gnörxi dem armen Pfnörgel, der neben ihm am Baum zitterte, ins Ohr.

Die Feuerwalze donnerte mit der Glut von tausend Höllen den Berghang herauf. Als sie ungefähr auf der Höhe der angebundenen merkwürdigen Wesen vorbeifauchte, konnte man deutlich erkennen, dass der Kopf des mittlerweile aufgefächerten Energiestrahls eine transparente Kugel war, in der mit seltsam verzerrtem, aber bewegungslosem Gesicht Egigius Egbaeutel den Berggipfeln zuraste.

„Da geht er hin!", kreischte Gnörxi mit irrer, sich überschlagender Stimme.

Eggy entfernte sich mit infernalischem Getöse unter den immer noch dröhnenden Klängen von Richard Wagner, jagte weit über die schneebedeckten Gipfel hinaus und verließ bereits nach wenigen Sekunden die Erdatmosphäre. Die weitere Flugbahn entzog sich bedauerlicherweise den Blicken unserer beiden seltsamen Beobachter, weil bereits neue Schneewolken heranzogen.

Der Berghang und ein Teil des Gebirges waren völlig zerstört. Ein kreisförmiger Graben von 27 Kilometern Länge, der sich mit dem Wasser des Genfer Sees gefüllt hatte, zierte das Tal. An einigen Stellen, nämlich da, wo die gewaltigen unterirdischen Detektoren des LHC gewesen waren, stiegen Rauchsäulen auf, und die eine oder andere Explosion drang dumpf an die Erdoberfläche. Dann war es vollkommen still.

Pfnörgel schnallte sich vom Baum ab, band auch den selig dreinblickenden Gnörxi los, schüttelte sich den Schnee aus dem Fell und trat ein paar Schritte an den Abgrund heran, den der gewaltige Protonenstrahl, an dessen Spitze Eggy gen Himmel gefahren war, gepflügt hatte.

„Voll krass!", waren die einzigen Worte, zu denen er fähig war.

„Dass ich das noch erleben darf – wir sind ihn endgültig los!", trumpfte Gnörxi begeistert auf.

Pfnörgel lehnte sich an eine Tanne und zog eine kleine Holzflöte aus seiner Gürteltasche. Er setzte sie an die Lippen und spielte eine traurige, aber trotzdem wunderschöne Melodie, die nur aus zwei unterschiedlichen Tönen bestand, denn die Flöte hatte nur ein Loch, das konnte Pfnörgel gerade noch bedienen. Das Flötenspiel auf einer normalen Flöte war ihm nicht so gegeben. Auf der elfischen Einlochflöte aber war er wirklich ein begnadeter Meister. Beim Spielen verstärkte sich sein ohnehin schon heftig vorhandener Silberblick, damit er die Flöte besser im Auge behalten konnte. Jedem lebenden Wesen, welches Pfnörgel spielen hörte, kamen unweigerlich die Tränen.

„Für Eggy…", sagte Pfnörgel leise, nachdem er fertig war und die Flöte wieder sicher verstaut hatte.

„Du bist echt zu gutmütig, Pfnörgel! Mensch, der wollte mich, ein kleines, unschuldiges, schwaches Eichhörnchen, beschleunigen! In einem Teilchebeschleuniger! Auf nahezu Lichtgeschwindigkeit! Und das vor noch nicht einmal zwei Stunden! Und ganz nebenbei wollte er die Erde pulverisieren! Hast du das etwa schon vergessen?!", schrie Gnörxi aufgebracht.

„Nein, das hab ich nicht", sagte Pfnörgel mit leiser, sanfter Stimme, „aber niemand hat ein solches Schicksal verdient, auch Eggy nicht."

Gnörxi sah nun tatsächlich für einen kurzen Moment betreten drein.

„Na, dann wollen wir mal schnell hier etwas aufräumen, bevor noch jemand was merkt!", grinste er und tupfte sich mit seinem karierten Taschentuch den zum Teil geschmolzenen Schnee aus dem Gesicht. Er drückte einen unscheinbar aussehenden Knopf auf seiner Fernbedienung für den Zeitfeldgenerator und mit einem winzigen Plopp war die Welt wieder in Ordnung. Die Landschaft war wieder traumhaft schön und unten im Tal und im Gebirge gab es keinerlei Spuren von Zerstörung. Auch am CERN und am LHC war alles wieder in bester Ordnung. Der Protonenstrahl heizte brav weiter auf seiner 27 Kilometer langen Bahn immer im Kreis herum – in drei Tagen sollten die ersten Teilchenkollisionen mit unglaublichen Energien durchgeführt werden. Die Physiker wollten es so richtig krachen lassen. Sie verfügten mit dem LHC erstmals über Energien für Teilchenkollisionen, die es bisher in der Menschheitsgeschichte noch nicht gegeben hatte und keiner wusste so ganz genau, was passieren würde – man rechnete durchaus mit Überraschungen. Nur eine kleine rote H_2-Gasflasche fehlte in der Halterung an der Protonquelle der größten Maschine der Welt. Als das Fehlen der Flasche bemerkt wurde, bestellte der zuständige Techniker in der Beschaffungsstelle für technische Gase einfach eine neue und schloss sie an die Anlage an. Gut, dass Pfnörgel das niemals erfahren hat – es hätte ihm sicher das Herz gebrochen.

Gnörxi hatte mit dem Knopfdruck alles wieder rückgängig gemacht – alles bis auf eine bedeutsame Kleinigkeit: Das Zeitfeld wirkte nur innerhalb der Erdatmosphäre. Die Konsequenz daraus war eindeutig: Eggy war weg!

Was ein paar Stunden zuvor geschehen war:

„Eggy ist weg!" Das war alles, was Siamsarah im Büro des Elfenstützpunktes auf Terramaris zu ihrer neuen Chefin Serana sagen musste, um alle Alarmvorrichtungen auszulösen. „Eggy ist weg!" Diese drei

Worte waren gleichbedeutend mit dem Begriff GAU[31] Es war mehr als das, es war GAK: Die Größte Anzunehmende Katastrophe für die Menschenwelt und das Elfenreich. Als Eggy zu Siamsarahs Amtsantritt als Elfe der Morgendämmerung versucht hatte, das NICHTS zu befreien, um so die Erde zu vernichten, wurde er zur Strafe für ein Jahr in die Verbannung nach Isafjördur auf Island geschickt. Nach einem Jahr beschloss der Elfenrat, ihn zur Strafe doppelt so lange auf Terramaris arbeiten zu lassen, allerdings unter strengster Beobachtung. Eggy, den alle sicher verwahrt als Heizer in den vulkanischen Heißwasserkraftwerken auf Terramaris glaubten, war entkommen! Man hatte ihn damals, nachdem er mehrfach versucht hatte, Siamsarah umzubringen, in ein blaues gedankenlesendes Energiefeld gebannt. Seit der Zeit zogen ihn alle mit seinem Spitznamen *der blaue Eggy aus der Heizung* auf. Das Energiefeld sorgte dafür, dass Eggy nicht mehr handgreiflich werden konnte, aber es hatte offensichtlich seine Flucht von der Insel im Niemandsland zwischen den Welten – Terramaris – nicht verhindern können.

Wie ihm die Flucht gelungen war, konnte niemand genau sagen, aber er hatte offensichtlich eine der verbesserten Transportkugeln mitgehen lassen, in denen man sich nun auch ohne Probleme in der Menschenwelt bewegen konnte. Weiterhin fehlten aus dem sorgsam bewachten Tresor ein Tarnkristall, der seinen Träger unsichtbar machen konnte, und ein so genannter Protonisator, was besonders besorgniserregend war. Ein unsichtbarer Eggy – ganz gleich wo er gerade war – war eine Zeitbombe, bei der es nicht die

---

[31] Größter Anzunehmender Unfall

Frage war, ob sie hochgehen würde, sondern nur wann und wo. Das *wo* war schnell geklärt.

Einer glücklichen Eingebung folgend hatte Serana damals verfügt, Eggy auch einen Peilsender an einem unlösbaren Armband mitzugeben – bei seiner Gefährlichkeit leider eine unumgängliche Maßnahme, die sich nun auszahlte. Allerdings war die Erkenntnis, wo Eggy sich nun aufhielt, alles andere als beruhigend: Sie erzeugte augenblicklich nackte Panik in allen, die die Buchstaben CERN[32] zu deuten wussten! Genau da war Eggy! Um keine Missverständnisse aufkommen zu lassen: Nicht das CERN war beunruhigend, obwohl es Leute gibt, die da anderer Meinung sind, sondern allein die Tatsache, dass Eggy irgendwo am CERN sein Unwesen trieb. Er war eigentlich dumm wie Brot, aber mit der auch ihm zugänglichen Elfenmagie und den Möglichkeiten am CERN konnte Eggy die Welt gleich mehrfach pulverisieren. Genau das war seine Absicht, wie in jeder anderen Siamsarah-Geschichte ja auch. Die Lampen in seinem Gehirn würden aber niemals so hell brennen, dass er erkennen würde, dass sich an seiner Gefangenschaft auf Terramaris nichts ändern würde. Ins Elfenreich und in den Ruhestand würde er innerhalb der nächsten tausend Jahre so oder so nicht gelangen. Eggys Hirn war da eher mit einer Schwarzlichtbirne vergleichbar.

Eilig wurde eine Krisensitzung im großen Konferenzraum auf Terramaris einberufen, an der neben dem vollständigen Elfenrat auch Serana, Siamsarah, Gnörxi und das seltsame Menschenwesen Theorg teilnahmen. Die drei Letztgenannten verbrachten gerade

---

[32] Conseil Européen pour la Recherche Nucléaire – das ist die Europäische Organisation für Kernforschung bei Genf.

ihren Jahresurlaub auf Terramaris und waren, was Eggy betraf, als Spezialisten anzusehen.

Schnell wurde klar, dass unverzüglich eine Expedition in die Schweiz zum CERN zusammengestellt werden musste. Hier kreisten bereits seit ein paar Tagen Protonen im größten Teilchenbeschleuniger der Welt, dem LHC[33], auf einer unterirdischen, 27 Kilometer langen Bahn in einem gewaltigen Tunnel und warteten darauf, in ungefähr drei Tagen mit ihren Kollegen aus der Gegenrichtung zu kollidieren. Und solange der LHC die Protonen auf ihrer Kreisbahn hielt, war Eggy dort so etwas wie der Zündfunke an einer Sprengladung. Nun, da am CERN Elementarteilchen erforscht wurden, sah es der Elfenrat als erforderlich an, einen elfischen Elementarteilchenversteher hinzuzuziehen. Im Elfenreich wusste man alles über Elementarteilchen und schmunzelte ein wenig über die Menschen, die versuchten, die letzten aller Fragen zu klären. Die Aufgabe eines Elemantarteilchenverstehers war der Dialog zwischen Elementarteilchen und Lebewesen, die ja letztlich auch aus selbigen bestanden. Oft war es gar nicht so einfach, die jeweiligen Interessen aller Beteiligten zu verstehen und zwischen ihnen zu vermitteln. Die Probleme würden erst richtig losgehen, wenn die letzten Fragen über Elementarteilchen in der Menschenwelt geklärt waren. Nur das wussten die Menschen natürlich noch nicht. Auch sie würden dann die Dienste von Elementarteilchenverstehern dringend benötigen.

---

[33] Das **L** steht für **L**arge, was bei einer Länge von 27 Kilometern nicht weiter verwundert. Das **H** steht für **H**adron. Hadronen sind Atomkerne und Protonen, die aus Quarks bestehen, also ein Sammelbegriff für bestimmte Teilchen. Und das **C** steht für **C**ollider, was bedeutet, dass diese Teilchen in diesem Beschleuniger zur Kollision gebracht werden.

„Ehrenwerte Teilnehmer dieser Runde…", kündigte Serana, die den Vorsitz übernommen hatte, beinahe ehrfürchtig an: „der ehrenwerte Elementarteilchenversteher – seine Erhabenheit Sir Pfnörgel von der Parallelwelt Sitnalta!"

Die große Flügeltür des Konferenzsaales wurde aufgestoßen und Pfnörgel erschien: Es war fast ein Schweben. Jede Bewegung war geschmeidig fließend, fast wie in Zeitlupe. Er glitt erhobenen Hauptes durch den Saal zum Konferenztisch, verneigte sich vor Serana und sagte mit leiser, wohlklingender Stimme: „Selbst die Gasmoleküle der Luft dieser wundervollen Welt sind aufgeregt und voller Sorge – was also kann ich für Euch tun, liebreizende Serana?!"

Dass die beiden noch ein Hühnchen miteinander zu rupfen hatten, konnte Pfnörgel aber hier und jetzt nicht raushängen lassen. Dass Serana ihn vor einigen Jahren mit einer manipulierten Kreditkarte auf eine gefährliche Reise geschickt hatte, konnte Pfnörgel immer noch nicht verwinden – das würde noch eine angemessene Rache nach sich ziehen! Nur war jetzt nicht der geeignete Moment dafür – seine Stunde würde kommen!

Pfnörgel war einem kenianischen Löffelhund aus der Menschenwelt nicht unähnlich, nur hatte er viel spitzere Ohren, schielte wie auch seine Kollegen von Natur aus und konnte aufrecht auf seinen Hinterpfoten gehen. Außerdem verstand und sprach er alle Sprachen sämtlicher Parallelwelten, ohne sie jemals gelernt zu haben.

Serana erklärte Pfnörgel die Sachlage genau und endete mit den Worten: „Und daher, verehrter Pfnörgel, benötigen wir dringend Eure Hilfe, denn es handelt sich um Elementarteilchen, die da auf nahezu Lichtgeschwindigkeit beschleunigt und zur Kollision gebracht werden. Dadurch hoffen die Forscher der Menschenwelt, den Zustand in den ersten Sekundenbruchteilen des Urknalls nachzuempfinden und die Elementarteilchen zu entdecken, die das Universum zusammenhalten."

„Aber die haben wir doch längst gefunden!", sagte Pfnörgel beinahe gleichgültig und konnte ein Gähnen nicht unterdrücken. „Das ist doch ein alter Hut!"

„Ja für Euch, verehrter Pfnörgel, und für uns, aber für die Menschen ist das noch Zukunftsmusik."

„Und geschieht das wenigstens im Einvernehmen mit den jeweiligen Elementarteilchen? Ich vermute mal, es handelt sich um Wasserstoffprotonen?"

„Zur ersten Frage: Nein, Meister Pfnörgel", sagte Serana leise, "die Menschen können nicht so wie wir mit Elementarteilchen eine Art, na sagen wir mal Verbindung herstellen. Sie können sie nicht um ihr Einverständnis bitten. Und ja, es handelt sich um Wasserstoffprotonen, aber man will zu einem späteren Zeitpunkt auch Blei-Ionen beschleunigen!"

„Oh, oh!", japste Pfnörgel und schnappte empört nach Luft, weil er zu Blei-Ionen einen ganz besonderen Draht hatte und wusste, dass sie manchmal recht zickig und schwerfällig waren. Er sagte entschlossen: „Gut, – Ihr könnt Euch meiner uneingeschränkten Hilfe gewiss sein!" Mit so einer Bitte um Hilfe hatte es damals auch angefangen. Pfnörgel lächelte Serana an, aber es war fast ein gefährliches Grinsen, so dass Serana die Reihe nadelspitzer, funkelnder Zähne sehen konnte. Sie hatte die Botschaft verstanden.

Er verneigte er sich vor den Anwesenden und nahm seinen Platz am Konferenztisch ein, direkt neben Gnörxi. Die beiden verstanden sich auf Anhieb, denn bei-

168

de waren pelzig, hatten spitze Ohren und im Grunde ihres Wesens einen Sinn für echt schrägen Humor. Sie alberten heimlich und leise rum. Es war der Beginn einer wunderbaren Freundschaft.

Nun ging alles sehr schnell. Das Einsatzteam wurde zusammengestellt. Es bestand aus Pfnörgel, der sich um die Elementarteilchen kümmern sollte, Gnörxi, der als Spezialist für Zeitfelder einzigartig war, und Serana, die unbedingt selbst mitkommen wollte. Siamsarah und Theorg sollten als Einsatzreserve auf Terramaris bleiben.

Eggy schlich sich durch die Maschinenhalle auf dem CERN-Gelände, die den 30 Meter langen LINAC2[34] beherbergte. Das war ein großer Linearbeschleuniger, der den Protonen aus der Protonquelle die erste heftige Beschleunigung verlieh – genauer gesagt die zweite, denn den ersten Schubs verpasste den Protonen der nur 1,7 Meter lange RFQ (Radio Frequency Quadrupole), ein kurzer, aber effektiver Linearbeschleuniger. Und dem RFQ direkt vorgelagert war die Protonquelle – das war Eggys Ziel, denn er hatte einen teuflischen Plan. Er würde die Erde pulverisieren, ja, diesmal endgültig! Und zwar mit Hilfe seines größten Widersachers, der zweifellos bald hier auftauchen würde, dem ihm so verhassten Eichhorn Gnörxi. Er würde

---

[34] 30 Meter langer Linearbeschleuniger, also ein gradliniger Beschleuniger, der die Protonen auf 50 MeV (Megaelektronvolt) beschleunigt und mit Quadrupolmagneten fokussiert, also in der Mitte des Strahlrohrs bündelt.

Gnörxi in eine tödliche Falle locken. Eggy würde das Hörnchen mit Hilfe seines entwendeten Protonisators[35] in ein für den Beschleuniger akzeptables, protonenummanteltes Paket von strahlrohrgängigem Durchmesser schrumpfen. Dieses würde sich wie eines von vielen verhalten und von den einzelnen Vorbeschleunigern und letztlich vom LHC (Large Hadron Collider) ungeachtet seines wirklichen Inhaltes beschleunigt und letztlich zur Kollision gebracht werden. Es würde zu keiner vorzeitigen Notabschaltung der Anlage kommen.[36] Die Energien wären so verheerend, dass der Planet Erde damit ungefähr X-mal[37] pulverisiert werden könnte. Eggy selbst würde durch ein temporäres Elfentor verschwinden, bevor es richtig knallte.

Nur: Wie sollte er Gnörxi in die Plasmakammer[38] der Protonquelle locken? Das Wasserstoffgas, aus denen die Protonen gewonnen wurden, die dann in den nachfolgenden Linearbeschleuniger eingeschossen wurden, kam aus einer unscheinbaren, kleinen roten Gasflasche mit der Aufschrift H_2. Diese steckte in einer Halterung außen an der Anlage[39]. Die so genannte Pro-

---

[35] Ein Protonisator ist ein geheimnisvolles Gerät rein elfischer Bauart. Es wird hauptsächlich von Elementarteilchenverstehern eingesetzt. Man kann eine Menge Unfug damit anstellen, aber auch sehr sinnvolle Dinge.

[36] Das ist natürlich vollkommener physikalischer Blödsinn – nennen Sie es einfach dichterische Freiheit. ☺

[37] ...so genau will ich das gar nicht wissen, denn einmal ist schon zu viel...

[38] Wat issene Plasmakammer?! – Da stellen wa uns ma janz dumm – dat is ersma ne jroße, dunkle schwarze Loch: OK, Scherz beiseite, aber es stimmt schon, es handelt sich hier um die so genannte Duo-Plasma-Quelle – quasi die Stelle, wo der ganze Spaß anfängt.

[39] So ganz stimmt das nicht, denn die kleine Flasche außen gehört zu einem 1:1-Modell in einem Plexiglasgehäuse außen. In der Anlage ist noch eine große Flasche, die ungefähr 40.000 Jahre halten würde, bis sie leer ist.

tonquelle sah auf den ersten Blick aus wie eine Umkleidekabine mit viel technischem Zeugs drin und drum. An einer Tür stand ein Warnschild mit der stilisierten Abbildung einer Putzfrau mit Schrubber und Eimer in der Hand in einem roten durchgestrichenen Kreis. Die klare Aussage dieses Schildes: „Zutritt für Putzfrauen streng verboten!" Hier bei uns würde ein solches Schild zu einer Klagewelle der Putzfrauen führen, die sich auf das Antidiskriminierungsgesetz berufen und nicht eher Ruhe geben würden, bis sie auch im Schutzkäfig[40] der Protonquelle putzen dürften! Höchstwahrscheinlich zum letzten Mal, denn 90 kV Hochspannung waren der Gesundheit nicht gerade zuträglich und mit dem Leben absolut nicht mehr vereinbar. Tja, so kann's gehen und aus der Klage auf Schmerzensgeld wird dann leider auch nichts mehr. Was also sagt uns das? Immer schön auf Warnschilder achten!

Eggy war gut vorbereitet, zumindest was die Anfangsphase seines Plans betraf. Er beschriftete die kleine Gasflasche mit einem dicken Filzstift zusätzlich

---

Sie wird aber trotzdem zweimal im Jahr ausgetauscht. Gut, dass Pfnörgel das nicht weiß.

[40] Es handelt sich bei dem Schutzkäfig um einen so genannten Faradayschen Käfig, der vor der Hochspannung schützt, die im Innern anliegt.

mit dem Wort *Bucheckernschnaps*. Nun installierte er ein Protonenkompressionsfeld[41] direkt vor der Flasche mit dem Protonisator und fügte noch einen elfischen Transportzauber[42] hinzu. Dieser sollte den erfolgreich komprimierten Gnörxi direkt in die Plasmakammer beamen. Dann legte sich Eggy in seiner transparenten Transportkugel, die er noch mit dem Tarnkristall unsichtbar machte, hinter einem großen Maschinenblock auf die Lauer und wartete geduldig.

Es dauerte in der Tat nicht lange, bis Gnörxi zusammen mit seinem Kumpel Pfnörgel an der Protonquelle auftauchte. Serana war am provisorisch installierten Elfentor in einem nahe gelegenen Abstellraum für Werkzeuge zurückgeblieben, um Hilfe holen zu können und um ihren Rückzug zu sichern.

Gnörxi und Pfnörgel näherten sich prüfend und witternd der Protonquelle.

„Halt!", sagte Pfnörgel energisch und hielt seinen Freund an der Schulter zurück. „Hier stimmt was absolut nicht!"

„Auf der Flasche da vorne steht Bucheckernschnaps!", sagte Gnörxi mit glasig werdenden Augen.

Pfnörgel ging ein klein wenig näher, und es sah so aus, als tastete er mit seinen kleinen Pfoten die umge-

---

[41] Ein Protonenkompressionsfeld ist nun wieder eine rein elfische Erfindung – genauer gesagt eine sitnaltische Erfindung, also wieder mal purer Blödsinn. Wer in ein solches Feld gerät, wird heftig geschrumpft und ist, weil von solchen umgeben, von normalen Protonen kaum noch zu unterscheiden.

[42] Elfische Transportzauber schicken denjenigen, der mit einem solchen in Berührung kommt, in eine vorbestimmte Richtung – funktioniert leider nur über ganz kurze Entfernungen in der Menschenwelt. Sie kennen das sicher: Sie stehen nachts auf, weil Sie Hunger haben und sind ganz plötzlich, ohne zu wissen, wie es passiert ist, an der offenen Kühlschranktür. Das ist ein klassischer Fall von elfischem Transportzauber, der manchmal arglistig in Häusern und Wohnungen lauert.

bende Luft ab. „Ein Kompressionsfeld ist direkt an der Flasche, belegt mit einem Transportzauber, der denjenigen, der der Flasche zu nahe kommt, direkt in die Plasmakammer beamt – verkleinert natürlich – sehr verkleinert, um es genau zu sagen, aber ohne Masseverlust", fügte er nachdenklich hinzu.

„Dieses dämliche Sackgesicht will mich schrumpfen und da reinbeamen?!", piepste Gnörxi aufgebracht.

„So sieht's aus, Freund Gnörxi – das Ende der Welt – ja ja, so könnte es aussehen!", grinste Pfnörgel, „aber er hat nicht mit einem Elementarteilchenversteher gerechnet, der das sofort durchschaut. Dreh dich nicht um, Gnörxi – er lauert in seiner Transportkugel hinter einer Maschine weiter hinter uns – unsichtbar, aber ich spüre ihn."

„Na warte! Die Suppe werde ich ihm versalzen!", murmelte Gnörxi. Er brauchte ein wenig Zeit, um gründlich nachzudenken. Er umgab sich mit einem Kurzzeitfeld, um sich diese Zeit zu verschaffen – für Außenstehende würde keine Sekunde vergehen und Eggy würde nichts mitbekommen. Gnörxi rechnete alles gründlich durch. Er hatte sich vor dem Einsatz eingehend mit der gesamten gewaltigen Anlage und ihrer Funktionsweise vertraut gemacht. Er hatte den Durchblick, aber es war alles nicht so einfach. Alles musste auf Sekundenbruchteile genau abgestimmt werden und nahtlos funktionieren, sonst endete das Vorhaben in der größten Katastrophe überhaupt, die das ganze Universum vernichten konnte. Denn Eggy war an Masse nun mal größer – viel größer als der kleine Gnörxi. Auch Gnörxis Masse hätte ausgereicht, um die Katastrophe auszulösen, das war ja Eggys Plan. Dieser Gedanke hätte jeden bis ins Mark erschüttert, nicht so unseren wackeren Gnörxi, der ein

Meister auf seinem Fachgebiet war: der Manipulation und Konfiguration von Zeitfeldern.

Nun, die Ereignisse nahmen ihren Lauf: Gnörxi hatte seine Berechnungen beendet und ein kurzfristig neutralisierendes Zeitfeld um die gesamte Protonquelle gelegt. Er löste sein eigenes Zeitfeld auf, ging auf die Gasflasche mit der Aufschrift *Bucheckernschnaps* zu und berührte sie sogar. – Nichts passierte! Auch Pfnörgel hatte seine Verhandlungen mit den Gasmolekülen und mit den bereits im LHC kreisenden Protonen erfolgreich abgeschlossen. Eggy war nun völlig irritiert und ging, dumm wie er war, nachsehen, warum sein Plan nicht funktioniert hatte. Als das kurzfristig neutralisierende Zeitfeld erlosch, als Eggy die Flasche fast erreicht hatte, da war *the point of no return* überschritten!

Liebe Leserinnen und Leser, lehnen Sie sich nun bequem zurück, nehmen Sie am besten noch ein entspannendes Getränk zu sich – Sie werden es brauchen – und lesen sie genüsslich weiter. In wenigen Minuten wissen Sie, wie der Teilchenbeschleuniger LHC funktioniert (zumindest in etwa) und wie unsere Geschichte wieder zu unseren Helden ins Jura-Gebirge führt, um den schon halb vorweggenommenen Showdown zu Ende zu bringen.

Es blitzte kurz auf, wie in der Kabine eines Fotoautomaten auf dem Bahnhof, als Eggy der kleinen Gasflasche zu nahe kam und spurlos verschwand. Er rematerialisierte stark komprimiert und in strahlrohrgängige

Form gebracht direkt in der so genannten Duo-Plasma-Quelle[43]. Dort wurde er kurz vor der Anode der Anlage ionisiert und in die zweite Plasmakammer gepumpt. Er hatte zu Recht das unangenehme Gefühl, im Lauf einer Kanone zu stecken und darauf zu warten, dass die brennende Lunte die Kanone abfeuerte. Er sollte nicht enttäuscht werden!

Oben im riesigen Hauptkontrollraum trällerte Gotthilf Donnermayer, einer der diensthabenden Operator, eine fröhliche Melodie, die ihm nicht mehr aus dem Kopf gehen wollte. Er war am Abend zuvor in einer richtig guten Irish-Dance-Show gewesen.

Eigentlich hätte er nur die Enter-Taste zu drücken brauchen, um die Auffrischung der Beschleuniger-Füllung zu starten, die alle zehn Stunden fällig war, aber er stand halt auf Nostalgie. Donnermayer hatte sich ein Zündschloss ins Schaltpult einbauen lassen. Er zückte feierlich einen Zündschlüssel und steckte ihn in das Schloss. „Na, dann wolln wir mal wieder!", grinste er und drehte den Schlüssel. Eine Sounddatei mit dem Geräusch eines startenden LKW, gefolgt von einem unheimlichen Geräusch, als ob etwas Großes durch eine kleine Öffnung gepresst wird, wurde im Rechner abgespielt. Spaß muss halt sein bei der Arbeit.

---

[43] Hier werden die Wasserstoffatome, die aus einem Proton und einem Elektron bestehen, durch eine elektrische Entladung von ihren Elektronen befreit, indem sie einfach abgeschüttelt werden. Übrig bleiben dann nur die Protonen.

Spaß gab es auch unten in der Protonquelle: Die Wasserstoffprotonen, die sich dort schon versammelt hatten, tanzten um Eggy herum und sangen grölend im Chor: „Jetzt geht's loohoos – jetzt geht's loohoos!" Mit einem unheimlichen Geräusch wurde Eggy direkt in das RFQ geschossen und bekam dort stolze 750 keV Energie und Geschwindigkeit verpasst.[44]

Ein heftiger Schubs und schon war Eggy im LINAC2 und wurde dort auf atemberaubende 50 MeV beschleunigt, das ist 31,4 % der Lichtgeschwindigkeit.[45] Alles passierte mit einer so atemberaubenden Geschwindigkeit, dass eigentlich keinerlei Zeit für Gedanken oder Empfindungen blieb, aber bei Elfen ist halt alles möglich. Eggy empfand also so etwas wie ein Aus-sich-selbst-herausgelöst-werden.

Von nun an ging's nicht mehr geradeaus, denn der erste Kreisbeschleuniger, genauer gesagt der Booster,

---

[44] Hier werden schon die Protonen durch die beschleunigende Frequenz von 200 MHz in einzelne Pakete aufgeteilt. Eggy wurde allerdings in einem zusammenhängenden Paket untergebracht. Auch für die weitere Handlung gilt: Einige Naturgesetze sind unter dem Einfluss von Elfenmagie natürlich ein wenig anders und entziehen sich zum Glück (für den Verfasser) von vornherein der wissenschaftlichen Überprüfbarkeit ;-) KeV bedeutet Kiloelektronvolt.

[45] MeV bedeutet Megaelektronvolt. Hier werden die Protonen zusätzlich zur Beschleunigung durch Quadrupolmagneten fokussiert. In Kreisbeschleunigern gibt es zusätzlich noch Dipolmagneten, die den Partikelstrahl auf eine Ringbahn zwingen. Außerdem müssen diese Magneten auf Temperaturen, die kälter sind als der Weltraum (das sind minus 271,3°C und nur 1,9 °C über dem absolutem Nullpunkt) heruntergekühlt werden, um ihre volle Leistung bringen zu können. Beschreibungen dieser Magneten und des Kühlsystems finden Sie sehr ausführlich im Internet. Die erste Adresse ist natürlich die vom CERN selbst: www.cern.ch.

stand auf Eggys Reiseroute an – der PSB (Proton Synchrotron Booster[46]). Hier wurde nicht nur die Qualität des Protonenstrahls, in dem Eggy mitraste, verbessert. Auch Eggy, der sich wie ein Proton fühlte, bekam nun richtig Druck, Drang und Geschwindigkeit – nämlich stolze 1,4 GeV.[47]

Jetzt ging es im wahrsten Sinne des Wortes erst richtig rund: In 1,2 Sekunden wurde Eggy im PS (Proton Synchrotron mit 630 Meter langer Kreisbahn)[48], welche dem PSB folgt, auf 25 GeV in Fahrt gebracht – das sind 99,93 % der Lichtgeschwindigkeit. Ein dümmliches Grinsen zierte nun Eggys Gesicht. Er bekam solche Sprüche zu hören wie: „Na, hoffentlich nicht so viel gefrühstückt!" oder Kommentare wie „Jetzt geht's rund, sagte der Papagei und flog in den Ventilator!" Eggy wurde speiübel.

Die Kickermagneten taten sehr brav, was von ihnen erwartet wurde: Sie kickten Eggy in die letzte Station vor dem großen Finale, in den gewaltigen SPS (Super Proton Synchrotron)[49]. „Was auch immer den Ventila-

---

[46] Hier handelt es sich um einen kreisförmigen Beschleuniger auf 4 Ebenen von jeweils 157 Metern Länge. Innerhalb von einer halben Sekunde verdreifacht sich die Geschwindigkeit!

[47] GeV bedeutet Gigaelektronvolt.

[48] Hier wird noch eine weitere Stückelung der Protonenpakete neben der Beschleunigung vorgenommen. Auch die Abstände zwischen den Protonenpaketen werden vergrößert, damit die Kickermagneten, die in der Handlung noch eine entscheidende Rolle spielen werden, Gelegenheit bekommen zu reagieren, um den Protonenstrahl sozusagen in den nächsten Beschleuniger zu kicken, sie kollidieren zu lassen oder sie zur Entsorgung in den Bem-Dump zu schicken.

[49] Der SPS befindet sich in einem unterirdischen Kreistunnel von fast 7 Kilometern Länge. Er dient ausschließlich der Beschleunigung von 25 GeV auf heftige 450 GeV – die benötigte Eingangsgeschwindigkeit für den LHC.

tor trifft – es wird nicht gleichmäßig verteilt!", kicherte ein Proton direkt neben Eggys Ohr.

450 GeV – 99,9998 % der Lichtgeschwindigkeit
konnte Eggy jetzt stolz sein eigen nennen und war nun
reif für den größten Teilchenbeschleuniger der Welt:
den LHC (Large Hadron Collider).

Aber ganz so schnell (obwohl doch unvorstellbar
schnell) ging's nun doch nicht, denn zunächst musste
Eggy auf die Transferlinie TL8 gekickt werden. Dabei
handelt es sich um eine von zwei Transferlinien, die in
mehreren kilometerlangen Tunneln zum LHC führen.
Unsere treusorgenden Kickermagneten machten das
mit links, auch den Kick am Ende des Tunnels beim
Eingang in den 27 Kilometer langen Kreistunnel des
LHC.

„Guckt der Waschbär ziemlich bang, beutelt ihn der
Schleudergang!", grölten die mitfliegenden Protonen
im Chor!

Eggy schoss in seinem Strahlrohr in den LHC in Ge-
genuhrzeigerrichtung mit annähernder Lichtgeschwindigkeit ein. Das ist ne Menge Zeug! Sozusagen kein
Schluck aus der Pulle. Wichtig zu wissen, dass es ein
zweites Strahlrohr im LHC-Tunnel gibt, direkt neben
dem ersten, nur, dass in dem zweiten die Protonen in
entgegengesetzter Richtung rasten, um an bestimmten
Punkten und auch nur dann, wenn die richtigen Weichen gestellt wurden, mit den Protonen aus der anderen Richtung in einem der gigantischen Detektoren
zusammenzukrachen. Um es klar zu sagen: Würde
Eggy mit Teilchen der Gegenrichtung zusammenkra-
chen, wäre dies das Ende des Universums. Er sah
zwar aus wie ein Protonenpaket, war aber an Masse
fast unendlich viel größer als eine LHC-Füllung jemals sein durfte – zu groß also, um irgendetwas Exis-

tierendes heil zu lassen. Nur mit einem einzigen Kubikzentimeter Wasserstoffgas kann man den gesamten LHC 200.000mal auffüllen, das mag den Ernst der Lage verdeutlichen.

Einige Protonen kamen ursprünglich aus Irland – sie tanzten einen Stepptanz um Eggy herum, andere hielten sich an den Schultern und tanzten Syrtaki, klar, die kamen aus Griechenland.

Mit jedem Umlauf wurde Eggy schneller. Um Ihnen, sehr verehrte Leserinnen und Leser, eine kleine Vorstellung von seiner Endgeschwindigkeit, die er nach ca. 20 Minuten erreichte, zu vermitteln: 11.245mal pro Sekunde kam er an derselben Tunnelstelle vorbei und der ist, wie Sie schon wissen, 27 Kilometer lang. Das kann man getrost als schnell bezeichnen. Unser nun doch recht sackgesichtiger Eggy heizte also bei Erreichen der Endgeschwindigkeit mit 99,9999991% der Lichtgeschwindigkeit durch das nur 3,6 cm hohe Strahlrohr und das noch genau in dessen Mitte, in einem nur ca. 1,3 mm starken Protonenstrahl.

Auch bei Eggy trat nun der Effekt ein, den alle sicher mal gern erleben würden, oder auch nicht: Er sah sich selbst auf den Hinterkopf und musste feststellen, dass sein Glatzkopf von hinten auch nicht besser aussah als von vorne. 7 TeV[50] werden im LHC erreicht!

Würde unser ganz spezieller Freund nun so weiterheizen, bis die Physiker die Kicker aktivieren und die beiden Strahlen kollidieren lassen würden (mit 2 x 7 = 14 TeV), dann hieße es, wie vorhin schon gesagt, *Game Over*. Ist das das Ende unserer Abenteurer? Gibt es keine Rettung des Universums? – Eine spannende Frage!

---

[50] TeV bedeutet Teraelektronvolt.

Daher muss genau an dieser Stelle der Geschichte das eintreffen, was Pfnörgel mit den mitfliegenden Protonen besprochen hatte. Und so geschah es auch:

Die Protonen, die Eggy als neutrales Protonenpaket tarnten, hörten damit einfach auf – nicht schlagartig sondern *langsam* (was hier immer noch rasend schnell ist). Im Bruchteil einer Sekunde geschahen mehrere Dinge gleichzeitig, oder in so kurzer Abfolge, dass sie fast als gleichzeitig anzusehen waren:

Die Sensoren stellten fest, dass der Strahl außer Kontrolle geriet. Nach 2 bis 3 weiteren Umläufen[51] reagierten bereits die Kickermagneten an den Abzweigungen zu den so genannten Beam-Dumps[52] an Point 6 des LHC. Eggy raste auf ein Abstellgleis zu – genauer gesagt in eine Sackgasse, die den Strahl unschädlich macht, wenn der LHC abgeschaltet werden soll, oder wenn er außer Kontrolle zu geraten droht. Einen mit einem Protonisator protonisierten Eggy würde aber selbst der fetteste Beam-Dump der Welt (um selbigen handelte es sich hier) nicht aufhalten. Eggy würde völlig ungebremst durchrauschen wie ne Rakete und dabei alles in Schutt und Asche legen, was ihm begegnete. Nach kurzer Fahrt durch einen Tunnel mit Spezialmagneten, die den Strahl auffächern…

Stopp!!! An dieser Stelle müssen wir an der Zeit rumfummeln! Genauer gesagt nicht wir, sondern Gnörxi. Dieser belegte den gesamten LHC mit einem Zeitfeld,

---

[51] Das ist weniger als in einer Tausendstelsekunde.

[52] Beam-Dumps sind Betonblöcke mit einem ca. 8 Meter langen kupferummantelten Graphitkern, wo der aufgefächerte Strahl reinkrachen kann, ohne weiteren Schaden anzurichten. Die Dinger sind zusätzlich wassergekühlt. Das trifft aber nur auf eine normale LHC-Füllung mit Protonen oder Ionen zu, nicht auf so was Unnormales wie die Masse von Eggy! Die würde den Dumper gar nicht beachten und weiterrasend alles in Schutt und Asche legen – bis in die Tiefen des Weltalls.

welches ungefähr für 2 Stunden – länger konnte auch ein elfisches Zeitfeld diese gewaltigen Energien nicht halten – die Zeit in der Anlage fast anhalten würde. Eggy bewegte sich jetzt nur noch mit ca. 5 cm pro Sekunde auf den gewaltigen Dumper zu.

300 bis 400 Physiker und ca. 2.500 Ingenieure und Techniker arbeiten am CERN. Sie mussten evakuiert werden, denn auch ein Weltuntergang auf Probe war unter realen Bedingungen nicht gerade spaßig. Hier würde kein Sandkorn auf dem anderen bleiben!

Diese Aufgabe übernahm Serana. Sie versetzte mit einer gewaltigen Portion Elfenmagie, die der Elfenrat ihr zuleitete, alle Lebewesen auf dem riesigen Areal, überirdisch wie unterirdisch, für die Dauer von Gnörxis Zeitfelddeaktivierung nach Sitnalta, wo ihnen nichts geschehen konnte. Sie würden später zurückgeholt und sich an nichts erinnern können. Ihre gewohnte Umgebung würde nur einmal kurz aufflackern, aber das würde kaum jemand bemerken. Für alle würde es ein wundervoller Tag werden.

„Zeit, dass wir uns verdrücken!", piepste Gnörxi und ließ sich von Serana zusammen mit Pfnörgel, der es nicht hatte lassen können, die H_2-Flasche mitgehen zu lassen, um seine Freunde, die Wasserstoffmoleküle zu befreien, durch das provisorische Elfentor aus dem Abstellraum zum Fuße des Jura-Gebirges beamen.

Sie begannen den beschwerlichen Aufstieg, um einen Logenplatz für den großen Showdown dieser Geschichte zu erklimmen. Na, den Rest kennen Sie ja bereits… bis hierher:

Wieder zurück in der Gegenwart:

Gnörxi hatte mit dem Knopfdruck alles wieder rückgängig gemacht – alles bis auf eine bedeutsame Kleinigkeit: Das Zeitfeld wirkte nur innerhalb der Erdatmosphäre. Die Konsequenz daraus war eindeutig: Eggy war weg!

Gnörxi rieb sich die Pfoten und legte die leere Gasflasche mit dem Druckminderer voran talabwärts hin und rief Pfnörgel zu: „Komm, steig auf! Wir haben jetzt einen schönen langen Erholungsurlaub auf Terramaris verdient. Serana hat im Tal ein temporäres Elfentor geschaltet – es verschwindet, sobald wir durch sind! Also los, ab geht's!"
Sie stiegen auf die Gasflasche, gaben ihr einen Schubs und schon begann eine rasante Talfahrt durch die verschneiten Wälder den steilen Berghang hinab. Nur mit Mühe konnten sie manchmal durch Gewichtsverlagerung die Kollision mit einem Baum oder einem Felsen vermeiden. Mit einem Wahnsinnstempo rasten sie kurz vor der Talsohle durch das aufflackernde Elfentor und rutschten, auf der Gasflasche sitzend und laut Siegeslieder grölend, über den Sandstrand, auf dem das Tor auf der Seite von Terramaris stand, direkt in das angenehm warme Wasser des Oro-Sees.

Mit einem solchen explosionsartigen Erscheinen unserer Helden am Strand des Oro-Sees hatte das Empfangskomitee aus Elfen, Feen, Kobolden, Wasser-, Erd- und Nebelgeistern und was sonst noch alles Terramaris bevölkerte, nicht gerechnet. Gnörxi und Pfnörgel ließen sich von der langsam abbremsenden Gasflasche ins Wasser fallen und räkelten sich im kristallklaren, warmen Nass.

„Bucheckernschnaps für alle!", piepste Gnörxi schrill und gluckste vergnügt in Richtung Strand: „Wer heizt die Brühe hier eigentlich jetzt – Eggy is ja nun mal wech nech?!", gefolgt von einem irren Lachanfall. Aber niemand am Strand sagte ein Wort, kein Jubel, kein eigentlich so grundlegend gerechtfertigter Beifall für unsere Helden. – Irgendetwas stimmte hier absolut nicht, dachte Gnörxi, und dann sah er, was es war:

Auf einem Steg, an dem ein Heißwasserrohr aus dem vulkanischen Berginnern den See temperierend speiste, stand Eggy und drehte an den Wasserhähnen, wie es sein Job war. „Ist das Wasser so angenehm, Sir Gnörxi und seine Erhabenheit, der Herr Elementarteilchenversteher?", fragte er mit ängstlicher, geradezu devoter Stimme.

Gnörxi gefror das Grinsen auf dem Gesicht zu einer verzerrten Grimasse, dann verlor er das Bewusstsein und musste von Pfnörgel und Fideline, Gnörxis spitzohriger Elfenhörnchenfreundin, ans Ufer getragen und wiederbelebt werden. Danach betranken sich Gnörxi und Pfnörgel tierisch.

Was war geschehen? Warum war Eggy wieder da? Na ja, das schwarze Loch, das durch ihn selbst im Weltall erzeugt wurde, wollte ihn einfach nicht bleibend einsaugen, denn wer mag Eggy schon? Es spuckte ihn in Form von Hawking-Strahlung einfach wieder aus, und zwar mitten in den Kerker von Terramaris.

Zuvor hatte es in einem Wellblechcontainer bei Hannover Begeisterungsschreie gegeben, weil auf einer Photodiode ein Signal eintraf. Ein Signal, erzeugt von einem ganz besonderen Infrarot-Laser, das bereits jahrelang so sehnsüchtig erwartet wurde. Die Frage war nur: War das Signal echt, oder war es ein Artefakt? Überprüfungen ergaben schnell: Es war echt!

Ort des Geschehens war der Gravitationswellendetektor GEO600, ein hochtechnisiertes Hörgerät für Gravitationswellen – Beben in der Raumzeit. Was das genauer ist, sollte am besten Einstein erklären[53]. Nur so viel: Gravitationswellen werden von supermassereichen Körpern erzeugt, die sich schnell bewegen.

Und solch ein Körper war vor kurzem durchs Weltall katapultiert worden. Allerdings handelte es sich nicht um ein interstellares Objekt, wie beispielsweise einen Neutronenstern oder etwa ähnlich Schönes, sondern um einen wirklich fetten Elf, der auf den Namen Eggy hörte.

Und wenn der beschleunigt wird, und das auch noch auf nahezu Lichtgeschwindigkeit, dann sind wirklich

---

[53] Es gibt ja dieses komische Internetz, das dafür glaube ich ganz brauchbar ist. ☺

Massen in Bewegung. Die Gravitationswelle von diesem Ereignis stellte wirklich alle bisherigen Messungen in den Schatten. „Solch ein heftiges und klares Signal hatten wir noch nie", war der erste Kommentar des diensthabenden Wissenschaftlers, der fasziniert auf die Kontrollmonitore des GEO600 schaute. So brachte Eggys Beschleunigung der irdischen Wissenschaft auch noch einen ganz besonderen Durchbruch – die erste Gravitationswelle, die gemessen werden konnte!

Zu guter Letzt gab es doch noch ein rauschendes Fest zu Ehren unserer beiden Helden. Die kleine leere rote H_2-Gasflasche kam ins elfische Museum, welches daraufhin zum Wallfahrtsort für alle Elementarteilchenversteher wurde. Pfnörgel, als ihr leuchtendes Vorbild, musste sich Autogrammkarten drucken lassen, auf denen er zwar heftig schielte, die aber wie Heiligenbildchen verehrt und gehandelt wurden.

Als Gnörxi und Pfnörgel wenig später in Amöbius Brackwaters Kneipe, dem *Dimensionsloch* sturzstrulle den Rest einer Bucheckernschnapsflasche leerten, fragte Gnörxi mit kaum noch vom Gehirn gesteuerter Zunge: „Sachma Pfnörgeli, wie isses eignlich dasoh wodduh heakomms in ähhh in Sitnalta? – higgs…" Pfnörgel, der so heftig schielte, dass seine Pupillen fast in den Augenwinkeln verschwanden, lallte kichernd: „Gansgutsowweiht… abbaa man geht da immaa so schnell unter!" Nach drei Sekunden (so lange dauerte es, bis bei Gnörxi der Groschen fiel – für seinen Zustand war das rasend schnell)[54] brüllten beide los vor Lachen und kippten mit ihren Barhockern hinten rüber.

Der Tag danach sollte schrecklich werden, gegen die Folgen von zu viel Bucheckernschnaps half eben auch keine Elfenmagie.

Gotthilf Donnermayer im großen Kontrollzentrum war bester Laune. Er trällerte immer noch seinen Ohrwurm, die kleine irische Melodie. Die Protonen liefen heute wieder wie geschmiert in den Beschleunigern. Das kurze Flackern seiner gesamten Umgebung hatte er gar nicht mitbekommen. Es war ein wundervoller Tag! In einer Stunde hatte Donny, so nannten ihn seine Kollegen, Feierabend. Endlich würde er sich mit der netten, jungen Physikerin vom CMS-Detektor treffen, die ihn schon so lange anhimmelte. Sie hatte ihm vorgeworfen, dass er nur seinen Beschleuniger lieben würde. Sie hatte ihm sogar einen Song aufgenommen und ins Internet gestellt:

http://www.youtube.com/watch?v=A1L2xODZSI4

Donny fühlte sich seltsam beschwingt, ja, er hatte Schmetterlinge im Bauch, und das nach so vielen Jahren. Die kleine Textzeile in seinem Nachrichtenfenster

---

[54] Ich habe einen Moment überlegt, ob ich diese Fußnote schreiben soll, fand es dann aber doch fair. Also eine kleine Hilfe: sitnaltA *grinz*.

auf dem Monitor hatte Donny ebenfalls nicht bemerkt – die hatte Pfnörgel für alle hinterlassen:

```
+++!atlantiZ+++sua+++eßürG+++etseB+++
```

Dass Lisa, die nette Physikerin vom CMS-Detektor, ihre Tätowierung eines schmucken Atommodells seit wenigen Minuten auf der anderen Schulter trug, fiel Donny natürlich nicht auf. Wie gesagt, es war ein wundervoller Tag!

Oben auf dem nun wieder sehr einsamen Berghang im Jura-Gebirge der Menschenwelt fielen die Schneeflocken wie kleine Wattebäuschchen auf eine friedvolle Welt der Stille. Und doch schienen sie bei der Berührung mit den Zweigen und Ästen der Bäume leise und geheimnisvoll zu wispern. Dort, wo der Winterwind die Flocken vor sich herwirbelte und zu Schneewehen auftürmte, war das Wispern eindringlicher, drängender, aufgeregter. Nur ein geübtes Auge hätte sie bemerkt, die kleinen goldenen, blauen und grünen Funken, die sich zwischen den Schneeflocken tummelten und sich mit ihnen über all das, was kommen würde, unterhielten.

Eine leise, aber doch große und machtvolle Musik, getragen vom Gesang einer kristallklaren Stimme, wehte sanft hoch oben über den Bäumen und sang von so geheimnisvollen Dingen wie dem Licht der Sterne, das Farben auf die Herzen malt und von Orten, an denen Zeit nicht einmal ein Wort ist.

Versuche es zu hören,
das Lied deines Lebens,
es ist nur dein Lied allein!
Wir glauben immer genug Zeit
zur Veränderung zu haben,
das ist aber nicht richtig!

Anmerkung: Keine Sorge, Menschen, gemeingefährliche Elfen, Eichhörn-
chen und Elementarteilchenversteher können nicht in einem Teilchenbe-
schleuniger beschleunigt werden (den Blödsinn haben wir uns nur ausge-
dacht) – auch die Teilchen vom Bäcker nicht! Mit einer Bewegungsenergie
von 250 Milliarden Elektronvolt hätte beispielsweise ein Mensch mit 70
Kilo Masse gerade mal eine Geschwindigkeit von 12 Zentimetern pro
Stunde! Fast Lichtgeschwindigkeit erreichen hier nur kleinste Teilchen wie
beispielsweise Protonen oder Ionen.
Auch Bucheckernschnaps gibt es nicht! Den Blödsinn haben wir uns auch
nur ausgedacht. Und versuchen Sie bitte nicht, aus Bucheckern Schnaps zu
machen ;-).

Vorwort zu
Siamsarah und der Zeitkristall

Eigentlich sollte spätestens nach der siebten Siamsarah-Geschichte *Hydrogen und Einstein* Schluss sein. Aber nun schraube ich gerade an der achten Siamsarah-Geschichte rum. Tja, so kann's gehen! Manchmal kann man eben einfach nicht aufhören, obwohl ich schon viele Ideen für andere Buchprojekte habe. Irgendwann mag man seine Protagonisten so, dass man sie einfach nicht im See des Vergessens versenken möchte. Was werden sie wohl tun, wenn die letzte Geschichte geschrieben ist?

Gnörxi wird wahrscheinlich ein ruhiges Leben mit seiner Freundin Fideline und Bucheckernschnaps in der Hängematte hoch oben in einer Sternenkiefer bevorzugen und aus purer Bequemlichkeit keine Nachkommen zeugen.

Pfnörgel wird Autogrammkarten verteilen, die wie Heiligenbildchen auf dem Schwarzmarkt gehandelt werden, sich von seinen Fans lobpreisen und Rauchopfer bringen lassen und nie wieder arbeiten. Das hat er dann auch nicht mehr nötig, weil er dank der Fähigkeiten seines alten Kampfesgefährten Gnörxi (mit dem er sich einmal im Monat in einer elfischen Kneipe fürchterlich die Kante gibt), die Zeit zu beeinflussen, mit Insider-Aktiengeschäften und einer genialen Erfindung Kohle ohne Ende macht. Eggy wird endlich ein berühmter und gefeierter Dirigent im Elfenreich und Siamsarah wird irgendwann mit einem netten echten Elfen oder Marana glücklich und kündigt ihren Job als *Elfe der Morgendämmerung*, weil sie den Kaffee mit dem Flötenspielen echt auf hat. Und Deffy wird wahrscheinlich eine Selbsthilfegruppe für gepeinigte sitnaltische Winzhühner gründen. Richtig so! Ich würde mich jedenfalls sofort für die armen Winzhühner einsetzen. Sie sicher auch, wenn Sie die Hintergründe näher kennen.

In den nachfolgenden Geschichten bestimme ich jedenfalls noch, wo's langgeht!

Erstmalig wird die Insel Terramaris, die schon in vielen Geschichten ein Nebenschauplatz war, zum Hauptort der Handlung.

Es hat viel Spaß gemacht, die Insel Terramaris zu erschaffen, sie zu beschreiben, zu zeichnen, ihr einen Namen und eine Form zu geben, sie mit Elfen und anderen merkwürdigen Wesen zu bevölkern, aus ihr im Westteil eine Urlaubsinsel für Elfen und in der Osthälfte einen Elfenstützpunkt zu machen.

Ich habe die Insel in den Strom der Zeit eingebettet, der sie aber unberührt umfließt, denn niemand altert auf Terramaris. Allerdings bekommt auch niemand dort ein Dauerwohnrecht, sondern nur ein Visum mit einer Gültigkeit von maximal sechs Wochen pro Jahr, danach wird er durch ein Elfentor quasi abgeschoben und muss sich dem Strom der Zeit wieder unterwerfen. Das Witzige daran: Bei der Rückkehr in die jeweils eigene Welt des Reisenden ist dort keine einzige Sekunde vergangen. Der sechswöchige Urlaub fällt also niemandem auf – eine äußerst reizvolle Sache, finde ich. Ich schöpfe das Visum natürlich jedes Jahr voll aus – als Autor darf ich das. Und niemand wird es je bemerken – vielleicht reise ich ja mitten in einer Lesung in der Pause durch ein temporäres Elfentor auf dem Klo ab und komme ohne Zeitverlust wieder dort an, erholt und bester Laune.

Siamsarah und der Zeitkristall

Die Insel Terramaris war einzigartig. Sie war eine perfekte Symbiose aus Wasser, Erde, Feuer und Wind. Nirgendwo hatte es jemals etwas Vergleichbares gegeben.

Das Meer um die Insel herum war recht flach und von atemberaubender Klarheit und Farbe – der Farbe des Himmels über Terramaris. Das flache Wasser war angenehm warm, also ideal für Elfenwesen, denn Elfen vertragen keine Kälte. Hunderttausende bunter Leuchtfische, Meergeister, Baumfeen und doch etwas nymphomanische Wassernymphen tummelten sich darin. Ein stetiger Wind bewegte die Wasseroberfläche sanft und verlieh der Küste mit ihren Sandbuchten und Steilhängen eine ruhige, friedvolle Atmosphäre. Aber nicht nur die Insel war in dieses Meer eingebettet, sondern auch das Meer war in etwas eingebettet – in den Strom der Zeit, der die Insel unangetastet ließ, allerdings auch verhinderte, dass jemand dieses Meer außer in Richtung Insel verlassen konnte. Ein paar Meilen Richtung Horizont endete das kleine Universum, in dem Terramaris eine Sonderstellung einnahm: Dort alterte niemand für die Dauer seines Aufenthaltes. Betreten und verlassen konnten Besucher die Insel nur über Elfentore. Davon gab es insgesamt drei: Ein grünes führte in die Menschenwelt, ein rotes direkt ins Elfenreich und ein blaues in den geheimnisvollen *Raum der Welten*, der nur für Siamsarah, die *Elfe der Morgendämmerung,* zugänglich war.

Wieder war ein Jahr vergangen. Es war Anfang Oktober und der Herbst war in diesem Jahr früh gekommen. Es war die Zeit, in der die Krähen an nebligen Tagen in Schwärmen krächzend um den Kirchturm unseres kleinen verschnarchten Dorfes flatterten und der Wind bereits seine großen Brüder, die Herbststürme ankündigte.

Am 23. September, am Tage, oder besser gesagt in der Nacht der *Herbst-Tagundnachtgleiche* durfte ich wieder zusammen mit Siamsarah die magischen Elfenflöten spielen, denn es war die *Nacht der Elfe der Morgendämmerung*. Alles ging diesmal erstaunlich glatt und kein Eggy versuchte unsere Pläne zu durchkreuzen. Es war eine sternklare Nacht gewesen, und es war wie immer ein besonderes Erlebnis, Siamsarah zu begegnen, die immer hübscher und irgendwie auch weiser wurde. So langsam bekam sie Berufserfahrung, denn immerhin befand sie sich nun in ihrem achten Dienstjahr als *Elfe der Morgendämmerung*.

Ach, diese wundervolle Ruhe! Diese Momente absoluten Wohlbefindens! Er war endlich vorbei, der Sommer! Nicht dass ich diese Jahreszeit und das schöne Wetter nicht mag, aber nach einem Sommer im Neubaugebiet genießt man die schnell dunkler werdende Jahreszeit in vollen Zügen. Endlich kein Partylärm und Grillgestank mehr, wenn die Leute gerade wieder ihren Grill auf Krematoriumsmodus geschaltet hatten und so das ganze Wohngebiet mit giftigen Dämpfen und Rauch von kiloweise eingeäscherter *Brattwuast* verseuchten. Keine Kettensägen-orgien mehr, kein Baulärm, keine kläffenden Hunde. Der *Gemeine Handwerk* hatte sein schauriges Treiben nach innerhalb der Häuser verlegt – da hörte man es zum Glück nicht mehr so laut. Keine albernen Handy-klingeltöne, die einfach nur peinlich sind! Kein Ra-senmähen mehr! Nur noch den Pilzen im Rasen beim Wachsen zusehen! Einfach nur wundervolle Stille.

Draußen plätscherte ein kalter, gleichmäßiger Dauer-regen auf das Dach, die Terrasse und den Rasen – eine wundervolle Musik, ein leises, beruhigendes Flüstern.

Die armen Kaninchen in den obligatorischen standar-disierten Karnickelställen, die in vielen Gärten zur Bespaßung der Kinder bereitgehalten wurden, hatten endlich ihre Ruhe und blickten meditierend in den Regen hinaus.

Es war schon recht kalt draußen, und drinnen unter der muckelig warmen Kuscheldecke auf dem Sofa genoss ich die Ruhe und den Frieden des Augenblicks bei einer Tasse Tee. So würde es nun bleiben bis un-gefähr März nächsten Jahres. Die Nacht hatte wieder die Regierung übernommen. Die Nacht war schon länger als der Tag und würde noch deutlich länger werden. Da ich keine Lichtmangeldepressionen ken-ne, ist dies die schönste und erholsamste Jahreszeit.

Ich hatte aber noch mehr Grund zur Freude, genauer gesagt zur Vorfreude, denn in zwei Stunden würde ich mal wieder sagen: „Ich bin dann mal wech, nech!" Und keiner würde es merken, denn in dieser Welt wäre ich nicht mal den Bruchteil einer Sekunde weg. Ich würde aber auf Terramaris sechs wundervolle Wochen verleben – meinen Jahresurlaub im Nie-mandsland zwischen den Welten. Ich würde viele gute Freunde wiedersehen, Gnörxi, Fideline, Pfnörgel,

Serana, Siamsarah und wohl auch Eggy, der allerdings nicht gerade zu meinen Freunden zählte. Dass ich noch einem anderen Wesen namens Deffy begegnen würde, konnte ich noch nicht ahnen. Pfnörgel hatte mir am Tag vorher in einer E-Mail eine geheimnisvolle Andeutung gemacht: Es würde nicht nur ein Urlaub, denn der Elfenrat würde auf Terramaris zusammenkommen und ich sei ein Punkt auf der Tagesordnung. Einzelheiten wollte er mir noch nicht verraten – Elementarteilchenversteher waren manchmal ganz schöne Geheimniskrämer. Ich konnte froh sein, dass Pfnörgel kein sitnaltischer Drache war, denn die waren meist auch noch echte Klugscheißer!

Ich brauchte keine Koffer zu packen für diese Reise. Alles, was ich dort brauchen würde, bekam ich dort von den Elfen geliehen. Außer der Kleidung, die man beim Übersetzen nach Terramaris trug, durfte man nichts mitbringen und bei der Rückkehr auch nichts aus der Elfenwelt mitnehmen, außer, man bekam es ausdrücklich von den Elfen geschenkt.

Serana wollte in dieser Nacht für mich ein temporäres Elfentor schalten – mitten auf dem Rasen. Es würde erst sichtbar, wenn ich in seine Nähe kam und nach dem Durchgang, na ja genauer gesagt den Durchgängen sofort wieder verschwinden, denn für einen Beobachter würde es so aussehen, als ob ich hineinginge und sofort wieder herauskäme.

Ich setzte mich an den Rechner und tippte die geheime URL ins Adressfeld meines Internet-Browsers. Eine Sternenkarte öffnete sich, auf der ein Stern des

Kleinen Wagens[55] ganz in der Nähe des Polarsterns intensiv grün leuchtete. Das Tor war also schon geschaltet. Ich las die Informationszeile auf dem Bildschirm:

PORTAL-STATUS: GRÜN
TRANSFERLINIE: T54
TEMPORÄRE STABILITÄT: 00:30:00

Die Elfen hatten Sinn für Humor! Sie hatten mir eine eigene Transferlinie geschaltet: die T54. Die war wohl noch frei bei der **B**ehörde für **E**lfische **A**uswärtige **M**obilität, kurz BEAM. Die 54 war mein Geburtsjahr. Das Ganze funktionierte in etwa so wie in der Menschenwelt die E-Mails. Auch wenn man seinem Nachbarn eine E-Mail schicken wollte, ging das Teil möglicherweise ein paar Mal um den Erdball, bis es, oft in Sekundenschnelle, im Nachbarhaus ankam. Das Reisen durch Elfentore funktionierte ähnlich. Um zum Beispiel auf Terramaris rauszukommen, rauschte der Reisende ohne Zeitverlust manchmal durchs halbe Universum, um dann am Zielort anzukommen, der möglicherweise räumlich nur einen Meter entfernt war, sich aber in einer Parallelwelt befand. Ich rauschte in diesem Fall über den Verteilerknoten im Sternbild des kleinen Wagens, *Zeta UMi* direkt in die unter Wasser gelegene Torkuppel der Insel Terramaris. Ja, ich weiß schon, Zeta UMi gibt's offiziell gar nicht, genau wie Bielefeld – stimmt. Der Reisende spürte nur ein Kribbeln.

---

[55] Es handelte sich um den Stern *Zeta UMi*. Das ist der Stern, wo die Zugstange, also die Deichsel an den Kasten des *Kleinen Wagens* sternbildmäßig angekoppelt ist.

Es war etwas Eile geboten, denn die temporäre Stabilität des Tores betrug nur noch 30 Minuten – in der Zeit musste ich also durch sein. Ich löschte sorgfältig alle Daten im Browser mit dem elfischen „Eraser", der selbst eine Wiederherstellung der Daten mittels Hardware unmöglich macht. Das Haus brauchte ich nicht abzuschließen, denn ich würde es nur für knapp eine Minute nach hiesiger Zeitrechnung verlassen. Ich ging einfach so wie ich war, in Pantoffeln, in den Garten, lief kurz den Rasen ab, um zu sehen, wo das Tor stand – es war nie genau an derselben Stelle. Es leuchtete grell grün auf, als ich mich ihm näherte. Ich ging ohne zu zögern hindurch.

Die Form der Insel war schon bemerkenswert. Sie glich ein wenig der Form eines auf dem Bauch schwimmenden Seepferdchens mit einem großen runden Kopf, ohne die typische trompetenförmige Ausbuchtung. So bestand der gesamte Westen der Insel aus einer zerklüfteten, aber in sich annähernd runden Landmasse mit sanften Hügeln und den beiden Süßwasserseen *Oro* und *Uro*.

Der *Oro-See* besaß eine zentrale Halbinsel, auf der sich das Feriendorf *Lisani* befand. Südwestlich lag der *Uro-See* mit seinen vier kleinen sandbedeckten Inseln. Zwischen beiden Seen lag die kleine Siedlung *Lisan*. Beide Seen waren durch natürliche unterirdische Röhren miteinander verbunden.

An der Westküste gab es einen natürlichen Kanal vom Meer ins Landesinnere. Dort ergoss er sich in einen vulkanischen Mehrweg-Geysir. Ein ausgeklügeltes Tunnelsystem machte diesen Geysir zu einer funktionierenden Meereswasserentsalzungsanlage.

Hinter dem Geysir floss das entsalzte und erwärmte Wasser in den *Oro-See*. An dessen östlichem Ende führte ein von Elfen geschaffener Kanal zum Meer. Eine Schleuse aus weißem Marmor sorgte dafür, dass sich das Meerwasser nicht mit dem Süßwasser des *Oro-Sees* mischen konnte.

Den gesamten Westteil der Insel nannten die Elfen *Terralis 1*. Im Norden von *Terralis 1* schloss sich eine schmale Landzunge in Richtung Osten an: *Terralis 2*. Die Grenze zu *Terralis 3* bildete der kurze Nord-Süd-Kanal an der schmalsten Stelle der Insel. Eine große, prächtige Holzbrücke überspannte den Kanal, der im Norden in die Meeresbucht *Ure* mündete und den Fischern erlaubte, schnell vom Nordmeer zum Südmeer zu gelangen, ohne dabei die halbe Insel umfahren zu müssen.

Direkt hinter dem Kanal, also schon auf dem Gebiet von *Terralis 3,* lag das kleine Dörfchen *Lisana* in einem kleinen schattigen Sternenkiefernwäldchen.

Der Ostteil von Terramaris hatte eine gewisse Ähnlichkeit mit dem Westteil. Dominiert wurde der Ostteil von einer großen Meeresbucht mit einem engen Ausgang zum Südmeer und dem etwas westlich davon gelegenen *Toro-See*, einem Süßwassersee, der von ein paar Bächen und unterirdischen warmen Quellen gespeist wurde. Im Süden des Ostteils von Terramaris lag die Gegend *Terralis 4*.

Der *Toro-See* barg ein Geheimnis. Er besaß genau wie der *Oro-See* eine Halbinsel, nur viel kleiner. An der Spitze der Halbinsel, die sich in der Seemitte befand, führte ein großer runder Schacht tief in die Erde hinein.

Steintreppen mit kunstvollen Metallgeländern wanden sich an dessen Innenseite fast zweihundert Meter in die Tiefe. Auch ein zentraler Aufzug mit einer filigran verzierten Messinggondel brachte die Elfen, die hier arbeiteten, auf den Grund des Schachtes hinab. Von dort führte ein geräumiger Tunnel, der gleichzeitig als Luftkanal diente, in eine gewaltige Höhle, die unter dem Grund des Südmeeres lag.

Inidor wurde diese gigantische Höhle genannt; in ihr war der Elfenstützpunkt untergebracht. Es war eine kleine unterirdische Stadt, deren Himmel eine Felsdecke in ungefähr achtzig Metern Höhe war, von der große Kristalle tagsüber ein helles bernsteinfarbenes Licht verstrahlten und nachts ein blaues gedämpftes Licht.

Von einem Nebenarm der Höhle ausgehend führte ein schnurgerader Tunnel durch den Felsen unter dem Südmeer. Nach tausend Metern mündete der Tunnel in einen Schacht, über dem sich weiter oben eine gläserne Unterwasserkuppel spannte. Eine Wendeltreppe und ein Aufzug führten hinauf in die sechzig Meter durchmessende Kuppel, von der aus man eine faszinierende Aussicht über den Meeresgrund hatte. Hier in der Mitte der Kuppel standen die drei stationären Elfentore. Bewacht werden mussten sie hier nicht – niemand, der nicht autorisiert war, konnte sie benutzen. Unten ging der Tunnel in westlicher Richtung noch weitere eintausend Meter weiter zu einem Aufzug, der auf eine Plattform im Meer direkt vor einer dem Westteil von Terramaris vorgelagerten Insel hinaufführte. Von hier aus gingen Brücken zur ersten und zweiten der kleinen Inseln und weiter hinüber zum

Westteil von Terramaris. So war der Tunnel eine direkte und schnelle Verbindung vom Ostteil von Terramaris und *Inidor* zum Westteil. Im Tunnel standen den Elfen transparente Transportkugeln zur Verfügung, mit denen sie die Entfernung von West nach Ost und umgekehrt in wenigen Sekunden überwinden konnten. Alle Verbindungsbrücken hatten die Elfen nach alter Tradition exakt in Nord-Süd- bzw. Ost-West-Richtung errichtet.

Terramaris war ein kleines Paradies, einzigartig und trotz eines so genannten Elfenstützpunktes friedlich.

Von diesem Stützpunkt aus wurden die Einsätze in die Menschenwelt geplant und durchgeführt. Ja, das war dringend notwendig, denn die Menschen verzapften eine Menge Blödsinn, und wenigstens die schlimmsten Verirrungen mussten nötigenfalls korrigiert werden, denn mit der Menschenwelt war das Elfenreich auf geheimnisvolle Weise verbunden. Die Elfen taten das alles also nicht ohne Eigennutz.

Ich trat in der großen durchsichtigen Unterwasserkuppel aus dem grün schimmernden Elfentor. Auch auf Terramaris war es gerade Nacht und das Mondlicht verzauberte die schlafende Unterwasserwelt mit einem sanft glitzernden silber-bläulichen Lichtspiel. Bei Nacht war ich bisher noch nie hier angekommen, und ich brauchte eine Minute, um dieses wundervolle Bild in mir aufzunehmen. Wie wunderschön es hier doch war, und wie schade, dass ich nur sechs Wochen bleiben durfte. Aber sofort korrigierte ich meine Gedanken: Wie gut, dass ich hier sechs lange Wochen zu Gast sein durfte.

Obwohl sie schon die ganze Zeit da war, bemerkte ich sie erst jetzt wirklich: Eine kleine, traurig anmutende, aber trotzdem wunderschöne kleine Flötenmelodie, die eigentlich nur aus zwei Tönen bestand und trotzdem so farbig war, als wären es unzählige Töne. Sie kam aus der Nähe der Glaswand mir gegenüber, vor der bequem gepolsterte Sitzbänke montiert waren, von denen man die wundervolle Unterwasserwelt in Ruhe beobachten konnte. Als ich langsam um eine der Sitzbänke herumging, sah ich ein mir wohl bekanntes, aber trotzdem seltsames Wesen. Es war einem kenianischen Löffelhund aus der Menschenwelt nicht unähnlich, nur hatte es viel spitzere Ohren, schielte von Natur aus und konnte aufrecht gehen. Außerdem verstand und sprach es alle Sprachen sämtlicher Parallelwelten, ohne sie jemals gelernt zu haben. Ich setzte mich zu ihm, wartete bis es sein Flötenspiel beendet hatte und begrüßte es herzlich mit den Worten: „Ich freue mich aufrichtig, Euch zu sehen, Meister Pfnörgel. Ihr seht nachdenklich aus."

Er lächelte und sagte: „Ja, das bin ich, seltsames Menschenwesen, aber ich freue mich genauso aufrichtig, dich zu sehen! Ich bin hergekommen, um dich zu begrüßen und um mit dir zu reden. Aber lass uns noch einen Moment schweigen."

Wir saßen schweigend nebeneinander und sahen durch das Glas in die nächtliche Unterwasserwelt. Eine wunderschöne Wassernymphe mit langen kobaltblauen Haaren schwebte nur einen Meter von der Glaswand entfernt im Wasser und schlief. Ihre Schönheit ließ mich an Siamsarah denken.

„Sie ist durch mein Flötenspiel eingeschlafen", sagte Pfnörgel etwas betreten, deutete auf die Wassernymphe und schwieg wieder. Pfnörgel war ein begnadeter Meister im Spiel auf der sitnaltischen Einlochflöte. Diese Flöte konnte man auch durch die Glaswand einige hundert Meter im Meer hören – es war eine magische Flöte. Ja, die Parallelwelt sitnaltA war Pfnörgels Heimat – die Heimat aller Elementarteilchenversteher, und wenn Pfnörgel hier auf Terramaris weilte, war er meist dienstlich hier. Elementarteilchenversteher konnten sich mit Elementarteilchen, den kleinsten Bausteinen der Materie, verständigen und die Gedanken eines anderen Wesens lesen, wenn dieses dazu sein Einverständnis gab. Die mentale Anfrage diesbezüglich beantwortete ich wortlos mit „ja" und Pfnörgel sagte leise: „Ja, sie schläft gerade genauso und ja, sie freut sich sehr auf dich, seltsames Menschenwesen. Und noch etwas musst du wissen: Siamsarah schläft nicht nur in dieser Nacht, sie schläft bereits drei Tage und drei Nächte so tief, wie niemals zuvor eine *Elfe der Morgendämmerung* geschlafen hat."

Unruhe stieg in mir auf. Pfnörgel sandte mir eine beruhigende Gedankenwelle und sagte leise mit wohlklingender Stimme: „Keine Angst, sie ist nicht mehr in Lebensgefahr und diesmal ist es auch nicht Eggy, der ihr etwas getan hat. Niemand hat ihr etwas getan, oder wollte ihr etwas Böses. Nein, sie hat etwas geschenkt bekommen, das sie beinahe nicht verkraftet hätte."

Pfnörgel machte eine lange Pause und sah versonnen in die Weite des Meeres hinaus. Er spielte die zwei Töne seiner Flöte kurz in einer so ergreifenden Art, dass mir unweigerlich die Tränen kamen.

„Selbst ich kann nur mit großer Mühe in Siamsarahs Träume hinabsteigen, um Kontakt mit ihr aufzunehmen", sagte Pfnörgel und sah mich aus seinen klugen dunklen Knopfaugen an. Er fuhr fort: „Serana hat Siamsarah von einem Elfenzauberer in diesen tiefen Heilschlaf versetzen lassen, sonst hätte Siamsarah nicht überlebt. Es geschah kurz nachdem ihr zusammen in der *Nacht der Elfe der Morgendämmerung* die magischen Flöten gespielt habt. Danach ist es Tradition, dass Siamsarah nochmals in den *Raum der Welten* geht, um mit dem Universum in Verbindung zu treten und für die *Große Musik der Sterne und Planeten* zu danken. Dabei ist es dann passiert. Der *Große Geist,* der alles beseelt, hat befunden, dass die Elfen – ja und auch die Menschen die Möglichkeit bekommen sollten, zumindest etwas mehr über *all das was ist* zu erfahren, und übergab unserer darauf nicht vorbereiteten Siamsarah dieses Wissen in einer Woge goldenen Lichts. Wir fanden sie hier unten in der Torkuppel, tränenüberströmt und kaum noch am Leben, vor dem blauen Tor liegend. Sie leuchtete aus sich selbst heraus in einem goldenen Licht, das erst langsam verblasste. Nur Serana wusste, was zu tun war und leitete den rettenden Zauber ein. Aber beruhige dich, seltsames Menschenwesen, es geht ihr da, wo sie jetzt ist, sehr gut – ihre Seele wird wieder ganz heil, auch ihr Körper, und sie hat einen Wunsch, den sie mir, als ich sie tief unten in ihrem Traum besuchte, verraten hat: Sie möchte aus dieser unendlichen Tiefe nur von dir geweckt werden, seltsames Menschenwesen. Der Zauber, der euch beide verbindet, ist sehr mächtig. Niemand anderem als dir würde es gelingen, sie wieder an die Oberfläche des Lebens zu holen."

Als Pfnörgel geendet hatte, saßen wir noch lange stumm nebeneinander und sahen in die stille Unterwasserwelt des terramarischen Südmeeres hinaus. Ich war seltsam berührt von dem Wunsch Siamsarahs und spürte wieder die große Zuneigung, die Siamsarah und mich verband.

Die schöne Wassernymphe erwachte vor der dicken Glaswand, streckte sich und winkte uns freundlich zu. Sie schwamm näher an die Glaswand heran und sah mich sehr lange forschend aber lächelnd an – ich wusste zu dem Zeitpunkt noch nicht, dass es sich um Marana, Siamsarahs beste Freundin, handelte. Anmutig schwamm sie einem langsam heller werdenden Licht entgegen – dem Licht der aufgehenden Sonne, deren noch rötliche Strahlen sich im Wasser brachen.

Nach Erholungsurlaub sah das nun alles nicht mehr wirklich aus, aber das war mir egal. Ich sorgte mich zutiefst um Siamsarah, obwohl Pfnörgel mich ständig versuchte zu beruhigen. Er hatte mir für Terramaris angemessene Kleidung besorgen lassen und wir erreichten die streng bewachte Krankenstation des Stützpunktes. Serana empfing uns sehr herzlich und auch sie wirkte sehr beruhigend und zuversichtlich auf mich ein. Pfnörgel war im Moment nicht an einem, na sagen wir mal Scharmützel mit Serana interessiert, dafür war die Situation zu ernst.

Serana führte mich in eine runde kleine Höhle, die aus einem riesigen Kristall gehauen war. Dieser Kristall leuchtete golden und in der Mitte lag Siamsarah auf einem Kristalltisch in einem weißen Gewand aus dickem wärmendem Stoff[56]. Serana lächelte und sagte nur: „Du kannst nichts falsch machen, seltsames Menschenwesen – hol sie zurück in diese Welt!" Dann ließ sie mich mit Siamsarah allein.

Siamsarah war wunderschön. Ihr ebenmäßiges Gesicht hatte etwas, was nicht von dieser Welt war, als hätte sie *ETWAS* angeblickt und ihr eine überirdische Schönheit geschenkt. Ich setzte mich zu ihr und nahm sanft ihre kleine Hand, die sich warm und gut anfühlte, in meine Hände. Ihre Wärme strömte in mich und es wurde hell in mir – ein goldenes warmes Licht erfüllte mich. Ich stieg endlos lange hinab in eine Tiefe, die keinen Grund, kein Ende, keinen festen Boden zu haben schien. Und eine zarte Stimme sagte plötzlich leise: „Da bist du ja endlich!" Ich war durch das goldene Licht sehr tief hinunter in Siamsarahs Traum gestiegen. Und sie sah mich dort unten mit einem Lächeln an, das ich niemals mehr vergessen habe und das immer wieder vor meinem geistigen Auge erscheint, wenn ich es mir wünsche.

„Ich werde dich nun mit an die Oberfläche nehmen!", sagte ich leise und voller Freude zu ihr. In einer Lichtsäule stiegen wir sehr langsam hinauf. Es musste ganz langsam geschehen, damit unsere Seelen vor Schaden bewahrt blieben.

Es dauerte noch fast eine Stunde, bis Siamsarah die Augen öffnen und aufstehen konnte. In der ganzen Zeit hatte ich ihre Hand nicht losgelassen.

---

[56] Ja, so eine Art Schneewittchen-Nummer wollte ich immer schon mal schreiben ;-)

Als wir durch die Gänge schritten und wenig später eine Transportkugel bestiegen, um damit durch den langen Tunnel zum Westteil der Insel zu reisen, und kurz darauf dort über den Strand des *Oro-Sees* gingen, begegneten uns alle mit einem merkwürdigen Respekt. Mir war das richtig unangenehm. „Nimm es ihnen nicht übel", sagte Siamsarah selbst etwas peinlich berührt. „Es ist das goldene Licht, auch wenn es nicht mehr zu sehen ist. Aber deswegen bin ich jetzt keineswegs erleuchtet oder so was!", kicherte sie nun belustigt.

„Ach, nein?", neckte ich sie schelmisch grinsend.

Pfnörgel wartete vor dem Konferenzsaal auf uns und weihte uns in das ein, worum es in der Sitzung des Elfenrates gehen sollte: „Eigentlich ist alles ganz einfach, seltsames Menschenwesen. Man wird dir am Ende die Frage stellen, ob du bereit bist, das Wissen, das Siamsarah im *Raum der Welten* erlangte, mit ihr zu teilen, um es den Menschen zugänglich zu machen!"

Panik kam in mir auf. Wenn Siamsarah mit ihrer relativen Unsterblichkeit das kaum überlebt hatte, wie sollte ich, ein sterbliches Menschenwesen, dieses Wissen überleben?

Ehe ich noch einen klaren Gedanken fassen konnte, rannte ein kleines pelziges Etwas an mir hoch, setzte sich bequem in eine extra für diese Pelzkugel angefertigte Brusttasche in meinem Gewand und piepste überschwänglich: „Na, das schaffst du schon, alter Junge! Hier, schütt' dir vorher 'n Bucheckernschnaps rein, das macht locker! In ein paar Tagen hab ich ein neues Gebräu fertig gestellt. Ich nenne es *Siebendimensionaler Sitnaltischer Grummelrakwurz*! – Und das Schärfste ist, Pfnörgel und ich haben den Alleinvertrieb, und das Patent darauf hat Gültigkeit in allen Paralleluniversen! Die Zutaten für das Zeugs hat mir Pfnörgel beschafft. – Du willst nicht wirklich wissen, was alles drin ist! Das wird heftig Umdrehungen haben! Na ja, da stimmt auf jeden Fall das Preis-Dröhnungs-Verhältnis!"

Es war der gute alte Gnörxi. Er hielt mir einen Flachmann mit dem hochprozentigen Zeugs hin, nachdem er seinen begeisterten Monolog beendet hatte. Ich nahm dankbar einen Schluck und es hielt tatsächlich, was Gnörxi versprochen hatte. Gnörxis vollsüße Freundin Fideline, ein Elfenhörnchen, krabbelte mir geschickt auf die Schulter und begrüßte mich ebenso stürmisch und piepste: „Manchmal ist er wirklich zu was zu gebrauchen, mein kleiner Held und Retter des Universums!"

Sie handelte sich einen finsteren, aber nicht wirklich ernst gemeinten Blick Gnörxis ein. Wir wurden nun in den großen Konferenzsaal gebeten und nahmen dort unsere Stammplätze ein. Der Elfenrat war vollzählig versammelt und somit beschlussfähig.

Die Konferenz verlief so, wie Pfnörgel es vorhergesagt hatte. Der Elfenälteste erteilte Serana das Wort und sie sagte mit wohlklingender Stimme: „Verehrte Teilnehmer dieser Runde! Wir haben uns hier heute versammelt, um das zu besprechen, was Siamsarah im *Raum der Welten* erlebt hat. Sie wird uns gleich selbst erzählen, was ihr widerfahren ist." Pfnörgels Blick traf sich für einen Moment mit dem Seranas, und sie wusste, dass nachdem Siamsarah nun wieder wohlauf war, der Waffenstillstand mit Pfnörgel aufgehoben war. Elementarteilchenversteher konnten sehr nachtragend sein.

Serana senkte beschwichtigend den Blick und wandte sich an Siamsarah und fragte freundlich: „Fühlst du dich bereits kräftig genug, um hier zu uns zu sprechen?"

„Ja, Serana!", sagte Siamsarah mit fester Stimme und begann ihre Schilderung der Ereignisse: „Meister Pfnörgel hat mich tief unten in meinem Heilschlaftraum besucht und ich habe ihm so viel berichtet, wie ich dort unten konnte."

Pfnörgel stand kurz auf, verneigte sich vor den Anwesenden und sagte mit wohlklingender Stimme: „Ja, das ist korrekt! Ich habe dieser Runde vor zwei Tagen ausführlich von den Ereignissen berichtet." Er verneigte sich nochmals in Richtung Serana und Siamsarah und ließ sich wieder auf seinem Platz nieder. Siamsarah fuhr fort: „Ich danke Euch vielmals, Meister Pfnörgel! Als ich also durch das blaue Elfentor geschritten war, befand ich mich bestimmungsgemäß im Raum der Welten, um mit dem *Großen Orchester der Planeten und der Sterne* in Kontakt zu treten, um ihm meinen Dank für die *Große Musik* auszusprechen, die unserem Flötenspiel immer folgt und die Welt wieder für ein Jahr zusammenhält."

Siamsarah hielt inne und man sah ihr an, dass sie nach Worten suchte. Sie schloss die Augen und schwieg lange. Niemand störte sie dabei. Niemand wurde ungeduldig. Siamsarah spürte das Mitgefühl und die Zuneigung der Anwesenden. Irgendetwas geschah in diesen Augenblicken der Stille. Jeder konnte es spüren. Ein mächtiger und trotzdem stiller Zauber durchdrang alle Wesen auf Terramaris. Erst nach Minuten sagte sie mit leiser Stimme: „Nachdem ich meinen Kontakt mit dem Orchester beendet hatte, wollte ich wieder zum blauen Tor zurückgehen, aber irgendetwas hielt mich sanft aber bestimmt zurück. Ich nahm, ohne es wirklich zu wollen, meine Hände an meine Schläfen und konnte mich so nur durch die Kraft meiner Gedanken schwerelos durch den *Raum der Welten* bewegen. Aber es war nicht meine eigene Gedankenkraft, die mich durch diesen Raum schweben ließ, sondern *ETWAS*, das größer war als alles andere. Es zog mich dorthin, wo ich damals fast umgekommen wäre, aber darüber muss ich Stillschweigen bewahren. Plötzlich wurde alles in ein goldenes Licht getaucht und ich schwebte darin. Es sah fast so aus, als ob ich die Quelle für dieses Licht war und irgendwie war ich das auch. Ich spürte, ich war ein Teil von diesem *ETWAS*! Ein kleiner Teil, aber ein wichtiger, so wie jedes andere lebende Wesen ebenfalls ein wichtiger Teil davon ist. Und dieses goldene Licht hatte große Freude daran, sich in allen Wesen wiederzufinden, jeweils auf eine ganz besondere, unverwechselbare Art. Ich ging ganz in diesem Licht auf und spürte die Wärme und Liebe, die in diesem Licht weilte."

Siamsarah rang nach den richtigen Worten, aber für einiges gibt es eben keine passenden Worte. Sie sagte schließlich mit Tränen in den Augen: „Ich kann es nicht sagen, dafür sind keine Worte gemacht worden, und selbst wenn, könnten sie aneinandergereiht doch nicht wirklich das beschreiben, was ich empfunden habe. Ich werde euch dieses Wissen nur mit einem behutsamen Elfenzauber überbringen können, der es euch im Innern verstehen lassen wird, nach und nach. Es wird sehr sanft geschehen und euch nicht in Gefahr bringen. Bitte verzeiht, dass ich jetzt nicht mehr sagen kann." Siamsarah konnte nur vage ahnen, dass dieser Zauber soeben seine Magie bereits entfaltet hatte.

Sie sah mich an und fuhr lächelnd, aber doch ernsthaft fort: „Und für dich, mein treuer Freund, muss es auf andere Weise geschehen, damit die Menschen verstehen, wenn du ihnen davon berichten wirst in deinen Geschichten und es zwischen den Zeilen lesen können."

Ich hatte plötzlich das Gefühl zu träumen und im Traum zu erwachen, um festzustellen, dass ich träumte, ohne aber dem eigentlichen Traum entrinnen zu können. Ein Schauer durchlief mich. Ja, so etwas hatte ich mir schon gedacht, aber ich hatte keine Ahnung, wie es passieren würde. Alle anderen schienen es zu wissen, denn die Konferenz wurde nun von Serana mit den Worten beendet: „So schließen wir nun unseren Rat und möge *ES* gelingen."

Als alle außer Siamsarah, Pfnörgel und dem guten alten Gnörxi gegangen waren, meinte dieser grinsend: „Na, doch lieber noch 'n Schnaps vorher? Du wirst ihn brauchen!" Pfnörgel bedachte ihn mit einem tadelnden Blick und beide hüpften fröhlich in Richtung Strand. Sie tuschelten dabei etwas von einem geheimen Labor in sitnaltA.

Gnörxi und Pfnörgel hatten sich in sitnaltA in ihrem gemeinsamen angemieteten Labor verschanzt. Sie waren kurz davor, den *Siebendimensionalen Sitnaltischen Grummelrakwurz* für die Serienproduktion fertigzustellen. Es fehlte nur noch ein letzter, aber entscheidender Produktionsschritt: Das verhängnisvoll hochprozentige Zeugs musste siebendimensional gemacht werde. Dadurch bekam es ungefähr sieben mal 60 Prozent Alk – sozusagen pro Dimension 60 Prozent. Außerdem versetzte das Zeugs den Magen seines Besitzers für einen winzigen Augenblick in den Hyperraum, sobald die Flüssigkeit in den Magen rann. Das Ganze musste aber so schnell vor sich gehen, dass der Betroffene keine Schmerzen empfand, wenn ihm der Magen rausgerissen und in den Hyperraum geschleudert wurde. Er musste also von dort wieder zurück im Körper sein, bevor das Gehirn den Schmerz empfand – eine heikle Angelegenheit! Aber das würde den absoluten Kick beim Trinken bringen. Nach jedem Glas blieb aber der Magen derzeit noch eine winzige Zeitspanne länger als beim Glas davor im Hyperraum – das war nicht gut. Und genau über diesem Problem grübelten die beiden pelzigen Wesen. Sie hatten schon ein paar schmerzhafte heroische Selbstversuche hinter sich gebracht und sich gegenseitig wieder hochgepäppelt.

„Also, wir könnten die Protonenmenge versiebenfachen", grübelte Gnörxi und ergänzte: „was sagt dein Protonisator dazu, Pfnörgel?"

„Oh, das wäre eine Hölle von Energie!"

„Hmm tja… und was passiert mit dem Dimensionsdingsbums… hm… ähhh… du weißt schon, diese Dimensionsschleuder, oder wie das Ding heißt?"

Pfnörgel berichtigte ihn: „Du meinst den *Hyperpositronischen Pfnörglianischen Dimensionspenetrator,* kurz *Hypfdi!*"

„Ja, genau, das *Hypfdi*-Dings…", murmelte Gnörxi und füllte ein wenig *Siebendimensionalen Sitnalti-*

schen Grummelrakwurz[57] in den Trichter des *Hypfdi*. Pfnörgel antwortete betreten auf seine Frage: „Na, er schmilzt durch und verbrennt!"

„Dann sind wir ohne jegliche Dimensionskontrolle! Ich fürchte, du musst dir was einfallen lassen!"

„Ja", meinte Pfnörgel missmutig, „ich glaube, ich werde meinen alten Kumpel General Wamsler anrufen, der ist Chef von der ORB[58] aus einem benachbarten Universum… die hatten im Starlight-Casino, in dem sie sich nach ihren Weltraumabenteuern immer tierisch die Kante gaben, ein ähnliches Problem… haben es aber in den Griff bekommen! – Die haben da echt Grundlagenforschung betrieben und vielleicht lassen sie uns im Rahmen des Interdimensionalen Technologietransfers davon profitieren. Ein paar Prozente vom Gewinn werden wir denen leider abtreten müssen, aber das ist bei der Kohle, die wir dann verdienen, kein Problem mehr."

So ging das noch eine ganze Weile, aber die Sache war grundsätzlich auf einem guten Weg, denn das Flaschenetikett war schon fertig. Es zeigte ein Porträt von Deffy, einem berühmten sitnaltischen Popstar-Winzhuhn der Gattung *Gackus sitnaltiensis vulgaris minor*, mit einem Kronkorken als Sturzhelm auf dem Kopf[59]. Als Echtheitssiegel sollte in jede Flasche ein krallensigniertes hartgekochtes Ei von Deffy eingebracht werden, das aufgrund eines raffinierten Tricks

---

[57] Nachfolgend kurz GSD7 genannt, die Rückwärtsversion von 7DSG, der vorläufige technische Name für *Siebendimensionaler Sitnaltischer Grummelrakwurz*. Nicht zu verwechseln mit GSD (Galaktischer Sicherheits-Dienst)

[58] ORB = Oberste-Raum-Behörde

[59] Die Sache mit dem Kronkorken wurde erforderlich, nachdem immer mehr Winzhühner umkamen, weil ihnen ständig irgendwelche Sachen auf den Kopf fielen… Aäeuuu!!!... Sie wären fast ausgerottet worden.

in der Mitte der Flasche schweben sollte, auch wenn
die Flasche bereits geleert war. Wenn man dann kräftig Buhh! schrie, sollte das Ei sich selbsttätig pellen
und zur Gaumenfreude des Flaschenkäufers werden.
Gut, das bringt die Handlung jetzt nicht wirklich weiter, deswegen lassen wir's erstmal dabei.

Ich verbrachte ungefähr eine Woche mit Siamsarah
auf Terramaris. Wir waren uns durch die kurze See-
lenverschmelzung im vorhergehenden Jahr im Raum
der Welten so vertraut geworden, dass es keine Geheimnisse mehr zwischen uns gab. Siamsarah zeigte
mir die ganze Insel mit ihren wunderschönen Land-
schaften, den Seen, Tälern und traumhaften Meeres-
buchten.
Wir tauchten im Meer. Durch einen besonders reizvol-
len Zauber der Wassernymphen konnte ich unter
Wasser atmen. Nein, eigentlich stimmt das nicht ganz.
Ich atmete einfach das Wasser und es war so lebens-
spendend wie frische Luft. Der Zauber wurde durch
den Kuss einer Wassernymphe ausgelöst – ein geradezu berauschendes Erlebnis: Ein langer Kuss unter
Wasser in genau dem Moment, in dem ich glaubte,
ersticken zu müssen. Siamsarah musste sich ein paar
Mal grinsend und gespielt empört räuspern, bevor die
wunderschöne Wassernymphe namens Marana sich
von mir löste. Das mit dem Zauberkuss war eine ganz
normale Transaktion bei Wassernymphen und die
Länge des Kusses bestimmte auch die Zeit, die der
Geküsste unter Wasser atmen konnte. Ich war nun in

der Lage, mich dort unten mit den sehr klugen Wassernymphen zu unterhalten und habe eine Menge von ihnen gelernt. Sie waren freundliche und meist friedvolle Wesen. Zum Abschied lud mich Marana ein, im nächsten Jahr für eine ganze Woche zu bleiben, was natürlich einen dementsprechend langen Kuss, der durchaus kurze Unterbrechungen haben durfte, erforderlich machen würde. Siamsarah und Marana kicherten lange, als ich rot wurde. Sie waren beste Freundinnen und trafen sich öfter im Nautilus-Café auf dem Meeresgrund, um die neuesten Geschichten aus den verschiedenen Parallelwelten und der Menschenwelt auszutauschen.

Wir tauchten nachts bei Mondlicht bis zur Unterwasserkuppel hinab, in der die Elfentore standen. Es war ein sehr beeindruckendes Erlebnis. Die große Glaskuppel, die von innen heraus blau leuchtete, ragte aus dem Sand des Meeresgrundes. Wir sahen Pfnörgel durch das dicke Glas, wie er dort auf einer Bank saß und seine Flöte spielte. Er winkte uns freundlich zu. Von Siamsarah erfuhr ich, dass Pfnörgel dort oft nachts im vom Wasser bewegten Mondlicht saß und sich mit Elementarteilchen unterhielt. Im Moment stand er gerade mit Neutrinos in Verhandlung, die besondere Fähigkeiten besaßen – sie durchdrangen einfach alles! Das war eine sehr praktische Eigenschaft, die man vielseitig nutzen konnte. Neutrinos wurden wegen dieser Fähigkeit anfänglich auch in der Physik als *Geisterteilchen* bezeichnet.

Wir saßen in den angenehm warmen terramarischen Nächten zusammen in traumhaft schönen Sandbuchten am Meer und betrachteten die Sterne und hörten ihre leise und doch so große Musik. Manchmal unterhielten wir uns die ganze Nacht, und manchmal sagten wir viele Stunden kein einziges Wort. Mit keinem Wort erwähnte Siamsarah mehr die Geschehnisse im *Raum der Welten* und was sich in der Konferenz zugetragen hatte. Und ich fragte auch nicht danach.

Eines Nachts beschlossen wir, Meister Pfnörgel in der Kuppel zu besuchen. Wir bestiegen den kunstvoll verzierten Aufzug vor dem Westteil der Insel und fuhren tief hinab in den langen unterirdischen Gang. Wir benutzten keine Transportkugel, sondern wanderten langsam, uns unterhaltend, zu Fuß durch den Gang, dessen Leuchtkristalle nachts ein bläuliches Licht verstrahlten. Wir erreichten die kunstvoll verzierte Wendeltreppe aus Messing, die zur Kuppel hinaufführte und stiegen die vielen Stufen empor. Oben begrüßte uns Pfnörgel mit den sehr förmlichen Worten: „Seid gegrüßt, Siamsarah, *Elfe der Morgendämmerung*, und seid ebenso gegrüßt, *seltsames Menschenwesen*. Das Tor ist bereit für euch!“

Erst jetzt begriff ich, dass Siamsarah alles geplant und vorbereitet hatte. Sie sah mich lächelnd an, nahm sanft meine Hand und ging mit mir auf das in der Mitte der Kuppel intensiv blau leuchtende Elfentor zu. Es kribbelte nur kurz im ganzen Körper und ich war mit Siamsarah im *Raum der Welten*.

Wir kamen auf der großen Balustrade heraus, die ganz um den riesigen *Raum der Welten* herumführte und begaben uns auf einen langen Steg, der mitten in diesem *Weltenraum* zu hängen schien. Nach ungefähr dreihundert Metern erreichten wir die Aussichtsplattform, auf der ich schon einmal, damals mit Gnörxi, gestanden hatte.

Wir nahmen wie selbstverständlich unsere Handflächen an unsere Schläfen und stiegen auf in dieses kleine und doch so große Universum. Es war eine perfekte Nachbildung der Wirklichkeit, nur verkleinert. Und alles hier hatte seine Entsprechung in der Wirklichkeit. Wurde hier die Bahnkurve eines Planeten verändert, änderte sie sich auch in der Wirklichkeit. Diese Tatsache hatte Eggy damals dazu bewogen, den wirklich bösen, hinterhältigen Versuch zu unternehmen, Siamsarah zu töten und die Welt zu vernichten. Aber wie Sie, meine treuen unerschrockenen Leserinnen und Leser, aus der vorletzten Geschichte wissen, war letztlich alles gut ausgegangen. Es war aber verdammt knapp gewesen.

Wir erreichten die Bahnkurve von Apophis, dem Kleinplaneten mit der offiziellen Kennung 99942.[60] Dies war genau der Ort, an dem Siamsarah fast umgekommen wäre.

Die Bahnkurve leuchtete auf, um uns zu signalisieren, dass wir auf Kollisionskurs waren, aber sie leuchtete grün, was bedeutete, dass der Himmelskörper weit weg war und für uns derzeit keine Gefahr bedeutete. Siamsarah war nah vor mir, als sie mich ansah und

---

[60] Am 13. April 2029 wird Apophis unglaublich knapp an der Erde vorbeirauschen, und zwar in einer Entfernung von gerade mal zwei Erddurchmessern. Das ist verdammt wenig und die Astronomen sind doch recht nervös. Im Laufe der Zeit wird man immer genauer bestimmen können, ob's vielleicht doch ein Volltreffer wird. Aber bis dahin fließt noch 'ne Menge Wasser den Rhein hinunter, wie man so schön sagt. Dann steht vielleicht auch die Technologie zur Verfügung, die das Ding rechtzeitig vorher aus der Bahn schubst. Sonst bleibt ein Trost: Nie wieder Steuern zahlen!

leise sagte: „Magst du dich noch einmal in meine Augen fallen lassen?"

Ich wusste nur zu gut, was das bedeutete: Unsere Seelen würden miteinander verschmelzen und wir würden uns auf direkte und unglaublich intensive Weise unterhalten können. Als es damals das erste Mal geschah, wollte ich gar nicht mehr in meinen eigenen Körper zurück. Was würde diesmal geschehen? Aber ich hatte schon einen winzigen Moment zu lange in Siamsarahs schöne Augen gesehen und merkte, wie ich begann hineinzufallen. Es war nicht unangenehm – im Gegenteil, alles in mir wurde hell und wohlige Wärme und Frieden umfingen mich. Und wieder waren wir uns näher als jemals ein Wesen einem anderen gewesen war. Unsere Seelen konnten sich ohne Filter und Einschränkungen begegnen und verständigen. Ohne Geheimnisse – ganz offen und ehrlich.

Gut, dass du da bist.
Es ist sehr schön bei dir.
Du brauchst keine Angst haben.
Es wird schon besser.
Ja, so ist es gut.
Es wird sehr schnell gehen.

Ich spürte wie *ETWAS* meine Seele durchdrang. In diesem Zustand besaß ich keinen Körper, der schwebte zwei Meter neben Siamsarah. Mit einem Mal wurde mir vieles klar. Für ein paar kurze Momente wusste ich all das, worauf die Menschen noch versuchten, Antworten zu finden. Ich konnte mich hinterher nicht mehr bewusst daran erinnern, aber trotzdem kam ein

Hauch dieses Wissens immer wieder zu mir zurück, wenn ich es am nötigsten brauchte.

Am besten könnte ich es mit einem Textauszug von *Daio Kokushi, „Über Zen"* versuchen zu sagen:

Es gibt eine Wirklichkeit, die vor Himmel und Erde steht.
Sie hat keine Form, geschweige denn einen Namen.
Augen können sie nicht sehen.
Lautlos ist sie, nicht wahrnehmbar für Ohren.
[…] und Worte haben nichts mit ihr zu tun.

Es war, als wenn eine liebevolle, väterliche und absolut vertrauenswürdige Wesenheit mich bei der Hand nähme und mich das einzig wichtige Prinzip des Lebens lehrte – das Prinzip der Liebe: Geben und Nehmen, Achtung, Respekt, Verständnis, Mitgefühl und Vertrauen. Liebe zum Leben, zur Erde und zu allen Wesen, zu all dem was ist. Dann kam das Gefühl der Unendlichkeit, der ewigen Gültigkeit dieser Kraft, die alles bewegt und zusammenhält. Und ich wusste nun, was es war, was die Welt im Innersten zusammenhält und welcher Zauber in jedem Jahr durch Siamsarahs magische Elfenflöte in die Menschenwelt floss. Es war jedes Mal eine Woge dieser umfassenden Liebe, ohne die die Welt zugrunde gehen würde, erfrieren würde, wie eine Kerze im Sturm verlöschen würde. Dann kam die absolute Stille – und nichts ist lauter als die Stille, stellte ich erstaunt fest.

Du verstehst nun.

Ja.

Die Menschen, die deine Geschichten lesen, werden es auch verstehen. Der Zauber wird auch in ihnen wirksam und sie werden ein wenig davon in die Welt tragen.

Nun bin ich es, die dich nicht gehen lassen möchte, seltsames Menschenwesen.

Ich bleibe gern, so lange du es möchtest.

Du weißt, dass du nicht lange bleiben darfst, sonst findest du nicht mehr zurück in deinen Körper.

Werden wir uns manchmal auf diese Weise besuchen dürfen?

Ja, du bist jetzt berechtigt, einmal im Jahr mit mir den Raum der Welten zu betreten.

Unsere Seelen blieben noch eine Zeitspanne, die ich nicht hätte in Minuten oder Stunden fassen können, zusammen und genossen die Wärme und das goldene Licht. Siamsarah war überall hier an diesem magischen Ort und ich spürte zum ersten Mal pure reine Elfenmagie und sah das Licht, das in jeder Elfe weilte und wirkte. Dieses Licht konnte heilen – in nur einem einzigen Moment.

Unsere Seelen würden sich nie wieder ganz trennen lassen. Winzige Teile der jeweils anderen Seele blieben in unseren Körpern zurück – für ein ganzes Leben und weit darüber hinaus.

Dann trennten wir uns sehr langsam. Ich erwachte unglaublich belebt und gestärkt in meinem Körper und wir schwebten schweigend zur Aussichtsplattform zurück, gingen über den langen Steg zum blauen Elfentor. Das Übersetzen in die Unterwasserkuppel von Terramaris war ganz leicht, es kribbelte wie immer nur ein wenig.

Pfnörgel begrüßte uns herzlich und auch Gnörxi und Fideline waren dort und diesmal nahmen wir alle gern einen Schluck aus der kleinen Bucheckernschnapsflasche, die Gnörxi rumreichte. Wie wir von Pfnörgel erfuhren, waren wir fast fünf Wochen im Raum der Welten gewesen und somit war mein Visum für Terramaris fast abgelaufen. Ich hatte noch genau zwei Tage.

Es war ein feierlicher, ja, historischer Moment. Die allererste fertiggestellte Flasche *Siebendimensionaler Sitnaltischer Grummelrakwurz* stand in Pfnörgels und Gnörxis Stammkneipe auf dem Tresen. Deffy, deren Porträt das Flaschenetikett zierte, war auch anwesend; sie stolzierte aufgeregt gackernd um die schlichte Flasche aus doppelwandigem Kristallglas herum. Der Kronkorken[61], den sie als Sturzhelm auf dem Kopf trug, war mit einem Schutzschild aus Elfenmagie ausgestattet. Somit war Deffy durch äußere Gewalteinwirkung kaum noch kleinzukriegen. In der Mitte der

---

[61] Die Kronkorken bezogen die Winzhühner aus der Menschenwelt. Eigentlich wollten wir noch ein paar Brauereien anrufen und fragen, was sie raustun, wenn wir ihren Namen draufschreiben *grinz*.

Flasche schwebte in einem grünlichen Licht ein hartgekochtes Ei von Deffy. Die hochprozentige und mittlerweile zuverlässig siebendimensionale Flüssigkeit
war klar wie Wasser und sah völlig harmlos aus. „So,
dann woll'n wir mal!", grinste Gnörxi und stellte die
drei doppelwandigen Schnapspinnchen auf den Tresen. Die Doppelwandigkeit von Flasche und Gläsern
war als Schutz nötig, damit man nicht bei deren Berührung unbeabsichtigt für immer in den Hyperraum
gesaugt wurde.
Pfnörgel kam Gnörxi zur Hilfe und öffnete den doppelten Sicherheitsverschluss der Flasche. Sofort stiegen aus der Flasche grüne Nebel, durchsetzt mit
Trugbildern, aus dem Hyperraum auf. Pfnörgel goss
sehr vorsichtig die kleinen Gläser voll. Ein Tropfen
ging daneben und landete auf Deffys rechter Kralle,
die daraufhin zischend in den Hyperraum auswander-
te, um einen winzigen Augenblick später wieder Deffy zu gehören, der ein hysterisches „GACK!!!" ent-
wich. Sie tänzelte herum und schrie: „Aäeuuu!!!...,
Aäeuuu!!!..., das hat aber wehgetan!"
„Dummes Huhn! – Stell dich nicht so an, du Weichei!
Is' doch nur 'n Teelöffel voll!", fuhr Gnörxi sie an.
„Also!", proklamierte Pfnörgel unbeeindruckt, „lasst
uns nun die Gläser erheben, um mit diesem denkwürdigen Zeugs auf diesen denkwürdigen Augenblick
anzustoßen!"
„Ja!", piepste Gnörxi aufgeregt und voller Vorfreude.
„Hoch die Tassen und runter damit!"
Alle drei kippten gleichzeitig mit Todesverachtung
den *Siebendimensionalen Sitnaltischen Grummelrakwurz* runter. Der Effekt war verblüffend und nicht
mehr zu überbieten: Allen fegte gleichzeitig eine gewaltige grüne Dampfwolke aus den Ohren, ihre Au-

gen begannen, grün zu glühen und sie hatten das Gefühl, als ob eine gewaltige Dampframme ihnen das Gehirn aus dem Schädel drosch. Dann verschwanden ihre Mägen im Hyperraum und kamen innerhalb einer Sekunde wieder zurück. Nun schlug der Alk mit sieben mal 60 Prozent hintereinander zu. Danach hingen ihre Zungen seltsam verlängert zehn Minuten lang gelähmt aus Mündern und Schnabel. Na ja, da war eventuell noch eine Nachbesserung angebracht, weil man mit gelähmter Zunge nicht so schnell nachbestellen konnte, wie das im Sinne der Umsatzsteigerung wünschenswert gewesen wäre. Aber man konnte ja auch eine spezielle Grummelrakwurz-Klingel zum Draufhauen auf den Tresen stellen – die sollte man dann so gerade noch bedienen können.

„Pfoohhll krassss!", war das erste, was Pfnörgel lallend rausbrachte, nachdem ihm seine Zunge halbwegs wieder zu Diensten war.

An diesem historischen Abend schafften die Drei jeder noch weitere zwei Schnapspinnchen GSD7, dann kippten Gnörxi und Pfnörgel glucksend, kichernd und die *Sitnaltische Nationalhymne* grölend vom Barhocker. Für jeden getrunkenen GSD7 benötigte man anschließend einen Tag, um wieder richtig auf die Beine zu kommen. Drei Tage waren also für unsere Helden gestrichen.

Deffy traf ein besonders tragisches Schicksal, nämlich ein riesiger Amboss, der dummerweise auch noch im Hyperraum weilte, dort aber nicht wirklich hingehörte. Er krachte Deffy auf den Kopf und durchschlug mit ihr den Tresen und den Fußboden bis in den zweiten Tiefkeller. Aber da sie durch ihren magischen Kronkorken geschützt war, kümmerte sich keiner um sie. Irgendwann würde Deffy schon wieder irgendwo auftauchen. GSD7 wurde jedenfalls ein Kassenschlager und Pfnörgel und Gnörxi konnten damit ein Jahr später an die Börse gehen.

Dass GSD7 nicht zu unterschätzen war, zeigte sich noch in einem recht schwerwiegenden Störfall, der sich ereignete, als die erste Palette GSD7 im *Dimensionsloch*, so hieß die mittlerweile berühmte Kneipe in der Hauptstadt von sitnaltA, angeliefert worden war und zum Ausschank kam. Kneipenwirt Amöbius Brackwater fiel versehentlich eine volle Flasche GSD7 aus der Hand, die in tausend Splitter ging. Daraufhin verabschiedete sich ungefähr ein Drittel der Kneipe unter infernalischem Getöse vorerst in den Hyperraum. Der Schutt kam dann nach Wochen wieder ins sitnaltische Raum-Zeit-Kontinuum zurück und fiel selbstverständlich wieder den armen Winzhühnern auf die Köpfe.

Nach dieser kleinen Panne wurde jede Flasche GSD7 von außen mit ein paar neongrünen Antirutschnoppen versehen. Das war die Bedingung, die die sitnaltischen Gebäudeversicherer der Zulassungsbehörde für gefährliche gastronomische Flüssigkeiten stellte.

Eines wunderschönen Abends krachte eine gewaltige Marmortafel aus dem Hyperraum auf Amöbius Brackwaters Tresen und begrub eine Gruppe angetrunkener Winzhühner unter sich, die gerade lauthals gackernd einen sitnaltischen Schreitvogeltanz darboten. Natürlich trugen sie allesamt magische Kronkorken auf den Köpfen – das war mittlerweile gesetzlich vorgeschrieben (genau wie das Anschnallen in den Autos in der Menschenwelt). Auf der Tafel eingemeißelt stand ein äußerst treffendes Zitat von *Arno*

Schmidt und Brackwater fand den Spruch[62] so gut, dass er ihn in Leuchtschrift an die Wand seiner Kneipe pinseln ließ. Er war enorm umsatzsteigernd:

Das Leben des Menschen ist kurz;

wer sich betrinken will,

hat keine Zeit zu verlieren !

Arno Schmidt [I,I,20I]

Tja, meine lieben treuen Freunde, nun heißt es Abschied nehmen. Abschied von Terramaris, von Siamsarah, Serana, Pfnörgel, Gnörxi, Fideline, Deffy und Eggy, den wir in dieser Geschichte ganz vergessen haben. Na ja, eigentlich geht das nicht, daher baue ich noch schnell eine kleine Episode mit Eggy hier ein, damit alle nochmal auf der Bühne waren.

Tja, was machen wir nun mit Eggy?! Hmmm, mal sehn... ahh, ich weiß schon... ich glaube wir können ihn recht einfach sehr glücklich machen.

Und überhaupt: Warum heißt diese Geschichte *Siamsarah und der Zeitkristall*?! Ja stimmt, das haben wir ja auch noch nicht geklärt, denn von einem Zeitkristall war bisher gar nicht die Rede – zumindest nicht in dieser Geschichte. Hätte ich auch beinahe vergessen, obwohl es eine sehr romantische Bewandt-

---

[62] Aus dem wahrhaft köstlichen Büchlein: „Arno Schmidt für Boshafte", ausgewählt von Bernd Rauschenbach; ISBN 978-3-458-34941-9. Ich spiele ernsthaft mit dem Gedanken, der *Gesellschaft der Arno-Schmidt-Leser* beizutreten! (Nachtrag: Mittlerweile bin ich beigetreten.) http://www.gasl.org/wordpress/

nis mit dem Zeitkristall hat. In Ordnung, das werden wir also auch noch klären!

Eines Nachts, als Pfnörgel wieder in der unterseeischen Torkuppel den schönen Wassernymphen zusah und ihnen auf der sitnaltischen Einlochflöte seine neueste Komposition vorspielte, waren auf der langen Wendeltreppe schlurfende Schritte zu hören. *ETWAS* quälte sich unter schnaufendem Stöhnen die Treppe herauf.

Pfnörgel wusste bereits, was ihn dort besuchen wollte, oder besser gesagt wer. Es war Egigius Egbaeutel, der nun pustend und sich den Schweiß von der Stirn tupfend oben an der Treppe ankam. „Ich habe Euch bereits erwartet, Egigius!", sagte Pfnörgel freundlich.

Eggy war recht erstaunt über diese herzliche Begrüßung. Fast alle anderen hier auf Terramaris verachteten ihn wegen seiner grausigen Taten in der Vergangenheit, als er mehrfach versucht hatte, Siamsarah umzubringen und die Erde zu pulverisieren. Wenn die Erde nicht mehr da wäre, so glaubte er, würde der Elfenrat ihn ins Elfenreich in den Ruhestand entlassen, weil er hier damals Stützpunktkommandant war. Der Elfenstützpunkt auf Terramaris war ein Brückenkopf in die Menschenwelt – na, und wenn die nicht mehr existierte, wäre sein Job überflüssig, glaubte Eggy.

„Darf ich in Eure Gedanken schauen?", fragte Pfnörgel ohne Vorwarnung, aber höflich. Eggy setzte sich zu Pfnörgel auf eine Aussichtsbank und sah ihn mit einem offenen klaren Blick an. „Ja, Meister Pfnörgel.", sagte Eggy nur ganz leise.

Pfnörgel drang behutsam in Eggys Gedanken vor und was er dort fand, wird Sie, verehrte Leserinnen und Leser, sicher erstaunen. Aber Pfnörgel lächelte wissend. Etwas Ähnliches hatte er nach all den Jahren auch erwartet. Er fand in Eggys Gedanken echte Reue darüber, was er Siamsarah angetan hatte und beinahe auch der ganzen Welt, ja letztlich sogar dem ganzen Universum. Er hegte den aufrichtigen Wunsch, alles irgendwie wiedergutzumachen und er wollte endlich weg hier. Und Meister Pfnörgel fand noch viel mehr, nämlich echtes Talent als Dirigent[63]. Eggy hatte wirklich das Zeug dazu, ganz groß rauszukommen, und es war sein größter Wunsch, das *Fairy Philharmonic Orchestra* im Elfenreich zu dirigieren.

Pfnörgel schmunzelte. Er hatte sich zuvor mit dem Elfenrat verständigt und hatte für das, was er nun tat, die Rückendeckung des Rates. Er entfernte mit einem Kristallstab das blaue Energiefeld um Eggy und auch seinen Peilsender. Eggy begann vor Freude zu weinen und zu schniefen. Mit flinken Fingern tippte Pfnörgel Befehle in die Tastatur der Torsteuerung des roten Elfentors ein.

Eggy bekam weiche Knie und wäre zusammengebrochen, hätte Pfnörgel ihn nicht gestützt. „Ich erwarte aber für das erste Konzert eine Freikarte!", grinste Pfnörgel und geleitete Eggy nah an das Elfentor. Den letzten Schritt musste Eggy ganz allein tun. Es war ein kleiner Schritt für ihn, aber ein großer für die Menschheit und das Elfenreich!

---

[63] Ich möchte hier auf *Siamsarahs fünftes Jahr* verweisen, wo wir Eggy als Richard-Wagner-Fan kennen lernen.

„Na bitte, geht doch! Auf die Idee hätten wir auch schon früher kommen können!", murmelte Pfnörgel zu sich selbst und stürzte einen Schluck *Siebendimensionalen sitnaltischen Grummelrakwurz* aus einem kleinen doppelwandigen Kristallflachmann runter, als Eggy im grellrot aufleuchtenden Torbogen verschwand.

Ich saß mit Siamsarah am letzten Abend auf Terramaris am Strand der *Lunaris-Bucht* und betrachtete mit ihr den wundervollen Sternenhimmel. Ich sagte ihr, dass ich eigentlich gar nicht gern jetzt schon in die Menschenwelt zurück wollte. Siamsarah sah mich mit ihren wunderschönen Augen an und sagte ganz leise: „Im Elfenreich brauchst du kein Visum, so wie hier, weil du ein Elfenfreund bist."

Sie nahm meine Hand, legte einen wunderschönen Kristall hinein und sagte leise: „Das ist ein Zeitkristall, damit kannst du, so oft du willst, Zeit mit mir verbringen. Für die Dauer dieser Zeit alterst du nicht und in deiner Welt vergeht keine einzige Sekunde, während wir zusammen sind."

Ich war vollkommen gerührt und fühlte Siamsarahs Wärme ganz tief in mir.

Sie hielt meine Hand immer noch, als sie liebevoll sagte: „Warum bleibst du nicht einfach bei mir?"

Die letzten beiden Tage verbrachte ich in ausgelassener Stimmung mit all den kleinen liebenswerten Wesen meiner Geschichte und durchschritt im Lichte der untergehenden Sonne[64], die das Meereswasser in orangerotes Licht tauchte, das grüne Elfentor in der Unterwasserkuppel.

Das letzte, was ich sah, war Siamsarah, die mich anlächelte und leise sagte: „Bis bald, wir sehen uns in ein paar Wochen zur Weihnachtsfeier im Elfenreich. Ich werde in der Weihnachtsnacht ein rotes Elfentor für dich schalten."

Ich befand mich wieder auf dem Rasen in meinem Garten. Das grüne Elfentor verschwand sofort, nachdem es noch eine Flasche *Siebendimensionalen sitnaltischen Grummelrakwurz* ausgespuckt hatte – ein Abschiedsgeschenk von Pfnörgel und Gnörxi, damit ich bis Weihnachten durchhielt.

Zurück in meinem Arbeitszimmer: In meiner Hand hielt ich vorsichtig das Abschiedsgeschenk von Siamsarah, den wunderschönen Zeitkristall, der wie ein großer Diamant aussah und aus kristallisierter Zeit bestand. Diese Zeit konnte ich, wann immer ich wollte, mit Siamsarah verbringen und niemand würde es merken, weil in der Menschenwelt nicht eine einzige Sekunde Zeit vergehen würde. Diese Zeit konnte nur mit dem, der den Kristall verschenkt hatte, verbracht

---

[64] Sie kennen das – in berühmten Western reiten die Helden der Handlung am Ende auch immer in den Sonnenuntergang – ich wollte das unbedingt auch mal.

werden. „Wenn du mal einsam bist!", hatte Siamsarah mir noch mit einem lieben Lächeln gesagt, als sie ihn mir gab. Ein solcher Kristall bedeutete aber im Elfenreich weitaus mehr als nur ein paar Stunden Zeit, wie mir Gnörxi erzählte, als er mich in der Adventszeit auf eine Tasse Glühwein besuchte. Er zeigte mir stolz den etwas kleineren Zeitkristall, den er damals von Fideline geschenkt bekommen hatte. Gnörxi grinste breit als er sagte: „Als ich den geschenkt bekam, hat es nicht mehr lange gedauert und ich hatte meinen Hauptwohnsitz im Elfenreich bei Fideline. Na ja, meinen Bau im Bärensteinwald habe ich aus steuerrechtlichen Gründen natürlich als zweiten Wohnsitz behalten. So kann ich 'ne Menge Reisekosten absetzen!"

In ein paar Wochen, in der Weihnachtsnacht, würde in meinem vielleicht verschneiten Garten ein rotes Elfentor für mich leuchten und ich würde, ohne zu überlegen, hindurchgehen. Dort im Elfenreich wartete Siamsarah auf mich und ich schuldete ihr noch eine Antwort auf ihre Frage:

„Warum bleibst du nicht einfach bei mir?"

Ende ?

Die gemeine Verlagsrennmaus
(Gerbillus literaticus)
Nachdem das mit der Gurkendiät über drei
Buchveröffentlichungen hinweg nicht funktioniert hat,
hier ein neuer Versuch: die Erdbeer-Diät ☺.

Dieses Filmplakat kündigte im Herbst 2008 die Filmpremiere zu unserer *Siamsarah*-Verfilmung an.

Vorwort zu
Die Antwort

Mit der achten Siamsarah-Geschichte hatte sich der Kreis geschlossen – fast, könnten manche Leserinnen und Leser denken, denn ich bin Siamsarah bis heute die Antwort auf eine Frage schuldig geblieben. Aber so manch einer wird das kleine Fragezeichen hinter dem Wort **Ende?** bemerkt haben. Es ist sehr klein gedruckt, aber durchaus zu erkennen. Meinen liebenswerten kleinen Protagonisten war ich dieses Fragezeichen einfach schuldig und irgendwann würde ich eine Antwort in Form einer Geschichte auf Siamsarahs Frage: „Warum bleibst Du nicht einfach bei mir?" finden.

In der nachfolgendenden kleinen Geschichte geht es nur um eine Fragenbeantwortung. Und nur die treuen *Siamsarah*-Fans wissen um die genaueren Geschehnisse, die sich um diese Frage ranken. Es ist die Frage, die am Ende der achten und letzten *Siamsarah*-Geschichte unbeantwortet geblieben ist, und ich erlaube mir einfach, sie nur für meine treuen, unerschrockenen *Siamsarah*-Fans zu beantworten – und für *Siamsarah* natürlich an allererster Stelle, denn sie hat schließlich diese Frage unserem Protagonisten, dem seltsamen Menschenwesen gestellt:

Einverstanden – hier noch einmal unverschlüsselt, wie die letzte Geschichte endete:

In ein paar Wochen, in der Weihnachtsnacht, würde in meinem vielleicht verschneiten Garten ein rotes Elfentor für mich leuchten und ich würde, ohne zu überlegen, hindurchgehen. Dort im Elfenreich wartete Siamsarah auf mich und ich schuldete ihr noch eine Antwort auf ihre Frage:
„Warum bleibst du nicht einfach bei mir?"

Wie schon am Anfang gesagt: Die Frage wäre besser unbeantwortet geblieben, denn so hätte sich der Leser seine Antwort selbst zusammenbauen können. So würden ja schließlich recht viele Geschichten enden, meinte eine gute Freundin, als ich ihr erzählte, ich hätte die 9. Geschichte geschrieben.
Es gibt noch einen zweiten Grund: Es ist wahnsinnig schwer, so was zu schreiben. Da kann die Rahmenhandlung noch so schräg, witzig und abgedreht sein, irgendwann kommt man unweigerlich an den Punkt, wo man diese verdammte Frage einfach irgendwie beantworten muss! – Nein, nicht irgendwie, sondern so, wie alle es erwarten, denn mal ehrlich, und damit nehme ich nichts vorweg, wer will schon hören, dass das seltsame Menschenwesen in der Geschichte antwortet: „Och nööö, lass ma – is mir alles zu stressig, ne!"
Wie also sage ich es, ohne dass es allzu kitschig wird und ohne dass allzu viele Klischees bedient werden?

Also versprochen, es werden wieder mal alle Klischees bedient und ja, es wird kitschig, aber auch einfach schön und romantisch!

Wir werden das hier also nun zu Ende bringen! Ich werde allerdings nie wieder sagen, dass die folgende Geschichte unwiederbringlich die letzte Siamsarah-Geschichte ist, die ich schreibe. Es gibt noch so viele Möglichkeiten, die schon in meinen Kopf herumgeistern. Und ich fürchte fast, dass es irgendwann einen zweiten Band geben könnte. Ich hätte auch schon einen Arbeitstitel dafür: „Zeta UMi" und der Untertitel: „Geschichten aus dem Siamsarah-Universum". Na, mal sehen was daraus wird – versprechen kann ich es noch nicht.

Ich habe für alle, die sich in Sachen Fragenbeantwortung ihre eigene Fantasie bewahren wollen, auf der nächsten Seite eine Schwarzblende eingebaut, durch die die nächste Seite garantiert nicht so schnell durchscheint. ;-)

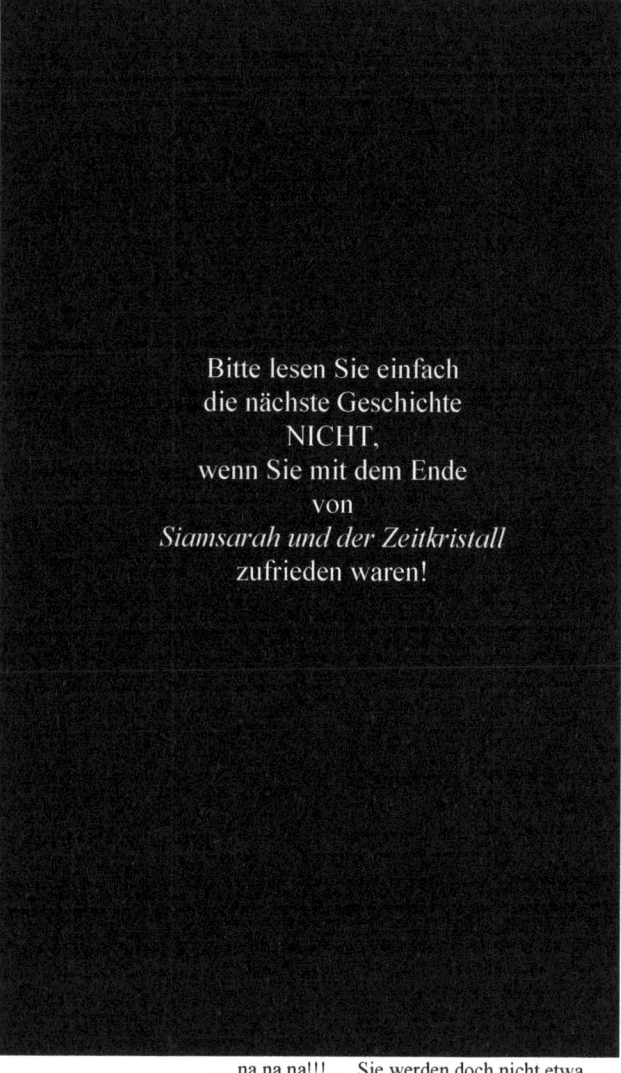

Bitte lesen Sie einfach
die nächste Geschichte
NICHT,
wenn Sie mit dem Ende
von
Siamsarah und der Zeitkristall
zufrieden waren!

… na,na,na!!! … Sie werden doch nicht etwa …

Die Antwort

Die Zeit verging wie im Flug und ich dachte noch oft an die Ereignisse auf Terramaris. Der wunderschöne Zeitkristall, den Siamsarah mir zum Abschied gegeben hatte, lag auf meinem Schreibtisch, aber ich brauchte ihn nicht als Erinnerungshilfe. Es war gar nicht möglich, sich an Siamsarah nicht zu erinnern! Der gute alte Gnörxi hatte mir die tiefere Bedeutung des Kristalls nach meiner Rückkehr bei einer Tasse Glühwein verraten – er hatte damals von Fideline auch einen kleinen Zeitkristall geschenkt bekommen. Von da an war er ein Reisender zwischen den Welten.

Weihnachten lauert ja meistens sehr bedrohlich hinter der nächsten Ecke – so auch in diesem Jahr und plötzlich war er da, der Abend vor der Weihnachtsnacht! Ich war selbstverständlich wie in jedem Jahr völlig unvorbereitet. Ich saß um 23:45 Uhr an meinem Schreibtisch und betrachtete wieder die geheime Sternenkarte mit dem Elfen-Browser *Moonlight Version 1.01*. Diesmal sollte es direkt über den Verteilerknoten des Polarsterns gehen, den es ja eigentlich gar nicht gab – genau wie Bielefeld. Ich las in der Statuszeile:

PORTAL-STATUS: ROT
TRANSFERLINIE: T54
TEMPORÄRE STABILITÄT: 00:33:33

Rot bedeutete hier, dass es sich um ein rotes Elfentor handelte, was wiederum bedeutete, dass es keine Verbindung nach Terramaris, sondern eine direkte Verbindung ins Elfenreich war. Ein Schauer lief mir über den Rücken. Die T54 war meine eigene Transferlinie und die temporäre Stabilität zeigte die Zeit an, die mir noch blieb, das Tor zu durchschreiten, bevor es sich auflöste. Ich war diesmal wirklich nervös – warum nur, dachte ich, aber ich wollte es nun auch hinter mich bringen – sofort. Der Wechsel in eine andere Welt war eben etwas, an das ich mich sicher niemals so ganz gewöhnen würde. Ich konnte einfach los. Es war völlig egal, was ich anziehen würde, denn ich würde sowieso bei der Ankunft Elfenkleidung in meiner Größe erhalten, das war so vorgeschrieben.

Pfnörgel hatte mich in einer E-Mail über den siebendimensional getunnelten intergalaktischen E-DSL-Kanal (Elfische-Dimensions-Supra-Leitung) schon vorgewarnt, dass das Elfentor diesmal etwas anders aussehen würde – technischer halt – und dass es keine Fälschung wäre. Als ich also meinen tatsächlich verschneiten Garten im gestreiften Bademantel, mit einer leider schon leeren Bierflasche in der Tasche und in Schluffen abschritt, um das Tor zu finden, verschlug es mir doch den Atem, als es plötzlich grell rot vor mir aufleuchtete. So sehr viel hatte sich genaugenommen nicht verändert, nur dass nun an der rechten Säule eine Art Fahrkartenautomat der Deutschen Bahn AG hing. Wie ich Pfnörgels Geheim-Mail entnehmen konnte, war diese Maßnahme nötig geworden, denn immer mehr Diplomaten aus den unterschiedlichsten Parallelwelten besuchten zu Konferenzen und Urlauben das Elfenreich. Es war leider bei dem relativ undifferenzierten Transportsystem, welches für Elfen und Menschenwesen zwar völlig ausreichte, bei anderen Spezies zu ein paar wirklich äußerst peinlichen Zwischenfällen gekommen. Diese hatten dann auch prompt heftige diplomatische Verwicklungen nach sich gezogen.

Die Systemsoftware verzichtete in der Normalversion auf die Erstellung einer Sicherheitskopie der atomaren Struktur des mit dem Elfentor zu transportierenden Individuums. Manchmal wurde dann in der Empfangsstation, also im Zielelfentor, das Wesen nicht ganz korrekt wieder zusammengesetzt. Schon recht peinlich, wenn ansonsten humanoide Wesen plötzlich spezielle Gesichtsunterhosen mit Eingriff tragen mussten, oder durch die eigentliche Hose atmeten. Und ersparen Sie mir bitte die Beschreibung, wie bei den Typen mit den besagten Gesichtsunterhosen dann ein Geschlechtsakt aussah! Nur so viel vielleicht: Jeder Specht hätte die Nummer als Fachfortbildung von der Steuer absetzen können! All dies hatte dem ehrenwerten Elementarteilchenversteher, seiner edlen Erhabenheit und Hochglanzwürden Sir Pfnörgel auch noch den Posten des Groß-Administrators für die neue Sicherheitssoftware der Elfentore, die sich noch in der Beta-Testphase befand, eingebracht. Und seine Highness war darüber not amused!

Ich musste mich ein wenig umständlich durch die Menüstruktur des Bildschirms tasten, aber dann fand ich neben der Auswahl für die integrierte Espressomaschine doch das Transportmenü:

• Für Aliens! Achtung: atomare Struktur wird analysiert – das kann einige Minuten dauern!

- Für Elfen und/oder Menschenwesen! Bitte klicken Sie auf: "Ich will norrrmall!!!"

- Für Dinger! Achtung: wirklich nur Dinger! Bitte zweimal das Passwort eingeben!

Ich bestätigte also mit der Berührung des Bildschirms das Feld: *Ich will norrrmall!!!*, schritt durch das rote Tor und schon ging die Post ab! Eine Wahnsinnsachterbahnfahrt durch die Dimensionen begann ....

Diesmal war es nicht so wie sonst. Normalerweise ging man nur wie durch eine Tür und war sofort ohne Zeitverlust auf der anderen Seite – es kribbelte nur ein wenig. Jetzt bekam ich die ganze wilde Fahrt durch die Dimensionen mit. Beschreiben kann man die Eindrücke nicht, man muss es erleben! Es schien endlos zu dauern, aber irgendwie spürte ich, dass trotzdem keinerlei Zeit verging.

Mit einem lauten, satten Plopp, so, als wenn man einen Korken aus der Flasche zieht, spuckte mich das neue elfische Transportsystem glücklicherweise in völlig korrekter Zusammensetzung im Elfenreich aus. Das veraltete Rohrpostsystem mit den Kapseln war nur noch eine Notreserve, wurde aber peinlichst gepflegt und gewartet. Es gab auf Zeta UMi noch den alten Rohrpostterminal mit den messingverzierten Hebeln und den Bedienschildern, auf denen man solche Hinweise wie *„Lade Kapsulek!"*, oder *„Andruck-absorber inne Wurst! – Mach dich auf ne Hölle von Energie gefasst!"* lesen konnte. Das neu installierte System nutzte die Tortechnik der Elfen und man brauchte auf Zeta UMi nicht mehr umzusteigen – man rauschte direkt durch zum Zieltor. Luise hatte alles voll im Griff. Kurz vor der Rematerialisation glaubte ich, eine Tüte mit Mehlwürmern in dem von mir verwendeten Wurmloch vorbeiziehen gesehen zu haben. Die Tüte trug die Aufschrift *Erwins Frittenschmiede*. Luise bezog diese Fast-Food-Artikel also aus der Menschenwelt. Das Zeugs war absolut nicht gesund für Spitzohrrüsselspringer.

Bisher war ich nur ein einziges Mal wirklich im Elfenreich gewesen, und damals war ich in einem wunderschönen Elfenwald mit sanft golden schimmerndem Licht und silbernen Funkenschwärmen herausgekommen.

Jetzt stolperte ich überrascht in eine Art hypermodernen Terminal. Zischend und fauchend öffneten sich die Automatiktüren des Transmitterkäfigs, der um das Elfentor errichtet worden war.

Alle waren dort: der vollzählige Elfenrat, Serana, sogar Marana in einem kunstvoll verzierten Wasserbecken, Ex-Erzfeind Egigius Egbaeutel, genannt Eggy, das sitnaltische Winzhuhn Deffy mit einem Kronkorken als Sturzhelm auf dem Kopf, Elementarteilchenversteher Meister Pfnörgel, Kneipenwirt Amöbius Brakwater, das Elfenhörnchen Fideline und ein sich in heftigen Lachkrämpfen qualvoll windender Gnörxi, der kaum noch Luft bekam und immer wieder glucksend mit seiner Pfote auf mich zeigte! Erst jetzt begriff ich – ich stand da immer noch im gestreiften Bademantel und Schluffen rum. Fideline zwinkerte mir grinsend zu und piepste: „Na, so schnell kann meinen kleinen Retter des Universums ja nichts umhauen, aber das hat ihn nun wirklich fertig gemacht!"

Meister Pfnörgel behielt wie immer die Fassung, begrüßte mich freundlich und geleitete mich diskret zu einer kleinen Kabine, in der ein in allen Regenbogenfarben schillerndes Elfengewand für mich hing. Ich sah ihn dankbar an und sagte: „Ich dachte ich käme wieder unauffällig im Elfenwald raus … ich hätte mir sonst was anderes angezogen – ehrlich!"

Er antwortete mir, verschwörerisch grinsend: „Ja, das wäre mir auch lieber gewesen, aber diese bescheuerte, verwarzte, neue Tor-Software funktioniert nur mit diesem Empfangstor im Hauptterminal unter dem Elfenpalast. Mach dir einfach nichts draus, seltsames Menschenwesen, ich nehme deinen Mantel bis zu deiner Abreise in Verwahrung."

Er verließ diskret die Kabine und ich zog mich in aller Eile um. Der Bügelverschluss der Bierflasche in meinem Bademantel klimperte ein wenig, als ich ihn an den Kleiderhaken hängte. Das Gewand passte wie angegossen. Vorn befand sich wieder eine aufgenähte Spezialtasche, die für meinen ganz besonderen Freund Gnörxi bestimmt war. Ich verließ die Kabine und trat wieder in die große Empfangshalle. Nun begrüßten mich alle sehr herzlich und man merkte, dass sie sich aufrichtig über meinen Besuch freuten, dass ich hier willkommen war.

Als sich die ganze Aufregung der Wiedersehensfreude etwas gelegt hatte, spürte ich plötzlich einen sanften Hauch hinter mir, warm, vertraut und angenehm. Mein Puls beschleunigte sich, denn ich wusste, wer hinter mir stand. Ich drehte mich langsam um und blickte in wunderschöne Elfenaugen. Siamsarah trug das gleiche Gewand wie ich – es leuchtete in allen Regenbogenfarben. „Schön, dass Du wirklich hergekommen bist, mein treuer Freund!", sagte sie leise und umarmte mich innig, aber nicht aufdringlich. „Ich wäre auf jeden Fall hergekommen!", sagte ich lächelnd und hielt einen Moment ihre Hände.

Siamsarah hatte mich, wie schon einmal, zur elfischen Weihnachtsfeier eingeladen. Im Elfenreich hatte die Feier zwar nichts mit Weihnachten zu tun, aber das gemütliche Beisammensein mit Freunden hatten sich die Elfen in der Menschenwelt abgeschaut und es gefiel ihnen, es in die Weihnachtsnacht zu legen, denn sie respektierten die Bräuche der Menschen sehr.

Aus einer ähnlichen Tasche an Siamsarahs Gewand grinste Gnörxi schelmisch und himmelte dann Siamsarah schwärmerisch an. „Er mag mich, der kleine Racker!", grinste sie und war plötzlich sehr verlegen. Gnörxi krabbelte von ihrer Tasche in meine und raunte mir verschwörerisch zu: „Und wehe du vermasselst es!"

Dann hüpfte er auf den Boden und entfleuchte mit seiner Freundin Fideline über eine Wendeltreppe nach oben in den Palast.

Siamsarah sah mich irgendwie geheimnisvoll an und sagte fröhlich: „Ich habe uns für heute Abend Karten für ein Konzert des *Fairy Philharmonic Orchestra* besorgt, und rate mal, wer es dirigiert!"

„Egigius Egbaeutel!?", stammelte ich und traf den Nagel, Siamsarahs Grinsen zufolge, voll auf den Kopf. „Dass ich das noch erleben darf!", kicherte ich und nahm ihre Hand. Wir gingen nach oben durch die wunderschönen, mit blauen Leuchtkristallen erhellten Hallen und Gänge und weiter in den Palastgarten, über dem schon Milliarden von Sternen funkelten und wo ein fast golden leuchtender Mond alles in ein mildes Licht tauchte. Ein kleiner, aber offensichtlich sehr tiefer See mit bunten Leuchtfischen lud zum Verweilen ein und wir setzten uns ans Ufer. ‚Ein perfekter Moment!', dachte ich und hatte wieder Gnörxis Mahnung im Ohr. Aber mir gingen so viele Dinge durch den Kopf. Da gab es so vieles, was ich nicht verstand. So vieles, was ich nicht wusste. Und da war noch etwas: Ich fühlte mich Siamsarah sehr nahe und das nicht erst jetzt, sondern schon seit nunmehr acht Jahren. Ich wollte es mir nur nicht eingestehen. Ich hatte das Gefühl, dass es mir nicht zustand – dass ich kein Recht darauf hätte. Siamsarah lächelte wissend. Ich war mir sicher, dass sie meine Gedanken erahnen konnte, denn ein mächtiger Zauber verband uns, den Siamsarah vor Jahren wirkte. Wir spürten selbst über große Entfernungen und sogar über die Grenzen unserer so unterschiedlichen Welten hinweg, wie es dem anderen ging, ob er in Not war, Hilfe brauchte, oder einsam war. Einmal hatte ich dadurch sogar Siamsarahs Leben gerettet, als Eggy sie, vor seiner Wende zum guten Elfen, in ein Kühlhaus gesperrt hatte, in dem sie erfroren wäre, wenn mich ihre letzten Gedanken nicht erreicht hätten.

„Ich bin ein alter Mann!", sagte ich leise und sah auf den kleinen See hinaus.

„Und ich bin eine steinalte Elfe!", sagte Siamsarah etwas belustigt. Elfen sahen auch noch im Alter von vielen hundert Jahren jung und wunderschön aus, weil sie ab einem bestimmten Alter einfach nicht mehr älter zu werden schienen. Aber sie hatte ja recht, sie war über dreihundert Jahre alt und somit reichlich erwachsen.

„Der Satz: ‚Ich könnte dein Vater sein!' funktioniert also nicht?!", stellte ich ehr fragend fest.

„Nein, weil du es garantiert nicht bist!", lächelte sie heiter.

„Aber ich sterbe dir in wenigen Jahren unter den Händen weg!", sagte ich und sah ihr in die Augen.

„Nein, hier alterst du nicht – naja, fast nicht!", berichtigte sie sich sofort.

„Sind wir dann unsterblich?", fragte ich leise und hatte irgendwie Angst vor der Antwort.

„Nein, auch wir sterben irgendwann", flüsterte sie fast.

„Und wohin gehen wir, wenn wir sterben?", flüsterte ich mit zittriger Stimme zurück.

„Wir Elfen, und auch du bist dann einer von uns, gehen wenn wir sterben, ins Mondlicht – wir gehen darin auf und ein neuer Anfang ist uns bestimmt – es ist nicht das Ende!", sagte Siamsarah sehr sanft.

Das deckte sich mit dem, was ich schon über Elfen gelesen hatte. Plötzlich saß der gute alte Gnörxi wieder auf meiner Schulter. Er musste uns belauscht haben. „Jetzt ein falsches Wort und ich ertränke dich in *Siebendimensionalem Sitnaltischem Grummelrakwurz,* und Amöbius spendiert das Zeugs", knurrte er mir leise, aber energisch ins Ohr und war blitzschnell wieder verschwunden.

Ich war reichlich nervös und verwirrt, doch es sollte noch schlimmer kommen.

Als ich aufstand und in Gedanken ein wenig zu nah ans Seeufer ging, spürte ich plötzlich sanfte, aber doch kraftvolle Hände, die mich ins erstaunlich warme Wasser des Sees zogen, in dem ich sofort wie ein Stein versank. Ich sank scheinbar endlos, und die sanften Hände hielten die meinen. Auf dem weißen Sandgrund des Sees, der, von Leuchtfischen beleuchtet, dort wie eine Schneelandschaft vor mir lag, erkannte ich endlich, wer mich da in die Tiefe gezogen hatte. Es war die traumhaft schöne Wassernymphe Marana, die ich in den Seen von Terramaris vor ein paar Wochen kennengelernt hatte. Sie sah mich belustigt an. In elfischen Gewässern brauchte man keine Taucherbrille, um klar und deutlich sehen zu können. Sie umarmte mich auf eine Art, die einem die Hirnzellen verdampfen ließ, wartete grinsend, bis ich die Luft nicht mehr anhalten konnte, und küsste mich dann heiß und leidenschaftlich. Damit stellte sie mich in wenigen Augenblicken auf Kiemenatmung um! Das war bei Wassernymphen eine ganz normale Sache, aber ich dachte, dass Wassernymphen irgendwie doch reichlich nymphomanisch sind!

„Ich freue mich so, dich wiederzusehen, seltsames Menschenwesen! Ich hatte solche Sehnsucht nach dir. Nach unserer ersten Begegnung habe ich lange Zeit nicht mehr schlafen können", schmachtete sie mich an.

„Hey kleine Nymphe, was ist denn nur los mit dir?", fragte ich ehrlich besorgt.

„Ich habe mich ganz doll in dich verliebt, seltsames Menschenwesen ...", flüsterte sie, am ganzen Körper zitternd, und ein paar Tränchen vermischen sich, kleine Schlieren bildend, mit dem Seewasser.

„Ich würde so gern mit dir die Meere und Seen aller Welten erkunden, mit dir über einen Unterwasserregenbogen tanzen, den blauen Kristall der Seekönigin und den Schlüssel von Atlantis suchen, mit dir auf dem letzten Meereseinhorn zum fernen, goldenen Meer der schlafenden Träume reiten …", schluchzte sie so sehnsuchtsvoll, dass selbst die bunten Leuchtfische für einen Moment ein verlegenheitsrotes Licht verstrahlten. Ich war wirklich gerührt und sagte ganz selbstverständlich, ohne darüber nachzudenken:

„Aber ich habe mich schon längst entschieden hierzubleiben. Bei Siamsarah!"

„Ich weiß", sagte Marana nun seltsam gefasst, als hätte sie genau das von mir hören wollen. Ich wusste, dass Marana die beste Freundin Siamsarahs war.

„Weißt du," sagte sie leise, „Elfen brauchen sehr viel Wärme … und du wirst sie doch immer gut wärmen, nicht wahr?!"

Nun nahm ich Marana lieb in den Arm und sagte leise: „Ja, das werde ich!"

Sie nahm meine Hände und schoss mit mir zurück zur Wasseroberfläche, ans Seeufer und zwinkerte Siamsarah zu, die bemerkte, dass ich keine Luft bekam, weil ich immer noch versuchte, durch Kiemen Wasser einzusaugen.

„Oh, das haben wir gleich!", sagte sie fürsorglich und küsste mich lange und leidenschaftlich. Meiner Atmung war es erst nach und nach nützlich, denn es war wahrhaft atemberaubend. Es gab keine unbeantwortete Frage mehr und Worte waren nicht nötig, denn Worte hatten nichts mit diesem Moment zu tun.

Eine Stunde später saßen Siamsarah und ich in der ersten Reihe im königlichen elfischen Konzertsaal. Eggy sollte dirigieren. Er war mittlerweile ein beliebter und gefeierter Konzertmeister – und er liebte besonders Richard Wagners Musik.

Es wurde vollkommen still im großen Konzertsaal. Eggy brauchte nur eine kaum wahrnehmbare Bewegung mit einer Hand anzudeuten, und ganz sanft und leise setzten einige wenige Streicher und Flöten ein mit den ersten sanften, geradezu lyrischen Tönen zum Vorspiel des ersten Aktes aus Richard Wagners Lohengrin.

Es war eine sehnsuchtsvolle leise Melodie. Weitere Streicher kamen hinzu, die Musik entfaltete ihren Zauber und wand sich immer höher empor. Friedrich Nietzsche sagte einmal über dieses Musikstück, es sei *„blau, von opiatischer, narkotischer Wirkung"*. Aber es war viel heftiger! Auch Siamsarah und ich gerieten in einen Zustand der Versunkenheit. Die Welt, der Konzertsaal verschwanden, ja sogar vom ganzen Orchester blieb nur die zauberische Musik übrig. Die Musik steigert sich nur langsam in diesem Stück und genau in dem Tempo veränderte sich auch der Sternenhimmel über uns und die Große Musik des Seins, der Sterne und Planeten stimmte harmonisch in die Musik des Orchesters ein …

Und genau hier fällt langsam und geschmeidig der Vorhang für Sie, meine verehrten, treuen Leserinnen und Leser.

Und wenn sie nicht ins Mondlicht gegangen sind, dann leben sie noch heute! ;-)

Der gestreifte Bademantel und die dazu passenden Schluffen wurden übrigens zur begehrten Kultkleidung im Elfenreich! Gnörxi und Pfnörgel hatten in ihrem geheimen Labor auf sitnaltA die Möglichkeit gefunden, mittels Elfentechnologie die Klamotten zu replizieren und verdienten sich wieder mal goldene Nasen mit der Erfindung. Es gab die Plüren in allen Größen, für alle Wesen des Elfenreiches, auch Maßanfertigungen für Trolle waren möglich.

Dieses Foto war ich auch noch schuldig. Die Leser hätten gern gewusst, wer für Winzhuhn *Deffy* mit dem magischen Kronkorken als Sturzhelm auf dem Kopf Modell gestanden hat: unser Freund *Guinolino*!

Vorwort zu FUMP

Und ist dies nun wirklich **endlich** das Ende?! Nein, natürlich nicht!

Zwei Drachen werden möglicherweise noch auftauchen, die es echt leid sind, die Terramarischen Heißwasserkraftwerke administrieren zu müssen, weil Eggy ja nicht mehr auf Terramaris weilt.

Sie stammen ursprünglich aus der Mythologie der alten nordischen Sagen.

Also, es sind *Nidhögger*, genannt Nöggy, und *Fafnir* – nach der Adaption von Richard Wagner eigentlich *Fafner* genannt und in meiner Geschichte Pfaffy.

Nöggy dachte, es wäre mal ne nette Abwechslung, nicht immer an der Wurzel der Weltesche *Yggdrasil* rumzunagen, aber er kam vom Regen in die Traufe. Drachen sind zu alldem noch ausgesprochene Klugscheißer!

Auch über den Auftritt von *Ratatöskr*, dem nöligen Eichhörnchen, das immer für den goldenen Adler und Nöggy Botengänge machen muss in der Sage und demnach kacke drauf ist und heftig auf Krawall frisiert, habe ich nachgedacht. Wäre ja mal was, was unserem Gnörxi das Fell sträuben würde und für ne handfeste Prügelei sorgen könnte. Denn es kann nur Einen[65] geben! Naja, es gibt noch viel zu tun!

Die Umsetzung, so wie angedacht, gestaltete sich durch die aktuelle Entwicklung dann doch fragwürdig, denn es wurden gerade absolut unsinnige Dinge erfunden: Smartphones, sogenannte *soziale* Netzwerke und die Möglichkeit, sein Gehirn in der *Cloud* abzugeben – man musste nichts mehr im Gehirn abspei-

---

[65] Retter des Universums – und das ist nun mal Gnörxi ;-)

chern, was natürlich zur immer weiter fortschreiten-
den Verblödung führte. Auch kamen Fernbedienungen
aus der Mode, stattdessen konnte man nun völlig albern vor dem entsprechenden Gerät rumfuchteln oder
es anschreien, um die gewünschte Funktion auszulösen – da war die Fernbedienung zwar tausendfach
überlegen, aber es war halt cool, sich zum Affen zu
machen. Kinder wischten mit den Fingern über Buch-
seiten (falls sie überhaupt noch lasen und nicht ständig
auf ihrem Mäusekino rumdaddelten und dabei häufig
vor Ampeln und Laternenpfosten liefen[66]) und wun-
derten sich, dass die nächste Seite nicht unverzüglich
angezeigt wurde. Jugendliche verbauten sich mit der
Veröffentlichung alkoholgetränkter Partyfotos in sozi-
alen Netzwerken lebenslang ihre Zukunft in Sachen
seriöser Jobsuche. Betreiber von Internetseiten entfernten Gästebücher und Blogs, weil da in wenigen
Minuten gesetzeswidrige Texte eingestellt wurden.
Und Oma, nur bekleidet mit einem Badeanzug, landete automatisch auf einer Pornoseite, weil ein Suchro-
boter im Internet befunden hatte, dass ihr Bild auf der
Seite mit den Urlaubsfotos einen gewissen Prozentsatz
hautfarbenen Anteils überschritt. Ja, die Frage war,
woran das alles lag. Die Antwort war eindeutig: E-
gigius Egbaeutel.
So ein Mäusekino war, das muss man neidlos aner-
kennen, eine Meisterleistung! Einmal in der Welt,
waren die Dinger nicht mehr wegzudenken – aber
vorher ging es ja auch ohne. Meine Rennmäuse lieben
allerdings das Smartphone – die sehen sich darauf
immer den Film *Mäusejagd* an und jubeln ihrer Hel-

---

[66] …das förderte auch nicht gerade die Intelligenz …

250

denmaus zu. Also eigentlich müsste es die Dinger im Zoogeschäft geben, als Bespaßung für Mäuse.

Um es ganz klar zu sagen: Das Thema *Siamsarah und das seltsame Menschenwesen* ist durch! Der Drops ist gelutscht wie man so schön sagt. Um die beiden brauchen wir uns also nicht mehr zu kümmern. Doch das Böse lauert ja bekanntlich neben Dummheit und Verblödung hinter jeder Ecke. Sie kennen das ja als genialen Trick am Ende eines spannenden Films: Alles ist schließlich gutgegangen und als letztes Bild kommt dann doch wieder der Schreck, dass noch eines der widerlichen Monster überlebt hat und aus einer finsteren Ecke in die Kamera grinst. Ganz ähnlich machen wir es hier auch, nur nicht am Ende der letzten Geschichte, sondern das Böse ist einfach da. Es hat sich klammheimlich auf die Bühne geschlichen und trägt einen Namen, den Sie, verehrte Leserinnen und Leser, die Sie nun schon wahrhaft Kenner der Materie sind, kennen wie keinen anderen: Egigius Egbaeutel! Na und vielleicht gibt's ja doch noch Drachen – mal seh`n!

Also worauf warten wir noch?!
Viel Spaß nun mit FUMP ☺

FUMP

Es war eine sternklare laue Sommernacht wie aus dem Märchenbuch. Ein strahlend voller Mond stand am Himmel und beleuchtete die Szene. Auf der Waldlichtung zogen unendlich langsam Nebelschwaden flach über den feuchten Boden. Es hatte lange geregnet, und die Natur trank dieses Wasser des Lebens in gierigen Zügen nach der Trockenheit der letzten Monate.

Leise fielen noch vereinzelt Regentropfen von den Blättern der umstehenden Bäume auf den weichen, gras- und moosbedeckten Boden der kleinen Lichtung. Funkelnd spiegelte sich das Mondlicht in den Wassertropfen an den Gräsern. Der Wind rauschte sanft durch die schwarzen Baumstämme. Ein Schwarm Glühwürmchen tauchte die Lichtung in ein zauberisches, fast neongrünes Licht. Aber kein menschliches Auge erfreute sich an diesem wundervollen Augenblick: eine verlassene, friedliche Welt der Stille.

Die Waldvögel schliefen noch tief und fest. Sie würden erst in drei Stunden zu ihrem morgendlichen „TIRILAT" durchladen. Trotzdem hätte ein aufmerksamer Wanderer ein leises Wispern und Raunen hören können, denn an dieser Stelle des Waldes konnte man, wenn man ganz leise war, die Unterhaltung der Bäume hören – ein leises, knarrendes, dunkles Raunen und Ächzen, das Worte einer fremden Sprache formte. Das taten die Bäume hier sehr gern, und sie hatten sehr viel Zeit, um sich auszutauschen, zu philosophieren und über die Natur und die ganze Welt zu reden, sich zu beraten.

Wenn nun noch kleine silberne Funken neugierig überall herumgeschwebt wären, hätte es fast ein Wald im Elfenreich sein können, aber es war ein Wald in der Menschenwelt und das Elfenreich war gerade jetzt unendlich weit entfernt – weiter als je zuvor!

Plötzlich begann der Boden zu vibrieren!

FUMP!!! machte es – so ein FUMP!!!, als wenn eine große Granate das ebenfalls große Rohr eines großen Granatwerfers verlässt! Aus einer Rohröffnung im Waldboden schoss mit einer gewaltigen Dampfwolke eine recht große Rohrpostkapsel mit einer Klappe und einem runden Bullauge, hinter dem sich etwas Pelziges heftig gestikulierend bewegte. Nachdem die Kapsel in einigen Metern Höhe ihren toten Punkt erreicht hatte, krachte sie scheppernd auf den leicht dampfenden Waldboden. Sie kullerte geräuschvoll über das abschüssige Gelände, krachte vor einen Baum und hüpfte an selbigem noch einmal kurz hoch, um dann liegen zu bleiben. Die Klappe wurde von innen geräuschvoll unter heftigem lautstarken Schimpfen und Fluchen aufgetreten und ein wirklich merkwürdiges Wesen kletterte, immer heftiger fluchend, aus der Luke und gab der Kapsel einen Tritt, so dass sie polternd den kleinen Hang neben der Lichtung hinunter rollte und zwischen den Bäumen verschwand.

„Grandakacka! Krapempel! Klobenpack! Ätzende Drachenpisse! – Ich hasse es! – Ich hasse es zutiefst so zu reisen – in dieser verkackten Mülldose!", schimpfte das seltsame Wesen und strich sich hektisch das dampfende Fell glatt. Es nahm einen Schluck eines sicherlich sehr hochprozentigen Zeugs aus einer kleinen Flasche, die kurz darauf leer war und schleuderte sie ärgerlich in den Wald. Es knisterte und die Flasche löste sich in einer schwachen Leuchterscheinung auf. Das Gleiche passierte gerade mit der Rohrpostkapsel ungefähr hundert Meter weiter unten am Hang.

Nun, meine treuen, unerschrockenen Leserinnen und Leser, Sie wissen selbstverständlich, um wen es sich hier bei unserem Rohrpostreisenden handelt: Seine Erhabenheit und Hochglanzwürden, der über alle Maßen ehrenwerte Elementarteilchenversteher Sir Pfnörgel. Er war dem in der Menschenwelt lebenden kenianischen Löffelhund nicht unähnlich, nur hatte er viel spitzere Ohren und schielte von Natur aus heftig. Außerdem ging er aufrecht auf den Hinterpfoten, beherrschte die Sprachen sämtlicher Länder und Parallelwelten, ohne sie jemals gelernt zu haben, aber das konnten ja schließlich wirklich alle Elementarteilchenversteher. Selbstverständlich konnte er sich mit Elementarteilchen, na, sagen wir mal verständigen. Auch konnte er die Gedanken aller Lebewesen lesen, wenn diese ihm die Erlaubnis dazu gaben. Das war oft recht praktisch, sparte Zeit und vermied Missverständnisse, denn Worte waren nun mal die Ursache aller Missverständnisse. Pfnörgel konnte natürlich ohne Worte, rein gedanklich, mit anderen Wesen kommunizieren.

Missmutig trottete Pfnörgel den Hang hinunter und dort, an einer alten Buche, wartete jemand auf ihn. Jeder hätte diesen Jemand für ein etwas größeres, aber ansonsten ganz normales Eichhörnchen gehalten – war es auch, nur eben nicht ganz normal! Es war sozusagen der mehrfache Retter des Universums, hatte die Lizenz, an der Zeit rumzufummeln, und trug den Namen Gnörxi. Beide Wesen hatten einiges gemeinsam – sie waren pelzig, hatten spitze Ohren und waren Freunde und alte Kampfesgefährten, die schon vieles erlebt hatten und aus so manchem Kampf gegen das Böse als strahlende Sieger hervorgegangen waren. Und damit sind wir beim Thema, meine sehr verehrten, treuen, unerschrockenen Leserinnen und Leser – das BÖSE ist ja bekanntlich „immer und überall"[67]! So natürlich auch in dieser kleinen Geschichte. Und das BÖSE hat einen Namen, einen einzigen, und der diesen Namen trägt, ist schlimmer, gefährlicher, hinterhältiger und gemeiner als alles, was die Menschheit kennt. Er würde sogar Juckpulver auf Flöhe streuen! Sein Name ist Egigius Egbaeutel, ein gemeingefährlicher Elf, der ursprünglich mal Chef eines Elfenstützpunktes auf der Insel Terramaris war, dann ein Bösewicht, der die Welt und Siamsarah vernichten wollte, danach zum Guten wechselte als gefeierter Dirigent des *Fairy Philharmonic Orchestra*, und nun hatte er, wie unsere Geschichte zeigen wird, einen schlimmen Rückfall. Diesmal jedoch strebte er nicht nach der Vernichtung der Menschenwelt, sondern er wollte die Weltherrschaft! Völlig albern natürlich, denn das würde schon komisch aussehen – ein cholerischer, kleiner, fetter, glatzköpfiger Elf mit Bluthochdruck als King of the World. Aber Eggy hatte es bisher klugerweise vermieden, sich in der Menschenwelt zu zeigen – er agierte im Untergrund. Er hockte in einem unterirdischen Bunker am Rande genau unseres kleinen Waldes. Da er sich unbeobachtet fühlte, was allerdings ein Trugschluss war, trug er Feinrippunterwäsche und Kniestrümpfe aus Baumwolle mit Strumpfhalter. Sein fettiges Gesicht zierte eine Schweißerbrille, die er im Stillen als Gesichtsfirewall bezeichnete.

---

[67] Aus dem Song „Banküberfall" von der „Ersten Allgemeinen Verunsicherung" (EAV).

In der Hand hielt er eine Bierdose, mit deren Inhalt er gerade eine Bockwurst mit viel Senf runterspülte.

„So, dann mal los!", rülpste er gurgelnd vor sich hin und drückte einige Knöpfe auf dem großen Schaltpult, vor dem er in einem viel zu großen Chefsessel mit zu breiten Armlehnen halb lag. Seine kurzen, aufgeregt strampelnden Beinchen baumelten, ohne den Boden auch nur annähernd berühren zu können, herunter. Was das Knöpfedrücken auslöste?:

Auf einem geheimen Server wurden einige besonders hirnzellenverdampfende Onlinecomputerspiele für Kinder scharfgeschaltet, in denen beispielsweise lächerliche Knetgummifiguren durch die Gegend robbten und unartikulierte Laute von sich gaben, wie zum Beispiel: „Gagagaaaahhh!!!...".

Dies überschwemmte die Kinderwelt mit einer unglaublichen Verblödungswelle. Nach wenigen Stunden eierten viele Kinder genauso herum. Eggy rieb sich in seinem Sessel schrill kichernd die kleinen Wurstfingerhändchen. Aber da war doch noch was?! Ja, er fühlte sich nur unbeobachtet – in Wirklichkeit hatten Pfnörgel und Gnörxi ihn bereits auf dem Monitor ihrer unter Laub und Gestrüpp versteckten, mobilen Einsatzzentrale. Die Kamera und das Mikrofon in Eggys Laptop anzuzapfen war für die beiden Freunde ein Kinderspiel gewesen. Sie sahen sich ratsuchend an. Was sollten sie nur tun? Alle Elfentore waren ausgefallen und sämtliche Elfenmagie durch Eggy lahmgelegt. Wie sollten sie in den unterirdischen Bunker mit den meterdicken Betonwänden eindringen, um dieses Furunkel auszuräuchern und dem Spuk ein Ende zu bereiten?

Pfnörgel sah sehr betreten drein und meinte: „Und wenn wir ne ganze Flasche *Siebendimensionalen Sit-*

naltischen Grummelrakwurz runterstürzen, wir haben nichts, was wir gegen Eggy aufbieten könnten ohne Elfenmagie. Grandakacka! Krapempel! Klobenpack! Ätzende Drachenpisse!", fluchte er lauthals.

„Das kannst du wohl laut sagen!", pflichtete ihm Gnörxi bei. Er hielt plötzlich wie erstarrt inne.

„Wie war das?!", japste er sehr aufgeregt.

„Wie war was?", fragte Pfnörgel verstört.

„Das letzte Wort?!", schrie Gnörxi nun ungehalten.

Plötzlich zeichnete leuchtende Erkenntnis ein listiges Grinsen auf Pfnörgels Gesicht und die Permanentillumination über seiner Denkerstirn blitzte heftig auf. „Jahhhaha!!!", gluckste und kicherte er zutiefst erheitert und die beiden Kampfesgefährten schlugen sich gegenseitig in die Hände.

„Aber wir haben noch ein Problem", sagte Pfnörgel, nachdem er sich einigermaßen beruhigt hatte. Er brachte einen kleinen Behälter zum Vorschein, den er an seinem Gürtel getragen hatte, und öffnete ihn vorsichtig. Der Inhalt war ein golden glänzendes, eiförmiges Gebilde von ca. zehn cm Länge und fünf cm Durchmesser. Ähnlich wie bei einer Handgranate befand sich ein Sicherungsstift mit Abzugsring an dem Teil.

„Siamsarah hat mir das anvertraut und ich darf es nach eigenem Ermessen einsetzen", sagte Pfnörgel etwas nachdenklich. Gnörxi stockte der Atem. Er hatte bisher nur in der Elfenliteratur von diesem Ding gelesen. Es war eine FUMP-Bombe[68], die schrecklichste Waffe, die es im Elfenreich und in der Menschenwelt gab. Konstruiert von Elfentechnikern ei-

---

[68] "FUMP": ...wegen des Geräusches, das sie beim Explodieren macht ...

gens zum Einsatz in der Menschenwelt. Das Ding eliminierte innerhalb weniger Stunden alle Internet- und Mobilfunkanwendungen des gesamten Planeten. Sorgte also für einen krassen Rücksturz in das steinzeitliche Vorinternetzeitalter – sozusagen ins Zeitalter der schnurgebundenen Telefonie und des Briefeschreibens. Naja, der gute alte Fernschreiber und das Fax würden wahrscheinlich auch noch funktionieren, aber da war man sich nicht so sicher. Klar, morsen und trommeln würde sicher auch noch gehen, aber wer hatte das schon noch drauf?

„Willst du das Ding tatsächlich zum Einsatz bringen?", fragte Gnörxi nun doch etwas ängstlich. Pfnörgel grinste breit, so dass man seine kleinen nadelspitzen Zähne sah, und sagte inbrünstig: „Oh ja, das will ich schon lange, nur war es bisher untersagt so drastisch in die Geschehnisse der Menschenwelt einzugreifen, aber nun geht es nicht mehr anders. Das Problem ist, das Ding wirkt nur, wenn es im Bunker bei Eggy, wo alles angefangen hat, hochgeht. Na und deswegen muss ich mal eben telefonieren – noch geht's ja", grinste Pförgel, zog sein Handy aus der Gürteltasche seiner Kampfkombination und wählte eine gespeicherte Nummer. Der Angerufene meldete sich röchelnd:

„Nidhögger Entertainment und Heizungsnotdienst – ich höre!" Ein fauchendes Geräusch rundete die Ansage ab.

„Hey, Nöggy alter Kumpel, wie läuft das Geschäft denn so? Pfnörgel hier!"

„Na das ist ja ne Überraschung, alter Knütterkopp! Wies läuft? Hör bloß auf, es ist echt nix mehr los, total langweilig. Im letzten Jahr bin ich aus dem Kölner Karnevalsverein geflogen, weil ich versehentlich den Wagen abgefackelt habe, der vorher noch den ersten Preis bekommen hat, wegen des so lebensecht wirkenden Drachen drauf. Naja, manchmal bucht mich noch einer, um ein paar Tage in seinen Heizkessel zu fauchen, wenn ihm überraschend das Öl ausgegangen ist, aber seit es die neuen Erdgasheizungen gibt, kommt das nicht mehr oft vor, weißt du. Das was mir noch bleibt, ist ab und zu mit meinem Kumpel Fafner – du weißt schon, der alte Pfaffy – zu Amöbius ins Dimensionsloch zu fliegen und ein paar Flaschen von eurem genialen *Siebendimensionalen Sitnaltischen Grummelrakwurz* runterzukippen, aber danach schlaf ich immer ein paar Monate. Ach Pfnörgeli, was soll ich nur machen, um meinem Leben wieder einen neuen Kick zu geben?"

Pfnörgel hatte ihn verständnisvoll und ohne zu unterbrechen, ausreden lassen und sagte dann kurz und bündig:

„Nöggy, dir kann geholfen werden! – Wir brauchen dich hier – JETZT!"

Er gab dem Drachen per GPS ihren Standort durch und legte auf.

„So das hätten wir", grinste Pfnörgel gut gelaunt. Er zog einen kleinen Flachmann mit Bucheckernschnaps aus seiner Kampfkombi und reichte ihn Gnörxi mit den Worten „Das Zeug macht schön locker! Und geh in Deckung wenn er angerauscht kommt – er kann nicht mehr so gut landen und benutzt seinen Feuerstrahl, um zu bremsen. Das tut unserem Fell nicht gut!"

Es dauerte tatsächlich nicht lange und Nöggy bretterte fauchend und Feuer speiend in den Wald, eine Schneise schlagend, auf eine kleine Lichtung runter, überschlug sich ein paarmal und kam etwas benommen vor den Bäumen zum Stehen, hinter denen nun Pfnörgel und Gnörxi hervorkrochen.

„Ne perfekte Punktlandung!", röhrte Nöggy japsend und gurgelnd.

„Was macht die Prostata?", fragte Gnörxi statt einer Begrüßung voller Anteilnahme, konnte sich aber ein Grinsen nicht verkneifen.

„Och, die letzte Harnstrahlmessung war grandios! Der Doktor war echt mit mir zufrieden – naja leider wurde es ein Haftpflichtschaden, weil das Pinkelbecken dabei verdampft ist", grummelte er vor sich hin und sah etwas betreten drein.

„Ähhh nun dämmert mir was, liebe Freunde", murmelte er und sein Blick erhellte sich mit einem Mal.

„Na, und fit bist du ja schon immer im Kopf gewesen", grinste Pfnörgel.

Nöggy richtete sich zu voller Größe auf, atmete tief ein und röhrte voller Stolz so laut, dass es sicherlich kilometerweit zu hören war, mit echt kesselnder Stimme:

„Was – meine lieben treuen Freunde – soll ich für euch anpinkeln?!"

Er mache eine dramaturgische Pause und grinste dann.

Pfnörgel und Gnörxi zwinkerten ihm zu und bedeuteten ihm mit einem Wink mitzukommen. Unter großem Getöse walzte Nöggy fauchend durch den Wald hinter den beiden her, bis sie den Betonbunker erreichten, in dem Eggy gerade dabei war die Welt komplett zu verblöden, um danach die Macht an sich zu reißen.

„Hier bitte", sagte Pfnörgel gelassen und zeigte auf eine Betonfläche im Waldboden.

„Einfach so?", fragte Nöggy, wegen der schlichten Aufgabe etwas überrascht.

„Einfach so!", bestätigte Pfnörgel trocken.

„Okay!", gluckste Nöggy und hob das rechte Hinterbein mit der krallenbewehrten Pranke. Ein unglaublicher Strahl kochenden Drachenurins schoss hervor und löste den Beton augenblicklich dampfend und zischend auf. Ein kreisrundes Loch entstand und fraß sich bis tief in das Bunkerinnere.

„Du hast gerade die Welt gerettet Nöggy!", grinste Pfnörgel, zog mit den Zähnen den Sicherungsring aus der golden glänzenden FUMP-Bombe und warf sie in das entstandene Loch – FUMP machte es tief unten und in wenigen Stunden war die Welt viel entspannter. Keine Hektik mehr. Ein unangenehmer Vorgang auf dem Schreibtisch eines Sachbearbeiters, der zwecks Rückfrage normalerweise an einen Kollegen in der Nachbarstadt gemailt wurde und nach zehn Minuten wieder auf dem Absenderschreibtisch mit dem damit verbundenen Ärger der Weiterbearbeitung landete, bedeutete nun keinen Stress mehr. Es musste ein Brief geschrieben werden und bis der mit einer Antwort zurück war, dauerte es meist eine erholsame Woche. Na, und den Rest können Sie ja mal in Gedanken durchspielen. Kinder lernten auch ohne Handy zu überleben … usw. usw.

Bei Kneipenwirt Amöbius Brakwater in der Kultkneipe „Dimensionsloch" auf Atlantis stieg in der folgenden Nacht eine Riesenparty, denn unsere Helden gaben sich so richtig die Kante. Eigentlich war ja Gnörxi für die Rettung der Welt zuständig, aber er gönnte Nöggy den Titel an diesem Abend von Herzen, denn Nöggy drehte mächtig auf und fühlte sich großartig. Der Tresen im „Dimensionsloch" war zum Glück feuerfest.

Im großen Aquarium war heute Abend auch Marana zu Gast. Sie schwamm neugierig an der riesigen

Scheibe entlang, um die Partygäste zu beobachten. Pfnörgel schielte sehr heftig, weil er schon zusammen mit Gnörxi einen *Siebendimensionalen Sitnaltischen Grummelrakwurz* runtergestürzt hatte. Es war immer noch so, dass unmittelbar danach die Zunge des Gastes eine Weile gelähmt und seltsam verlängert aus dem Mund hing. In diesem Moment sah er Serana, die gerade die Kneipe betreten hatte, um mitzufeiern. Pfnörgel bemerkte es und starrte Serana mit schielenden Augen an – Serana merkte es, weil sich ihre Blicke trafen und ineinander festbohrten.

„Dieeeehh rrrRache issss meiiiinn!", lallte Pfnörgel, als ihm seine Zunge halbwegs wieder zu Diensten war, und Serana hörte die Stimme mental in ihrem Kopf. „Ich wollte dir gerade einen Friedensvertrag anbieten, Pfnörgeli! Du kannst die goldene Kreditkarte noch ein weiteres Jahr nutzen!", japste Serana ängstlich und wich vor dem nun heranstapfenden Elementarteilchenversteher bis zur Glaswand des großen Nymphenaquariums zurück. Sie konnte nicht ständig vor ihm weglaufen und setzte daher keine Elfenmagie gegen ihn ein. Als er ganz nah vor ihr stand, grinste er sie an und eine Reihe nadelspitzer Zähne wurde dabei sichtbar. „Wir sehen uns in der Hölle, Serana!", röhrte er mit nun brodelnder, dunkler Stimme, aber er spielte nur den ganz finsteren Bösewicht, das spürte Serana. Zwei Nymphenhände ergriffen Serana, hoben sie an und zerrten sie über den Rand des Aquariums ins Wasser. Auf dem Grund sah Marana tief in Seranas Augen und merkte, dass die langsam keine Luft mehr bekam, und küsste sie so leidenschaftlich, dass Serana in tiefe Bewusstlosigkeit floh, weil sie im Gegensatz zu Siamsarah solche Unterwasserknutschereien gar nicht abkonnte. Pfnörgel beobachtete alles und bekam vor der Glaswand einen unglaublichen Lachanfall. Er wand sich heftig krampfend und zuckend auf dem Boden und grölte in Richtung der gerade nun mit Kiemen ausgestatteten Serana: „Die will doch nur spielen!!!"

Nöggy war schon gut abgefüllt und lachte so kesselnd und laut mit, dass einige Flaschen und Gläser zu Bruch gingen. Dabei zündete immer wieder unkontrolliert sein Magengas und setzte wieder die halbe Kneipe in Brand. Einige Gäste flüchteten in heller Panik vor ihm, aber er rief donnernd hinter ihnen her: „Ohhh, meine Kinderchen – ich will euch alle in den Arm nehmen! Kommt zu Papa!!!" Dabei stapfte er, eine Art Erdbeben erzeugend, hinter den Flüchtenden her. „Dann sind wir so platt wie Briefmarken!", piepste Deffy panisch und rannte wie ein hysterisches Huhn davon. Wie gesagt: Es war ein wundervoller Abend!

Eggy wurde übrigens von der FUMP-Bombe direkt wieder in die Heißwasserkraftwerke nach Terramaris gebeamt. Dort wurde er wieder Bademeister für die Warmwasserseen der Elfenurlaubsinsel im Niemandsland zwischen den Welten, wo der Strom der Zeit keine Macht hat.

Die Welt war wieder in Ordnung!

Aber so ganz war sie noch nicht in Ordnung, jedenfalls nicht für Pfnörgel. Er telefonierte kurz mit Erla, der isländischen Elfenspezialistin, und legte danach zufrieden auf. Er schlich sich ins unterirdische Heißwasserkraftwerk und entdeckte Eggy, der versuchte, sich mit einer großen Zange recht erfolglos die elektronische Fußfessel abzuknipsen. Pfnörgel ging zielstrebig auf Eggy zu und verpasste ihm eine. Eggy ging taumelnd zu Boden. Pfnörgel, der eigentlich physische Gewalt verabscheute, merkte, dass es sehr befreiend gewesen war, Eggy eine reinzuhauen. Er packte ihn am Kragen und schleifte ihn zum Rohrpostterminal. Dieses eigentlich veraltete System war trotzdem auch hier auf Terramaris installiert worden – für Notfälle. Und dies war einer! Auch wurden Rohrposttransporte nicht im Zentralrechner gespeichert. Pfnörgel schlug auf die Kontaktfläche mit der Aufschrift: „Lade Kapsulek!" Polternd und ruckelnd machte sich eine der alten, aus dem Vollen geschnitzten Kapseln aus dem Magazin auf die Reise in das Abschusskatapult. Das gewaltige Geschoß rastete ein und Pfnörgel raunte Eggy zu: „Einsteigen!" Eggy kroch auf allen Vieren in die Kapsel – er trug seine übliche Arbeitskleidung: Feinrippunterwäsche und eine Schweißerbrille. Rumpelnd schloss sich die Kapsel aus UMi-Stahl und der Countdown zählte von 10 auf 0 runter. Dann hob die Kapsel donnernd ab und verschwand in der Rohrpostleitung. „Da geht er hin!!!", kreischte Pfnörgel vor Vergnügen. Auf dem Zielerfassungsbildschirm blinkte ein Punkt, der mit Isafjördur beschriftet war, mit der Unterzeile *Big Boiler*!

Pfnörgel weilte wieder einmal in der terramarischen Unterwasserkuppel. Diesmal saß er aber nicht flötenspielend auf einer der Aussichtsbänke, sondern lag laut schnurrend auf Seranas Schoß und bekam von ihr nun schon eine Stunde lang das Fell gekrault. Nun hatten die beiden wirklich Frieden geschlossen. Draußen im Meer vor der Panzerglasscheibe schwamm Marana. Sie sah etwas traurig aus. Siamsarah war zu einer Fachfortbildung im *Raum der Welten* und ansonsten viel mit ihrem seltsamen Menschenwesen unterwegs. Marana würde ein wachsames Auge auf die beiden haben, denn sie wollte, dass es ihrer Freundin Siamsarah immer gut ging – und derzeit ging es ihr sehr gut. Marana nahm kurz eine mentale Verbindung zu Pfnörgel auf, und dieser übersetzte. „Marana entschuldigt sich vielmals für die Sache mit dem Aquarium", brachte er zwischen dem Schnurren hervor. Serana legte eine Hand auf die Glaswand und Marana tat es ihr auf der anderen Seite gleich – das Zeichen für „Entschuldigung angenommen!"

Oh, wie weh doch der Abschied von allen kleinen und großen Protagonisten dieses Buches nach diesem fulminanten Finale Furioso tut. Nun heißt es einen letzten Gedanken zu Papier zu bringen. Mir fallen da wirklich rührende und einfach nur wundervolle (fast) letzte Worte ein. Beispielsweise das hier:

Tinker Bell:
"Kennst du den Platz zwischen Träumen und Wachen? Den Platz wo deine Träume noch bei dir sind? Dort werde ich dich auf ewig lieben, Peter Pan, dort werde ich auf dich warten ..."

Oh, die arme Tinker Bell, ich habe mit ihr gelitten beim Lesen. Diese wundervollen schmachtenden Worte einer verliebten Elfe stammen aus: *Peter Pan* von James Matthew Barrie – hier aus der Verfilmung *Hook* von Steven Spielberg 1991.

Ja, ja, ich gebe es ja zu, ich bin ein hoffnungsloser Romantiker und gehöre damit zu einer aussterbenden Art – ein einsamer Wolf, der den Mond anheult.

Meine eigenen letzten Worte dieses Buches können dagegen nur dünn ausfallen, aber:

Wenn Sie bis hierher Spaß an diesem Buch hatten, kann es nicht so ganz falsch gewesen sein, es zu schreiben. Bis bald also zu ganz neuen, bisher noch ungeschriebenen aber schon angedachten Abenteuern – mal sehen wohin der magische Wind uns treibt ;-)

Anhang

Abschließend möchte Pfnörgel hier ein wenig aus dem Nähkästchen plaudern. Wenn gerade mal nichts Essbares oder Bucheckernschnaps greifbar ist, können sich sitnaltische Elementarteilchenversteher auch rein meditativ ernähren. Hier eine stark vereinfachte Schilderung des hochkomplizierten Vorgangs:

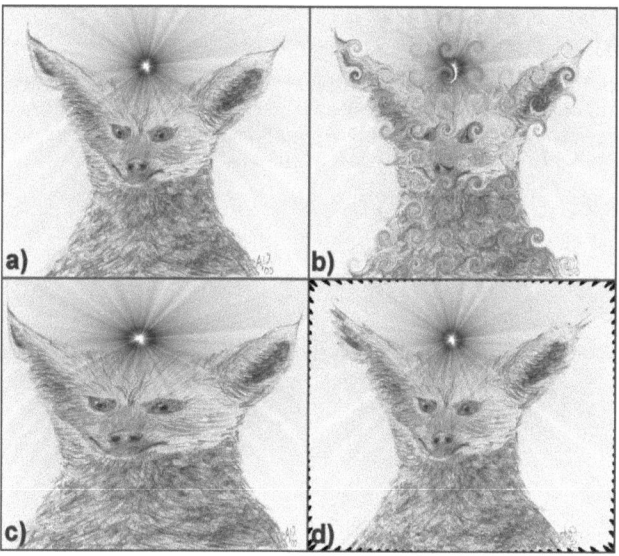

Bild a: Ein hungriger, aber meditativ gut eingestimmter Pfnörgel: Er ruht in seiner Mitte.

Bild b: Pfnörgel begibt sich zwecks Nahrungsaufnahme mental in ein Superplus-Higgs-Feld – das verleiht ihm heftig zusätzliche Masse.

Bild c: Oh… äääähmm… ja… das war etwas zu viel des Guten, glaube ich.

Bild d: Nun verwendet Pfnörgel nur die wertvollen Anteile der hinzugewonnenen Masse und sondert das überschüssige Zeugs, zum Beispiel Fett, über die spitzen Ohren in eine auch ihm noch unbekannte zusätzliche Dimension ab – echt praktisch, so was! Nun passt das Fell wieder ☺.

Pfnörgel war so freundlich, mir seine Einlochflöte für ein Foto zu borgen. Auf dem Foto wirkt die Flöte natürlich viel größer als sie in Wirklichkeit ist – pure Elfenmagie! Solche Flöten wurden einst nur auf sitnaltA gefertigt. Mittlerweile sind sie aber auch hier erhältlich ;-)

Platonische Körper besitzen wegen ihrer schlichten, aber perfekten Form eine besondere Schönheit.

Das Kristallprisma von Siamsarah verzaubert im Sonnenlicht die Umgebung mit leuchtenden Spektralfarben.

Der Feenstein aus Bergkristall ist ein Torschlüssel für besonders wichtige Elfentore.

In Fantasy-Geschichten wird natürlich geflunkert, was das Zeug hält. Daher muss ich hier etwas richtigstellen: Dieses schöne Modell von Keplers *Weltgeheimnis* habe nicht ich zusammengebaut, sondern Violetta. Ein großes Dankeschön an Dich, Violetta! Ich hätte das nicht so gut hinbekommen.

Der Autor

Sein Brotberuf ist das Schreiben nicht – wohl aber sein „Ausgleichssport". Tagsüber hilft Theo Gremme, der 1954 in Lünen an der Lippe geboren wurde, seinen Patienten als Heilpraktiker in seiner Praxis in Olfen, und abends verbreitet er eine fantastische Stimmung bei seinen zahlreichen Lesungen.

Die Liebe zur Literatur trägt er schon lange in seinem Herzen. 1991 gründete er einen eigenen kleinen Verlag, in dem er Lyrik und Kurzgeschichten verlegte von Autoren wie Hans Kruppa, Heike Hagemeier, Jessika Müntinga, Christiane Kienast, Daria Lehner, Valerie Fender und Hartmut-Oliver Horst. Viele Jahre moderierte er die Sendung „Literaturcafé" bei dem privaten Lokalsender für den Kreis Recklinghausen, Radio FIV, in der er Autoren aus der Region vorstellte.

„Die Ideen für meine Geschichten stammen aus dem wirklichen Leben – da habe ich nicht sehr lange suchen müssen. Mit der Verfilmung von zwei meiner Geschichten geht für mich ein Traum in Erfüllung. Jeder Autor träumt sicher davon, dass zumindest eine Geschichte von ihm irgendwann einmal verfilmt wird. Es fällt mir allerdings mächtig schwer, mich nach so vielen Geschichten von *Siamsarah, Eggy, Pfnörgel, Deffy, Marana, Fideline, Amöbius* und *Gnörxi* zumindest für eine Weile zu trennen!", sagt Gremme etwas wehmütig. Mal sehen, wie es nun weitergeht. Neue Ideen hat der Autor jedenfalls genug!

Danksagungen:

Ganz herzlich bedanken möchte ich mich für das Lektorat der einzelnen Geschichten bei meiner Frau Annette, weiter bei Violetta, Anna und Steffi. Als Ideenlieferant und Betatester der Geschichten stand mir in regem Schriftwechsel Lothar immer zur Seite – meinen ganz besonderen Dank dafür! Natalija danke ich für das schönste Buchcover, das ich je hatte.

Auch bei meinen Lesungsgästen, Leserinnen und Lesern möchte ich mich herzlichst für ihre langjährige Treue bedanken – ohne Sie wäre dieses Buch nicht möglich gewesen, denn Sie haben mir in jeder Lesung Mut gemacht, weiterzuschreiben.

Der Film

Eine sensibel kombinierte Version aus Siamsarahs erstem und zweitem Jahr wurde von dem bekannten Naturfilmer Robin Jähne in einem einzigartigen Video-Hörbuch verfilmt. Der Film kann bei Robin Jähne bestellt werden:

Naturfilm Robin Jähne
Wellnerweg 16
32760 Detmold
naturfilm@robinjaehne.de

DVD: 12,50 €
BluRay/VHS: 15,50 €
Preisänderungen vorbehalten

Ein Blick ins nächste Buch
Arbeitstitel: *Zeta UMi*

Kapitel 1: The Big Boiler

Pfnörgel packte Eggy am Kragen und schleifte ihn zum Rohrpostterminal. Dieses eigentlich veraltete System war trotzdem auch hier auf Terramaris installiert worden – für Notfälle. Und dies war einer! Auch wurden Rohrposttransporte nicht im Zentralrechner gespeichert. Pfnörgel schlug auf die Kontaktfläche mit der Aufschrift „Lade Kapsulek!" Polternd und ruckelnd machte sich eine der alten aus dem Vollen geschnitzten Rohrpostkapseln aus dem Magazin auf die Reise in das Abschusskatapult. Das gewaltige Geschoß rastete ein und Pfnörgel raunte Eggy zu: „Einsteigen!" Eggy kroch auf allen Vieren in die Kapsel – er trug seine übliche Arbeitskleidung: Feinrippunterwäsche und eine Art Schweißerbrille mit blauen Gläsern. Rumpelnd schloss sich die Kapsel aus UMi-Stahl und der Countdown zählte von 10 auf 0 runter. Dann hob die Kapsel donnernd und fauchend ab und verschwand in der Rohrpostleitung.

„Da geht er hin!!!", kreischte Pfnörgel vor Vergnügen. Auf dem Zielerfassungsbildschirm blinkte ein Punkt, der mit Isafjördur beschriftet war, mit der Unterzeile *Big Boiler*!

Die Kapsel donnerte durch ein geostationäres Elfentor und erreichte zischend die große Bremskammer auf der Verteilerstation Zeta UMi. Die Luke der Kapsel öffnete sich summend und eine monotone Computerstimme krächzte:

„Bitte aussteigen – für Sie besteht die Umsteigeanordnung nach Isafjördur – die Transportkapsel trifft in wenigen Minuten im Abschusskatapult 13 ein – bitte Vorsicht an der Mündungsklappe!"

Eggy stieg mit zitternden Knien aus und sah ein großes Schaltpult, auf dem eine winzige, mit Sand gefüllte, quadratische und oben offene Kiste an allen vier Ecken mit dünnen Fäden an einem Rohr befestigt war und sanft hin und her schaukelte. Eggy kam mit großen Augen näher. Dieses Wesen kannte er, es hatte ihn schon einmal in die Verbannung befördert. Damals war es ein Neutrino-Jet gewesen, mit dem ihn dieses kleine Wesen nach Isafjördur geflogen hatte. Eine feine, piepsige Stimme, die eindeutig aus der kleinen, schaukelnden Sandkiste kam, sagte freundlich: „Willkommen auf Zeta UMi! So sieht man sich wieder!"

Luise gehörte zur Gattung der sprachbegabten Spitzohrrüsselspringer aus der Parallelwelt sitnaltA. Diese kleinen, süßen Tierchen gab es auch in der Menschenwelt, aber da stellten sie sich natürlich stumm, um nicht aufzufallen. Sie heißen in der Menschenwelt Kurzohrrüsselspringer.

„Tja, so geht es therapieresistenten Vollpfosten! Du wirst nun dauerhaft in der Verbannung dein Dasein fristen und niemand außer Pfnörgel, Erla und mir weiß, wo du abgeblieben bist. Offiziell hat dich das Universum einfach als Sondermüll entsorgt – ein peinlicher Unfall, als du dich unbefugt im Rohrpostterminal rumgetrieben hast! Alle werden sehr erleichtert sein!", dozierte Luise immer noch schaukelnd und sichtlich vergnügt. Mittlerweile rumpelte Eggys neue Transportkapsel ins Katapult 13 und öffnete sich. „Rein da", sagte Luise nun mit ruhiger Stimme und Eggy wusste, dass er von hier aus nicht woanders hinkam und Luise durch einen Schutzschirm unangreifbar war. Er stieg ein und legte die Sicherheitsgurte an. Die Luke schloss sich und wieder zählte der Countdown runter auf Null. Luise hatte mit einem schelmischen Grinsen die Andruckabsorber etwas runtergeregelt, so dass unser Eggy durch die hammerharte Beschleunigung nun noch sackgesichtiger aussah. „Da geht er hin!", piepste Luise nun vor Freude noch höher schaukelnd und einen ihr eigentlich gar nicht zuträglichen Mehlwurm verschlingend.

Ja, dieser Ort war so etwas wie das Ende der Welt – eines von vielen möglichen Enden der Welt: einsam, bizarr, aber von einer atemberaubenden Schönheit, die eigentlich nur in Träumen vorkommt. Die Wellen des Meeres brachen sich am Strand an leuchtend blauen, wasserklaren Eisblöcken, die auf schwarzem Sand aus Lavaasche lagen und irgendwie unwirklich schienen, aber kristallklar waren. In den blauen Eisgrotten unter den Gletschern erklang eine geheimnisvolle Musik, die von Instrumenten unbekannter Bauart erzeugt wurde und einen Menschen so tief in der Seele berührt hätte, dass er für lange Zeit in tiefem Frieden leben würde, wenn seine Ohren sie hätten hören können.

Unter den Wasserfällen erfrischten sich Wassernymphen und in den schneebedeckten Bergen wisperten die fallenden Schneeflocken, die in winzig kleinen Kristallen hernieder rieselten, geheimnisvolle Worte, die ein Menschenwesen für immer verzaubert hätten, wenn es sie hätte hören können. In den warmen Quellen tummelten sich wunderschöne Elfen, Wassernymphen und Nebelfeen, in die sich jeder Mensch unsterblich und für alle Zeiten verliebt hätte, wenn seine Augen sie hätten sehen können. In den aktiven Vulkanen erfreuten sich Feuerwesen an der wohligen Glut. Diese Welt der Gegensätze war eiskalt und heiß zugleich. In manchen Nächten zogen die fächerartigen Vorhänge phosphoreszierender, neongrün und violett leuchtender Nordlichter geisterhaft und lautlos über den Himmel. Die rein physikalische Erklärung für dieses Phänomen stimmte natürlich, war aber trotzdem nicht so ganz vollständig, denn für Elfenohren war es keinesfalls lautlos. Elfen verbanden mit Farben und deren Kombinationen Klänge, die sie mit der Seele hörten – es waren ganze Symphonien von ergreifender Schönheit. Es gab aber auch Menschen, die diese Musik hören konnten: Es waren oft begnadete Maler, Musiker oder Menschen, die die rational nicht zu lösende Aufgabe:

Wenn du auslöschst Sinn und Ton, was hörst du dann?

mühelos lösen konnten. Diese Musik malte bunte Farben in die Herzen der Menschen.

Elfen, Nymphen, Feen, Kobolde, Drachen und Wesen, für die die Wissenschaft keine Namen kennt (die der Einfachheit halber unter der Rubrik DINGER zusammengefasst wurden), wurden hier geachtet und respektiert. Die meisten Menschen, die hier lebten, glaubten an ihre Existenz, und einige konnten sie sogar sehen und sich mit ihnen verständigen. Eigentlich ein absolutes Paradies.

Es war keineswegs das Elfenreich, aber Elfen verreisten auch gern in die Menschenwelt und einige hatten einen festen Wohnsitz dort. Es gab zwei bevorzugte Reiseländer für Elfen – zum einen war das Irland und zum anderen Island. In letzterem war der Himmel gerade grauer als grau, denn es gibt dunkle Mächte, die dunkles Gewölk aufziehen lassen und die eigentlich ganz normalen grauen Tage, die neben sonnigen Tagen hier natürlich vorkommen, noch grauer werden lassen. Genau so ein bleigrauer Tag, der sich auf die Bühne des Lebens quälte, dämmerte in dieser ansonsten wundervollen Welt herauf. Aber es gab einen Grund dafür: An einem recht hässlichen, angerosteten Warmwassertank, der hier „The Big Boiler" genannt und durch unterirdische heiße Quellen gespeist wurde, nahm das Unheil seinen Lauf. Gewaltige Wasserdampfschwaden stiegen aus dem Tank auf und verdunkelten den sowieso schon abgrundtief finsteren Tag noch um mehrere Graustufen.

Vor dem Tank stand ein merkwürdiges Wesen. Dieses Wesen war das Böse an sich – es rangierte auf Platz eins der Hitliste des Grauens! Und das Grauen hat einen Namen – hier mit schleimigem Käfersud auf bis dahin noch unschuldig weißes Papier geschrieben:

Egigius Egbaeutel

Tja, wie gesagt, das zweite Buch ist derzeit nur bis hierher geschrieben und Sie haben diese wenigen Zeilen sozusagen als Bonusmaterial erhalten – als Leseprobe. Natürlich werde ich weiterschreiben – so jedenfalls der Plan, kann aber noch nicht sagen, wann das Buch fertig sein wird. Bis dahin Ihnen allen eine gute Zeit!

Herzlichst

Ihr Theo Gremme

April 2015

Das Titelbild gestaltete Natalija Usakova

Natalija Usakova wurde 1979 in Sankt Petersburg geboren. Aufgewachsen ist sie in Riga/Lettland. Ihr Talent zeigte sich früh und so besuchte sie schon in ihrer Jugend eine Kunstschule in Riga. 2005 schloss sie ihr Kunststudium an der Lettischen Kunstakademie erfolgreich ab. Von 2005 bis 2009 lebte und arbeitete sie als freischaffende Künstlerin in Riga. 2009 hat sie ihren Wirkungskreis nach Deutschland verlegt; ihr besonderer Fokus liegt auf der Portraitmalerei.

Natalija Usakova: „Versteckte Sinnlichkeit" 2014

Natalija Usakova: „The World Goes Round" 2015